FICÇÕES
FILOSÓFICAS

*Mário Ferreira
dos Santos*

Homens da tarde

É Realizações
Editora

Copyright © 2010 by Nadiejda Santos Nunes Galvão e Yolanda Lhullier dos Santos
Copyright desta edição © 2019 É Realizações

EDITOR *Edson Manoel de Oliveira Filho*

PRODUÇÃO EDITORIAL *É Realizações Editora*

CAPA E PROJETO GRÁFICO *Angelo Allevato Bottino*

DIAGRAMAÇÃO *Nine Design | Mauricio Nisi Gonçalves*

REVISÃO *Fernanda Simões Lopes*

IMAGEM DA CAPA *Montagem sobre fotos de Michel Dromed, Nikita Nikiforov e Croswald.*

Reservados todos os direitos desta obra. Proibida toda e qualquer reprodução desta edição por qualquer meio ou forma, seja ela eletrônica ou mecânica, fotocópia, gravação ou qualquer outro meio de reprodução, sem permissão expressa do editor.

CIP-BRASIL. CATALOGAÇÃO NA PUBLICAÇÃO
SINDICATO NACIONAL DOS EDITORES DE LIVROS, RJ

S236H

SANTOS, MÁRIO FERREIRA DOS, 1907-1968
HOMENS DA TARDE / MARIO FERREIRA DOS SANTOS. - 1. ED. - SÃO PAULO : É REALIZAÇÕES, 2019.
376 P. ; 21 CM. (FICÇÕES FILOSÓFICAS)

ISBN 978-85-8033-369-5

1. ROMANCE BRASILEIRO. 2. LITERATURA - FILOSOFIA. I. TÍTULO. II. SÉRIE.

19-56264   CDD: 869.3
                                                                  CDU: 82-31(81)

VANESSA MAFRA XAVIER SALGADO - BIBLIOTECÁRIA - CRB-7/6644
01/04/2019 02/04/2019

É Realizações Editora, Livraria e Distribuidora Ltda.
Rua França Pinto, 498 · São Paulo SP · 04016-002
Telefone: (5511) 5572 5363
atendimento@erealizacoes.com.br · www.erealizacoes.com.br

Este livro foi impresso pela Gráfica Pancrom em abril de 2019.
Os tipos são da família Pensum. O papel do miolo é o Pólen Soft 80 g/m² e o da capa, cartão Ningbo C2 250 g/m².

"*Prefácio*"

UM AMIGO MEU, que leu este livro, pediu-me que fizesse um prefácio.

Alegou tantas razões e foi tão insistente que cedi. Reconheço, francamente, que este livro não precisaria de uma prévia explicação.

Mas, em consideração a esse amigo, cumpro a promessa e exponho, aqui, alguns dos pontos de vista aceitos por mim.

Ora, muita gente diz por estes brasis que romance que não focalize os problemas de ordem social-econômica é romance morto. Este não focaliza, propriamente, problemas de ordem econômica, mas *problemas*.

A diferença, na realidade, não é grande nem pequena, mas é a que vai da espécie ao gênero. Dirão alguns que me engano, porque os problemas do coração e do cérebro tiveram seu nascimento nas vísceras e nos sentidos. Poderei dizer que as razões que justificam tal afirmativa encerram apenas uma das nossas evidências práticas. É o caso daqueles três homens e a barba. Um não podia fazê-la diariamente como desejava; o outro, só podia fazê-la uma vez por semana, em vez de três como era o seu desejo; e o terceiro, praticamente, não podia fazer nenhuma, a não ser quando lhe emprestavam uma navalha, ou alguém, de pena, lhe pagava um barbeiro. Esses três homens viviam três tragédias. A miséria do primeiro era a fartura do segundo e a do segundo a fartura do terceiro. No entanto os três podiam, perfeitamente, esbravejar contra a ordem social e aos três assistiam razões poderosas e ponderosas.

Ora, eu diria que a tragédia desses três homens não estava na barba, ou na falta de dinheiro para pagá-la. Tudo isso era puro pretexto. A tragédia daqueles homens estava no cérebro. Cada um imaginava a felicidade do outro como a sua tragédia. Assim, esse problema é simplesmente uma questão de consciência de mais ou de menos. Sim, porque para mim a miséria está na consciência da necessidade. Senão vejamos: O homem feliz da lenda não tinha camisa. E ficou infeliz quando lhe fizeram compreender essa tragédia. "Mas como, você não tem camisa? E é feliz?!..."

Ora, uma pergunta dessas, feita nesse tom, tinha de perturbar o ingênuo homem que se julgava com a felicidade. E remoeu-lhe a consciência, nome que se dá ao célebre réptil dos tempos adâmicos:

"Você se considera feliz e não tem camisa! Onde se viu, seu lorpa, alguém feliz sem camisa. Você é mesmo um caipira. Viveu tanto tempo aqui no mato que desaprendeu de ser homem. Bobalhão, você não vê que precisamente a felicidade está não só em ter uma camisa, mas em ter dezenas, em ter uma grande casa, em ter a barriga cheia, em ter boas mulheres, bebidas, divertimentos à beça, em ter 'frigidaires', rádios, automóveis. Seu lorpa, isso é que é felicidade...".

E o homem-feliz-que-não-tinha-camisa passou a ser o homem infeliz que tem tudo isso e que não tem precisamente a felicidade.

Ora, deixem-me contar uma rápida história:

"Um dia conheci um cearense. Até aí nada de novo. Mas é que esse cearense, embora se assemelhasse em tudo aos outros, tinha alguma coisa de diferente. Tinha simplesmente consciência de sua miséria. Mas, interessante, não se queixava. E me dizia:

— Miséria pouca é tiquim... Esse é o dito mais popular e mais verdadeiro de minha terra. A gente é assim no Ceará. E fique certo de que temos certo prazer nisso. Um homem, a que chamam psicólogo, disse um dia que isso era masoquismo do povo. E ficou tão orgulhoso com a explicação que parecia inchar. Masoquismo do povo! Aí estão três palavras que nada explicam. Talvez eu possa também dar a minha explicação em mais algumas palavras. Ora, quando a seca racha as nossas terras não morre tudo. Adormece. Vem a chuva e, em dias, tudo rebenta outra vez, verde como nunca, forte como nunca. Há terra no mundo como a do Ceará? Há terra que resista à seca como ela? Não! Qualquer terrinha por aí, morria de uma vez com a metade de nosso sol e de nossa seca. Veja: a gente acha o verde do Ceará melhor que qualquer outro. E por quê? Porque há seca... Onde um copo d'água tem valor? Onde tudo tem valor? Onde falta, só onde falta...".

E eu diria: não será que damos unicamente valor ao que nos falta? O problema humano da barriga, dos desejos, não estará mais nessa relação puramente cerebral, ou psíquica da consciência da falta?

Não pensem que quero negar os problemas econômicos, nem as suas grandes tragédias. Mas é que precisamente esses homens da tarde que formam o mundo deste livro não os vivem propriamente. Eles vivem é a consciência da falta... eles sofrem o problema da "vida não vivida"...

É no cérebro e no coração que vivem os grandes problemas humanos.

Se fossem exclusivamente econômicos, teriam os romancistas de continuar eternamente a contar a mesma história da criança que pede esmolas, do menino que na noite de Natal não tem presente e vê que Papai Noel só guarda o endereço dos filhos dos ricos, ou do velho desempregado que morre numa enxerga; enfim, prosseguiríamos repetindo Dostoiévski e outros notáveis cidadãos que nos roubaram quase tudo que poderíamos dizer.

Mas convém não prossigamos enganando os homens: o problema maior é uma questão de perspectiva. E, se não é o maior, é pelo menos um problema, e grande. Podem os homens ser felizes? Talvez não possam. Mas, pelo menos, podem deixar de ser infelizes ou, então, esquecer essa palavra tão abusada hoje. Não é propriamente a palavra, mas a mentira, a falsificação que ela traz consigo e desperta no homem uma fome de intoxicado.

* * *

Admito que existam escolas para o romance no Brasil e que cada um procure impor a sua. Não admito, porém, que se queira determinar que fora da sua escola não há salvação.

Neste romance fujo das determinantes de ordem geográfica e até cronológica. Aceito até que o coloquem fora da vida. Aceito e afirmo que ele não é uma reprodução fiel de qualquer fato da vida, olhado pela estreiteza da realidade terra a terra. Ele é uma realidade dentro da realidade, embora fuja do objetivismo que desejam os periodistas.

Retratei nele um fenômeno humano e psicológico que existe em toda parte do mundo, em todos os tempos, desde que o homem começou a se preocupar com os problemas da sua existência no mundo.

Aceito que este livro não agrada aos que só veem na vida, como motivo de arte, a mecânica da luta do homem contra homem, do homem para se libertar do homem e do homem contra a terra e da terra contra o homem.

Aceito que este livro não agrade àqueles que vão pedir emprestado à vida os tipos de que necessitam para os seus livros. Prefiro buscá-los na imaginação. Criá-los ao sabor de mim mesmo, do fundo da minha realidade interior que, como toda realidade interior, não deixa de ser realidade.

Admito que a verdade na arte não é aquela que copiamos. Não é, pelo menos, sempre aquela que copiamos. Há uma dentro de nós que é palpitante também.

Posso estar com o menor número. Mas prefiro esse menor número.

Neste livro existem, entre muitas personagens, três que ressalto especialmente: Pitágoras, Paulsen e Josias.

O primeiro é o cidadão que se vê forçado a viver duas personalidades, mas que o faz conscientemente, como quase todos. Um "homem da tarde" para ganhar a vida, um "homem da noite" para poder suportar a vida. Não se busca porque já se encontrou, e, tendo se encontrado, conhece a sua tragédia. E continua trágico, apesar disso.

O segundo é um torturado por respostas. Tem uma pergunta sempre insistente e busca uma resposta, aliás busca-se. É um homem que, entre as paralelas de cimento e aço, vive a tragédia do problema do cérebro e da pergunta.

O terceiro é um homem que se perdeu e quer se reencontrar. Para os três não existe o problema econômico. É que os três estão de barriga cheia, dirá alguém. A explicação visceral, aceito-a com um sorriso. Mas direi que eles vivem também um problema, e um grande problema. Se uns lutam para ter a barriga cheia, eles lutam para ter o cérebro cheio. Outros vivem os matizes da tarde. São, neste livro, personagens tardias. Ora, para mim, os homens da tarde, os homens do entardecer humano, vivem precisamente os problemas matizados como as cores fugidias da tarde. Os homens da noite são os solitários, os buscadores das trevas, os grandes interrogadores, os descobridores de problemas; os homens da madrugada: os sonhadores, os mártires, os apostolares; os homens do meio-dia: os frios realizadores ou destruidores dos sonhos e das esperanças dos homens da madrugada, alimentados nas longas vigílias dos homens da noite. Assim, um Petrônio é um homem da tarde; um Nietzsche, um homem da noite; um Tolstói, da madrugada; um Napoleão, do meio-dia.

* * *

Mas Paulsen tem ainda outro problema, que os homens de hoje pensam já ter ultrapassado. Refiro-me a Deus. Esse problema não participa mais das conversas graves dos senhores que têm fórmulas absolutas para solucionar todos, todinhos os problemas do homem. Mas o problema Deus está no subconsciente esperando a hora de repontar. E reponta.

E reponta em cada um. Há sempre na vida do próprio descrente esse instante em que a pergunta paulseana se torna terrível e exigente. E que faz? É simples: finta a pergunta. Desvia-se para outras, como um recurso. E não sabe depois que sua mania de querer resolver tudo, de dar uma solução única para *tudo*, de afirmar a autoridade absoluta de um credo, decorre precisamente da mesma angústia religiosa que continua ainda a preocupá-lo.

Mas, no íntimo de cada um desses ateus impossíveis, a pergunta Deus de vez em quando aparece, retorna, insistente e terrível.

Expliquem-na como quiserem. Podem pô-la de lado nas palavras. Mas o coração e o cérebro teimarão em repeti-la. Desviem-se para outras soluções, reformem o mundo e construam-no de novo, banquem Deus. Mas, depois, precisarão dele mais uma vez e construirão doutrinas absolutas dando a Deus outro nome.

* * *

Paulsen, procurando o porquê de todas as coisas esqueceu-se de buscar a si mesmo. É como a personagem da fábula de La Fontaine, que não notava o poço que lhe ficava aos pés.

Paulsen não é o homem em quem o horizonte reverte sobre o seu "eu", mas o homem a quem o seu "eu" reverte sobre o horizonte.

Aí é que está a diferença. Pitágoras descortina a Paulsen, que busca uma resposta aos seus porquês, o que alguém poderia dizer ao astrônomo de La Fontaine: "Cuidado com o poço!".

Pitágoras dá somente uma fé, ao que perdera todas. Mostra que há uma estrada nova para percorrer ao que se cansara de todos os horizontes que conhecera. Pitágoras, situando a Paulsen a necessidade de novos porquês, soluciona assim a necessidade das respostas.

Para Paulsen ele não passa como uma pessoa viva, real, que venha interferir em sua vida como uma determinante, mas sim como um pensamento que vem de fora, da periferia para o centro. Ele é o próprio Paulsen que pensa. Simplesmente indica, não determina. Simplesmente oferece, não dá.

Já Samuel é o tipo representativo do homem civilizado, de espírito decadente. Tem a perspectiva batraquial que se preocupa mais com uma filosofia da digestão, da nutrição, da higiene. Agnosticista, prefere à resposta aos porquês o desconhecimento desses mesmos porquês.

Tem os olhos voltados para fora porque cansou de tê-los voltados para dentro. Josias é a personalidade que se espraia, que se sente dissolver nas multidões estandardizadas. A sua ânsia de retorno é a volta "às canhadas de pedras, de onde jorra a água simples e boa".

Paulsen prefere uma perspectiva de pássaro! Paulsen é uma alma crepuscular, cujos olhos estão voltados para as lonjuras. Busca além do cotidiano, da filosofia consuetudinária, o porquê das coisas. Essa busca não é comum ao homem civilizado dos grandes centros, para quem os crepúsculos são inúteis, para quem o foco de luz escurece o brilho das estrelas. Mas a humanidade encerra dentro de si a cronologia de todas as épocas. O espírito folgazão, o agnosticismo dos metropolitanos, a visão estreita que só atinge os contornos das ruas, das praças, das luzes artificiais e quando muito a depressão da vida objetiva dos que sofrem na abundância dos grandes centros, não infeccionou a totalidade dos espíritos.

Neste último ato de uma cultura, que morre estrepitosamente numa civilização de superfície, a sua figura se salienta, como a daquele que não se cansou de uma busca além dos horizontes.

Ao simples acomodamento de quem nada mais espera da vida senão as manifestações exteriores, prefere uma nova arrancada, confiante de que um amanhã virá depois.

Ele é mais que um símbolo, é uma admoestação, um exemplo, porque ele tem fé que, no mundo, ainda não luziram todas as auroras!

— MÁRIO FERREIRA DOS SANTOS

"... eles são homens da tarde... Nas árvores veem as sombras, as folhas, os troncos, os frutos. Nunca se lembram de perguntar o porquê das sementes..."

A vida está nos olhos.

Uma atonia parece segurar os braços de Pitágoras, as pálpebras imobilizam-se e o olhar é penetrante:
— Há gente que traz a morte no rosto, nos olhos... Você já sentiu isso, Paulsen?
— Não sei... A sua pergunta é tão soturna que francamente tenho até medo — estremece — de descobrir uma evidência, uma certeza — desvia a cabeça.
— Preste-me atenção. — O olhar de Pitágoras é cada vez mais frio. — Nunca se sentiu em face de alguém... diga: nunca viu a morte nos olhos de alguém?

Paulsen recua num sorriso, vira-se para Ricardo a rir, tenta gargalhar, mas estaca, incompleto, porque Pitágoras prossegue:
— Acompanhe meu pensamento — a voz é longínqua agora. É uma sensação esquisita que não sei explicar. Mistura-se na gente um pouco de simpatia, de compaixão. Olho uma pessoa bem nos olhos, eles são brilhantes, ou cansados ou foscos, a pele é rosada ou não, — como se compusesse lembranças — os cabelos são vivos, palpita à minha frente,

move-se, fala, gesticula. De repente, sem que o saiba por quê, – para – é morta.

Acredite, amigo. Não a vejo morta, não! Não pense que a imagino num caixão, nada disso! É uma impressão diferente. Não sei explicar. – Levanta os olhos, meneia a cabeça, como buscando, como recordando – Lembra-se de Luciano? Um dia olhei-o, tive a impressão da morte, uma vaga intuição de que ele morria. Não era bem isso... era outra coisa. Vocês não julguem que estou fazendo literatura, é alguma coisa de que até me aterroriza. A verdade é que dias depois Luciano morria, inesperadamente para todos, – como se as suas palavras o espantassem – para todos, menos para mim!

– Mas o que foi que você sentiu? Um mal-estar qualquer ao vê-lo? – Pergunta Ricardo.

– Não sei bem... Uma espécie assim de presciência do inevitável – está indeciso. Não vi nada, uma sensação estranha de nada, muito diferente da visual – suas palavras se arrastam.

– Assim como se fosse um outro sentido?

– Talvez um outro sentido. – Há um ar de desgosto em Pitágoras. As palavras saem-lhe difíceis. – Quando, tempos depois, vi uma fotografia de Luciano, tive outra vez a mesma impressão. A fotografia confirmava a morte. Quando recebi a notícia, nada senti de inesperado, foi como uma espécie de recordação, como quem recebe uma confirmação... do que já sabia.

– Por favor, Pitágoras. Olhe bem para mim. Tenho vida, não tenho? – O olhar dele é exigente.

Pitágoras sorri da pergunta de Ricardo. Segura-o pelo braço:

– Dentro de você, meu caro, ainda há muita vida...

Mas Paulsen entristece, exclama dentro de si:

– E eu tenho uma irmã que morre... que morre!...

* * *

Paulsen e Ricardo seguem sozinhos agora, comentam as notícias da revolução na Espanha. "É o início da guerra mundial", pondera Ricardo e Paulsen concorda.

– As potências em luta escolheram a Espanha. De um lado os fascistas, do outro os socialistas. A França e a Inglaterra procuram equilibrar o choque para não serem arrastadas.

Mas o que Paulsen quer recordar são as palavras soturnas de Pitágoras. Não desgosta de Ricardo, mas precisa ficar só; sente uma necessidade imperiosa de recordar.

– Amanhã vou à reunião em casa do chefe do Pitágoras, o Corrêa. Você não gosta disso, não?

– Na realidade, não.

– Tem muita semelhança com Pitágoras, já notei. O Vítor, o Samuel e o Válter vão a um baile popular. Parece que o Samuel e o Válter têm alguma conquistazinha por lá. Mas você não acha o Vítor um pouco arredio? Quase assim como você? Esse Pitágoras é bem passadista. Mas eu gosto dele assim, sabe? Não sei se já percebeu como à noite ele é diferente, totalmente diferente.

– Pitágoras já definiu a si mesmo como homem da noite. Ele disse que de dia trabalha, agita-se. De noite, pensa. Ele é quem diz que somente à noite encontra a si mesmo e se acha menos absurdo.

– Os introvertidos gostam da noite, e eu também gosto. Também sou um homem da noite.

– Quem sabe? Você, como estudante de medicina, é quem devia fazer diagnósticos.

Agora se despedem, e Paulsen tem o mais citadino dos sorrisos que Ricardo retribui com certa ingenuidade.

Frederico Paulsen está só. Não está só; tem as palavras de Pitágoras, e a recordação da irmã e da mãe.

"Daqui a dias terei um quarto de século de existência." Ele dá uma ênfase na pronúncia interior da palavra *século*.

E foi há vinte e cinco anos, numa tarde de abril... "Para que finalmente, para que vim ao mundo?"

* * **

Numa tarde de outono nasceu Frederico.

D. Matilde tinha um sorriso cansado de felicidade. As sombras da noite manchavam as coisas do quarto, às quais uma luz de lamparina dava contornos mágicos.

Entre a vida e a morte Frederico permaneceu durante três anos, e entre a vida e a morte ganhou corpo.

– Que fraquinho é esse menino. – Tia Augusta abanava a cabeça.

Mas o pai, Rosemund Paulsen, não acreditava na morte.

– O menino é forte. O que o estraga é viver entre as saias de vocês. – Apontava para tia Augusta, para Matilde e para a criada. – Deixem o menino comigo. Vou levá-lo para a rua. Ele precisa de sol. Sol! – E com indignação: – Vocês vivem a enchê-lo de drogas. É só remédios e mais remédios. Tudo o que esse idiota do Dr. Freitas aconselha,

---

* No manuscrito, como se percebe na página 7 do fac-símile que compõe a segunda parte deste volume, encontra-se anotado: "Reescrever tudo até a página 32"! Isto é, até o final do episódio dedicado à trajetória de Paulsen. Num dos posfácios, discutiremos a anotação do autor.

vocês dão ao pequeno. E, não bastando, ainda ajuntam toda essa feitiçaria de vocês...

– Feitiçaria!? – Protestou tia Augusta.

– Feitiçaria, sim senhora! – E sacudindo a cabeça com repugnância: – rezas! Não adiantam essas velas, aí. – E apontava para o oratório. – Pensam que o menino se cura com isso? O que ele precisa é de uma vida natural, ouviram? É sol! É ar! É rua!

Tia Augusta enrubesceu e D. Matilde cuidadosamente procurou acalmá-lo:

– Mas, Rosemund, num dia como este não posso deixar o menino ao ar livre. Pode resfriar-se...

– É... É! Por que se resfria? Porque não pode suportar o frio. E não suporta o frio porque não apanha o frio. Anda todo enroupado... Vê se o filho da cozinheira se resfria. Ele é da mesma idade.

– Mas, Rosemund...

– Não adiantam explicações. Nesta casa todos têm medo da morte. Vocês acabam matando a criança.

D. Matilde estremeceu e tia Augusta, fazendo o sinal da cruz, retirou-se.

* * *

Quando tinha seis anos, a mãe acendeu uma vela à Nossa Senhora.

Ele estava com febre alta.

– Minha Nossa Senhora, salve meu menino!... Não quero que ele morra, não quero, Minha Nossa Senhora!...

Respirava profunda, rápida, agitada, descompassadamente. Gemia. Era um gemido fino que doía no peito de D. Matilde.

Ela sustinha a respiração. Acompanhava-o...

E, quando ele serenava e dormia calmo, respirando lento, ela se sobressaltava. Passava de leve a mão sobre a testa quente, juntava o rosto aos lábios secos até sentir a respiração morna.

Lutava contra a morte, e o tempo penetrava pela noite.

Tia Augusta, tocando de leve o ombro de D. Matilde, pedia-lhe:

– Vá dormir... Eu fico com a criança... vá!

– Não! Não! Não deixo o meu menino, não deixo...

Ela juntava o rosto procurando dar um pouco de vida ao corpo do filho.

Já não cabiam mais lágrimas na noite sem fim.

E Frederico venceu a morte.

* * *

Com sete anos foi para o colégio. Uma roupinha nova, um sorriso de satisfação no rosto pálido, e uma grande ansiedade no peito.

Com oito anos já sabia ler.

– Se tirar o primeiro lugar, lhe dou uma bola bem grande.

– A senhora dá mesmo?

– Dou, sim!

Os olhos dele se arregalaram. E se não obtivesse o primeiro lugar? Um sorriso triste como ainda não sorrira foi toda a sua esperança.

E aquele sorriso foi, dali por diante, o fiel companheiro de sua vida!

* * *

Maria nasceu quando ele tinha nove anos.

Era fraquinha como ele.

Muitas vezes o choro dorido da irmã perturbava-lhe o sono. Ficava de olhos arregalados, em silêncio, ouvindo-a chorar.

– Dorme, meu filho. Tua irmãzinha não te deixa dormir direito. Amanhã vais para outro quarto.

– Ela não me incomoda, mãe!

Uma vez surpreendeu uma conversa dos pais.

– Frederico às vezes diz que tem tanta vontade de chorar. E chora...

– É fraqueza. – Alegava o pai.

Por que não tinha a destreza dos outros? Nos brinquedos deixavam-no à parte, faltava-lhe agilidade, cansava logo. Esqueciam-se dele, e ficava a um canto silencioso, com um olhar de inveja mansa, quase inconsciente.

E Frederico monologava. Por que era assim? Por que Deus permitia que fosse assim? E Mariazinha, coitada, por que era como ele, tão fraquinha?

Que estava fazendo Deus quando ela nasceu?

Essas perguntas centralizavam todo o seu mundo interior, eram a sua distração e também a sua tortura.

Mas foram calando como se enrouquecessem. Não as ouvia mais, e, com os anos, elas recomeçaram a penetrar insidiosas por entre suas insatisfações, alargando-se, insistentes, gritantes...

Num desses dias da juventude em que temos essa misteriosa disposição para amar, foi que Frederico a encontrou. Foi um olhar angustiado e profundo que se recolheu cheio de respeito como se fugisse. Não dominou depois os passos. Parava sem porquê. E teria chorado se obedecesse a todos os impulsos que lhe agitavam tumultuariamente. Não cabia de interrogações. Respondeu a cada uma com a inconsequência de quem se vê enleado por uma descoberta nova. É que no amor há uma evidência formada de inconstâncias. E naquela idade e naquele tempo era assim que se amava.
    Frederico viveu todos os momentos de desfalecimento de quem ama. A imprecisão do mundo, feito de tênues claridades matizadas, passava vagamente por seus olhos. Não se acuse ninguém por isso. Talvez nessa suave loucura esteja toda a razão da vida.
    Frederico não julgava assim. Nem era possível fazê-lo, porque na juventude, quando amamos, não somos capazes de julgamentos; simplesmente sentimos. E Frederico sentia

esse langor que nos afasta de todas as coisas, em que toda a demora no tempo é angustiosa, langor que nos ensina os gestos da última simplicidade e da doçura.

Encontrou-a outras e muitas vezes. E cada vez se repetiam os mesmos estranhos estremecimentos num misto de medo e de ansiedade. Não que houvesse uma paralisação de seus langores; é que a presença dela lhe aumentava os padecimentos agradáveis. No amor há isso, esse paradoxal sofrer com satisfação. Chamem os eruditos do que quiserem. Emprestem-lhe os nomes mais objetivamente duros. Limitem-no em palavras de étimos gregos ou latinos, expliquem-no até pela pressão sanguínea ou não, por glândulas ou não... A verdade é que Frederico entendia de amor, naqueles instantes, mais que ninguém. Frederico vivia uma paixão. E quem vive uma paixão dispensa razões. E para Frederico a paixão tinha características invulgares. É que ele sempre se ausentava para pensar em Joana. Recolhia-se ao fundo do quarto. Mas este era pequeno para conter as interrogações e dúvidas, e menor ainda para conter as suas ânsias. E saía, buscando as ruas menos povoadas.

Na imaginação, Frederico vivia romances. Realizava-os através da vida até a morte. E cansava de vivê-los, porque a vida era pequena para conter todas as possibilidades. Por isso criava a cada momento novas cenas, novas dificuldades que deveria vencer. Muitas vezes estava à morte. Morria até. Mas a morte era-lhe demasiadamente misteriosa para acreditar que pudesse viver num outro mundo o romance inacabado. Num hospital, agonizava. Ela vinha. O milagre era fatal. Agradecia-lhe em palavras mansas e ternas. Em todos os sonhos era o casamento o que havia de mais prosaico e os filhos um incidente de variadas interpretações, umas mais ternas, outras mais reais, outras, ainda, indesejadas. O que, porém, para Frederico era inaceitável era a posse. Doía-lhe a brutalidade de um ato que lhe repugnava. Concebia tocá-la tão respeitosa, tão meiga, tão delicadamente que estremecia ante aquela possibilidade. Um beijo... Sim, um beijo era admissível. E por que não nos perpetuamos por um beijo? Ensaiou descrer da sabedoria de Deus por haver feito o amor tão carnal. Mas reagiu. Haveria razões na resolução divina. Se Deus assim o fizera, era porque deveria ser, o que o impediu de pedir-lhe que o perdoasse por desejar uma solução diferente. Irritava-se em imaginar a realidade *canalha* – para ele era canalha – daqueles que só pensam na posse física da amada. Talvez melhor fosse um grande, um imenso sacrifício de suas ânsias, de seu desejo. Uma grande renúncia, pensava. Um grande amor deve ser capaz de uma grande renúncia...

    Tinha a volúpia de sofrer sem procurar um bálsamo, de chorar nas sensações alegres, de morrer aos pés dela, sob a ternura de seus olhos.

    E agradecia a Deus por lhe haver dado a doçura amarga de poder amar assim.

A noite fechara os olhos lá fora, e a chuva tamborilava na vidraça seus dedos fantasmais.

D. Matilde bordava ao embalo da cadeira e do ritmo dissoluto das gotas d'água. Frederico tinha um livro nas mãos e os olhos perdidos para a noite que ficava além dos vidros.

Volvendo para D. Matilde com a voz sumida, como se falasse de longe, perguntou:

– Mãe, me diga... se a senhora fosse para o céu e eu para o inferno... diga, mãe! A senhora seria feliz, no céu?...

E entreabriu os lábios.

D. Matilde estremeceu de leve. Sorriu abanando a cabeça:

– Mas, meu filho, você irá para o céu também.

– Não é isso, mãe. É uma suposição que quero fazer. Diga: se isso se desse, a senhora seria feliz?

– Mas, meu filho! Que pergunta, essa!

– Responda, mamãe. Responda, por favor.

– Meu filho... – D. Matilde entristeceu. E carinhosa: – naturalmente, meu filho... que eu não poderia ser feliz.

Frederico calou, olhos volvidos para a janela entre ele e as trevas da noite. Não seriam as sombras que lhe haveriam de responder.

D. Matilde segurou o bordado e suspirou leve. Frederico nem ouviu. O tamborilar das gotas d'água na vidraça não o deixaria ouvir. E não o deixariam ouvir também os ruídos subterrâneos, misteriosos, duros, e ao mesmo tempo amolecidos de ternura. Os lábios continuavam entreabertos, o olhar perdido. A lembrança dela, "Joana", pronunciou mansamente – era a resposta única às suas perguntas. E foi para o quarto.

Remexeu as gavetas. Volteou os olhos pelas paredes. Olhou para a cama, para a estante, para os livros.

Que procurava? Tinha a impressão de haver perdido alguma coisa.

Que foi que eu perdi?... – perguntou, fazendo esforços para se recordar. – Perdi alguma coisa. Mas que foi que eu perdi, meu Deus?...

* * **

Na aula de Filosofia, Padre João contava em voz pausada a vida de Augusto Comte. Descrevia entre mordaz e ríspido a paixão por Clotilde des Veaux, demorando-se em minúcias às quais emprestava um sentido sórdido.

Quanto à doutrina, Padre João passou por alto, como era seu costume ao expor teorias pertencentes a filósofos pouco suportados pela Igreja.

---

* No datiloscrito, Mário Ferreira dos Santos riscou essa longa passagem, da página 15 à página 19. Como esta é uma edição crítica, decidimos mantê-la. O mesmo ocorrerá em outras passagens similares.

Quando faltavam poucos minutos para terminar a aula, hora sempre esperada com aflição por todos, Padre João, depois de ter acusado Augusto Comte de feroz inimigo da Santa Madre Igreja, começou soturno e patético:
– A sua alma, neste momento, debate-se nas chamas eternas do Inferno, o lugar onde aqueles que desprezam os mandamentos de Deus vão pagar eternamente o seu erro! É o Inferno o lugar para essas almas malditas! É o Inferno que vos dá o temor de cometer atos que possam ofender a Deus. Faltar aos preceitos da Igreja é condenar-se eternamente. E, se não fora o temor do Inferno, quantos crimes se cometeriam no mundo! Quantos crimes: Se não fora o Inferno, a Humanidade estaria presa dos maus, e os bons se entregariam aos prazeres, e à satisfação dos instintos! O Inferno fá-los temer! Não fora o Inferno, até eu cometeria crimes nefandos. – E continuou, no mesmo patetismo, no mesmo arroubo, com grandes gestos, quando o toque do sino lhe quebrou um pouco o entusiasmo. Parou. Houve uma esperança de saída imediata. Mas Padre João prosseguiu com mais volume na voz, profligando os maus, e gravando no rosto os traços vivos dos grandes odiadores.

Frederico ouvia atônito. As frases ardentes de Padre João ainda ecoavam em seus ouvidos... De todas, nenhuma fora mais forte do que "aquela"!

Foi para casa perturbado. Aquelas palavras eram vivas. Entravam-lhe pelos ouvidos, pelos olhos, pelo sangue, pelas vísceras. Parecia que todo o seu corpo as ouvia, as apalpava...

"Seria tão fraca a religião para depender tanto do Inferno? Não era a moral tão forte que pudesse abstrair-se dos castigos?" Tremeu ao pensar assim. Estaria pecando? Não teria duvidado de sua crença?... "Mas não estou pecando, porque estou raciocinando... Ora essa! Não compreendo isso! Não concordo com Padre João. É padre, mas a religião e a moral não dependem dele. Ele pode errar e a religião, não! Ele interpreta assim, mas não deve ser assim. Não pode ser assim..."

* * *

Brancos eram os cabelos de Padre Estevam. O olhar paternal, a sabedoria, a voz pausada e enrouquecida pela idade, o ascetismo, davam-lhe uma auréola de santidade.

Era incapaz de um gesto brusco, de uma palavra mais forte.

Frederico fora procurá-lo. Bateu à porta de sua cela. Um "entre" morno, pausado e convidativo se fez ouvir.

– Dá licença, Padre Estevam?

– Entre, meu filho.

– Com sua licença...

– Sente-se – e foi-lhe arrumar uma cadeira, em que estavam uns pesados volumes. Frederico ajudou-o solícito.

– Obrigado. Sente-se agora. – E paternalmente: – O que há?

– Padre... nem sei como começar...

– Vamos, meu filho.

– Padre... Eu vim aqui porque tenho uma dúvida que me enche de temor... Desejava uma explicação...

– Pois não. Vamos ver o que é. – Padre Estevam ajudava com as palavras, com os olhos, com os gestos, para que saíssem as frases de Frederico.

– Vou pedir-lhe para não dizer o nome do padre...

Padre Estevam fez um gesto suave de sobressalto.

– Um professor em plena aula declarou que, se não fosse o horror do Inferno, ele mesmo seria capaz de cometer os mais horríveis crimes...

E fez uma pausa, indeciso. Olhou nos olhos de Padre Estevam e este perguntou-lhe:

– Bem... e que mais?

No rosto de Frederico aflorou um gesto de espanto. E temeroso ajuntou:

– Foi só, Sr. Padre. Eu...

– Bem... Bem... e que mais?

– Ele só via o olhar de Padre Estevam: "E que mais? e que mais?". E receoso:

– Sr. Padre, eu julguei...

– Julgou o quê? Diga, meu filho?

– ... eu julguei que era pecado dizer isso!

Padre Estevam fez um sorriso bondoso, e paternalmente:

– Pecado, meu filho? Por que pecado?

– Mas, Sr. Padre... a moral precisa do castigo?

– Naturalmente, meu filho. Do contrário o mal dominaria o mundo.

– Mas, Sr. Padre, sem o temor do castigo todos seríamos maus?

– Se não houvesse o temor do Inferno, seríamos... Os nossos instintos, as nossas tendências...

Frederico quis falar, mas para quê? Um silêncio todo de assombro foi cortado por uma despedida ansiada e um agradecimento tênue sem coragem de fitar os olhos interrogativos de Padre Estevam.

Quando saía passou pela capela. Devia entrar. Talvez houvesse ali a resposta de que precisava. Ainda ouvia as palavras de Padre Estevam. Ajoelhou-se. Pediu contrito a Deus que lhe respondesse "Meu Deus! Meu Deus!" – mas essas palavras soavam-lhe estranhas, ausentes. Era como se ouvisse uma voz perdida.

– Deus morreu!

Um demônio lhe sussurrara essas palavras terríveis.

Pecava, pecava porque ouvia a voz maligna. Abafava as palavras que ardiam, que lhe queimavam. Não se conteve. Saiu. Pelas ruas, continuou interrogando. Quem lhe responderia agora? Quem?...

Frederico amanheceu com a cabeça pesada. Levantou-se cedo. Naquele dia não havia aula e foi para o jardim fazer algumas explorações. Aborreceu-se de tudo aquilo. Sua atenção não podia fixar-se nos aspectos individuais das coisas. Passou pela casa de Joana, mas a janela estava fechada. Esperou à esquina, inutilmente. Joana não aparecia. Isso serviu para lhe aumentar o aborrecimento. Dirigiu-se ao escritório do pai.

Por que não ficara em casa lendo, estudando? Não podia, não queria.

Entrou. Abdon, guarda-livros da casa, recebeu-o como sempre, com o mesmo grande gesto amigo:

– Como vai o futuro doutor? E os estudos?

– Vão indo..., seu Abdon.

Frederico retirou-se para um canto. Havia um armário, no fundo, onde Abdon guardava alguns livros de contabilidade. Frederico manuseava-os, cada vez que entrava ali. Sempre inutilmente porque só encontrava fórmulas de lançamento, exemplos de contabilidade. Mas aquela vez havia alguma coisa de novo. Passou os olhos: "Filosofia dos Rosa-Cruzes" e "Conflitos entre a ciência e a religião". Abriu o armário. Manuseou preferentemente o segundo. Frederico sabia que Abdon era orador de uma loja maçônica. Maçonaria não o interessava, mas aquele livro de Draper... Abdon percebeu o interesse, e encaminhou-se para Frederico, cabeça levantada, passando as mãos finas sobre os cabelos pretos, acomodou melhor os óculos, e disse:

– Aí está um livro profundamente interessante para o rapaz. Boa leitura, dessas que nos abrem os olhos e clareiam o espírito.

Frederico não respondeu. Continuava manuseando, fazendo leves movimentos de assentimento.

– Se quiser ler, está à sua disposição. E tenho outros também notáveis. Vou trazê-los. Tenho de Timóteon *Não Creio em Deus*, obras notáveis de Haeckel, de Blücher, de Le Dantec. Esse Le Dantec é colossal!

Você precisa ler... precisa ler... Isso clareia o espírito, abre os olhos...

Frederico não resistia. Aceitava tudo. Prometeu vir à tarde buscar os outros livros.

Foi para casa apressado. Não deixou de passar pela casa de Joana. A janela continuava fechada. Esperou algum tempo. Nada. O mistério que lhe prometiam aqueles livros era avassalante. Passou a tarde lendo. O livro de Timóteon foi devorado de uma vez. E era já muito noite quando foi dormir.

Desinteressava-se dos estudos. D. Matilde fiscalizava-lhe os movimentos. Um dia não se conteve, chamou-lhe a atenção para a leitura até tarde de livros ímpios. Mas Rosemund replicou com voz retumbante:

– Qual nada! Agora é que está no bom caminho. Isso é que são leituras para um homem. Isso de religião é para mulheres e maricas. – E virando-se para a tia Augusta com desprezo: – Vocês vão perder esta corrida, suas ratazanas de igreja. O rapaz saiu ao pai.

Os suspiros de D. Matilde iam doer no peito de Frederico. Por sua mãe, desejaria crer. Como tudo era simples e a religião houvera complicado tudo. Ali estavam os laboratórios, as experiências, despovoando o céu dos deuses. Mas como se explica que um homem sábio e culto, como o Dr. Freitas, continuasse crente?

Esta pergunta era uma nova dúvida para Frederico.

Por que a campanha dos ateus ainda não havia destruído a religião?

No escritório, Rosemund batendo nas costas de Abdon dizia-lhe:

– Muito bem, Abdon. No rapaz não põem mais a marca zero na cabeça. Você tem ajudado muito. – E batendo-lhe forte no ombro: – Olhe, deixe-me ver um desses seus sonetaços. Palavra que me parece que acabo gostando de poesia.

Naquela noite, na praça deserta, junto ao lago, ele olhava o silencioso nirvana da água parada.

Os olhos embrenhavam-se na penumbra que cobria as árvores de um manto selvagem de sombras.

"Amanhã falarei com ela!" E animava-se, encorajava-se para o ato audacioso que deveria ser todo de uma nobreza simples.

Um pouco de angústia se misturava por entre as cenas e as palavras que imaginava. Diria isso ou diria aquilo? Talvez fosse melhor falar pouco. Não, ao contrário, deveria dizer o que sentia, o que sofria, o quanto a amava. E se ela não o amasse? Essa possibilidade era terrível. Juntava os prós e os contras. Se tirasse a sorte? Angustiava-se. "Se o número de bancos até o fim da praça for par, é que ela me ama, se for ímpar..." Nem teve ânimo para terminar a frase. A pureza de seu sentimento sem pecado lhe substituía tão bem a fé vacilante, que Frederico nem sequer recordava mais as palavras de Padre Estevam.

E contou os bancos do jardim. Que alegria! Bendito último banco que formou um par.

"Amanhã falarei com ela!"
E foi repetindo em todos os tons, até em casa, esse refrão que ritmava o passo apressado. E em casa repetiu entre si, até que o sono o possuiu todo.

No outro dia, encontrou-a. Um frio subiu-lhe do estômago à garganta. Meigamente, ela sorriu um ingênuo sorriso de criança. E ele cumprimentou-a respeitoso.
E, vencendo sua timidez, murmurou:
– Senhorita, perdoe-me. Mas há muito tempo que lhe desejava falar. Não sei se estarei sendo inconveniente...
Ela nem o olhava, temerosa.
E ele continuou: – Se estou sendo inconveniente, diga! Diga que me retirarei.
– Absolutamente. É verdade que papai não gostaria, mas...
–Perdoe-me... Neste caso eu me retiro. Espero que outra vez lhe possa falar...
E, humilde tirando o chapéu, despediu-se.
Saiu rubro. Ficou revoltado depois consigo e com ela. Por que não lhe falou decididamente? Por que não lhe disse tudo o que desejava dizer?
Aquela desculpa... do pai... não é verdadeira.
Oh! ela não gosta de mim!...
E aquele dia passou contando todas as coisas que encontrava. Vencia um "sim" e vencia um "não", para aumento maior de suas angústias.

Depois parava todos os dias à esquina, e esperava, olhar fito, que ela aparecesse.

No início não havia nenhuma regularidade naqueles encontros a distância. Com o tempo, Joana já conhecia as horas em que ele vinha.

Frederico passava lentamente pela calçada defronte com os olhos volvidos para ela. Somente para ela. Fazia-lhe um sorriso terno, quase triste, e um cumprimento longo. E ia até a esquina, onde parava. Volvia-se depois e acariciava-a de longe com os olhos. Notava que os vizinhos muitas vezes vinham à janela, e sorriam. Ele via sem ódio aqueles sorrisos. E perdoava-os porque não compreendiam. Mas como lhe batia velozmente o coração quando Joana não vinha à janela.

Ela sabia que era dele aquela hora. E por que não vinha? Que teria acontecido? Estaria doente? Joana não gostaria mesmo dele? Talvez não fosse assim. Talvez gostasse. Gostava sim, tinha certeza. Então, por que o castigava daquela maneira? Irritava-se. E, quando Joana aparecia depois, cumprimentava-a friamente. Ela fazia uma expressão de interrogativa ansiedade. E ele fechava o rosto magro. Ela corava. Via que corava. E ia passo a passo pela rua. Não volvia um olhar sequer para ela. E, quando chegava à esquina, não parava. Seguia impassível, mentira, a tremer intimamente. Mas afetava indiferença nas baforadas de fumo que atirava displicentemente para o ar, e no passo forçadamente natural.

Mas, depois, ao dobrar outra esquina, encostava-se à parede. Baixava a cabeça, mãos nos bolsos, escarvando o chão com a ponta dos sapatos. Suspirava, estrangulando o suspiro, para que não percebessem que sofria. E seguia de olhos vidrados, a face morta e o coração desfalecido.

E, quanto mais se afastava, mais lhe crescia no peito o desespero. "Por que não veio? Briguei com ela. Briguei. Nunca mais quero saber dela". E afirmava para si mesmo batendo bem as palavras.

Nunca mais verei Joana... Mas eu a amarei sempre, sempre!...

E aquelas vezes não comia. Ficava calado à mesa. Não respondia às perguntas que lhe faziam. Sua atenção estava longe, perdida. Que tortura quando o obrigavam a pensar.

Não queria pensar em nada. Não podia pensar em mais nada. "Pra que me incomodam, assim?..." E irritava-se com todos.

Mas o tempo passava. E passava também por seu coração. E o crime de Joana começava a diminuir de intensidade. "Talvez houvesse um motivo superior!" Justificava. Precisava justificar. Precisava desculpá-la. E tamborilava com os dedos à mesa, nas paredes, nas coisas.

E ia. Ia outra vez, ao outro dia, para vê-la.

De novo, o mesmo sorriso terno. De novo, com doçura, fazia-lhe o cumprimento longo. Com mais doçura até.

"Você está perdoada, Joana!..."

E, quando ia para casa, assobiava pelas ruas.

"Fiz as pazes com ela..."

Depois não passava de longe.

Passava-lhe rente. E sorrindo com os olhos nos olhos dela:

– Boa tarde...
– Boa tarde...

E de noite parava à esquina. Ela vinha à janela. Podia ver a sua silhueta. Encostava-se ali. E olhava. Tinha os olhos volvidos para o retângulo iluminado.

E ela não fechava a janela com rapidez, não! Segurava um postigo e mostrava intenção de fechá-la. Ele aí, aprumava-se todo. Respirava profundamente. Aumentava a tensão do olhar. Queria vê-la bem, enquanto ela fechava lentamente um dos postigos. E quantas vezes ouviu-a dizer para dentro:
– "Já vou fechar. Já estou fechando." Mas volvia logo para ele. E ele tinha um sorriso de inteligência. De intimidade, como se dissesse: "Eu sei, Joana. Por você ficaríamos toda a noite. São eles que exigem que você vá se deitar. Vá Joana, Vá!". A janela fechava-se, mas seus olhos continuavam por muito tempo abertos:
– "Boa noite, Joana..."

Mas um dia dirigiu-lhe a palavra:
– Boa tarde... como vai passando? Vai bem?
– Bem, obrigada... e você?
– Bem... por aqui...
Dirão que eram ridículas aquelas frases, menos Frederico. Ele tinha outras, líricas, cheias de paixão e há muito tempo dialogava com ela intimamente. Mas ali, na realidade viva, as esquecera.

E outros dias vieram. E, num deles, disse:
– Quero que me diga, por favor, se posso me considerar daqui por diante seu namorado.
Eram assim naquele tempo. Ela abaixou a cabeça. Arfava. E respondeu-lhe sem levantar os olhos:

– Não sei... – a voz era fraca.

– Não, Joana! Por favor. Não quero vir aqui assim. Quero-lhe muito bem para... para que isso não seja tomado a sério. Tenho muitos sonhos feitos para o futuro... – e fez uma pausa. – Diga, posso me considerar seu namorado?

– Pode, sim. – A voz era suave, mas decidida.

Um mundo novo descortinou-se aos olhos de Frederico. Naquele dia o sol era mais vivo. Tudo era mais claro. O branco do casario era mais branco e as pedras da rua brilhavam mais.

Foi para casa embriagado de alegria e de ternura.

Tinha um sorriso para todos e para tudo. Afagou os cabelos louros de uma criança que brincava na rua.

Sorriu para um casal de namorados que passava. Como desejava abraçá-los. Que fossem felizes, bem felizes! Ele queria que a sua felicidade fosse de todos. Queria abraçar a todos. Naquele momento, como era belo o mundo!

E naquele dia nasceu Frederico Paulsen.

Quando um dia voltava para casa, absorto em suas interrogações, encontrou Abdon apressado, espavorido:
— Frederico! – disse-lhe trêmulo. A mão fria segurava-o com força. – Tenha coragem. Você já é um homem...
— Que aconteceu, meu Deus?
— Seu pai... Frederico. Seu pai...
Abdon não precisou contar. Frederico compreendera tudo. Rosemund morrera no escritório: Abdon ao sair foi até a sala particular, e encontrou-o com a cabeça sobre a escrivaninha. Julgou que adormecera. Pronunciou algumas palavras. Como não se mexesse, tocou-o. Saiu correndo, mais por medo que para pedir socorro.

Há muito que ia mal dos negócios. Haviam apontado uns títulos, e os bancos negaram-lhe crédito. O coração não resistira àquela derrota nem à ameaça da miséria.

Como era grande seu pai depois de morto.
Olhava o rosto imperturbável, de cera. As sobrancelhas pareciam mais negras, como dois traços de carvão no rosto

pálido de barba despontando, embranquecida. Um desânimo lhe percorreu o corpo e permaneceu sentado, por longo tempo, em silêncio, não ouvia as palavras de conforto de Abdon e das pessoas amigas.

Confusos eram os pensamentos. Recordava desordenadamente as longas discussões que tivera com ele.

Parecia duvidar da morte e o corpo de Rosemund deitado no caixão, entre quatro velas, era um desafio à sua dúvida.

* * *

Frederico Paulsen ainda guarda nos olhos a recordação dos morros de sua terra. Aquelas colinas que se perdiam até onde o céu se recostava. Aquele bosque, perto do lago, onde tantas vezes fora viver aventuras heroicas e imaginárias para substituir as suas fraquezas. Aquelas chuvas que varriam as ruas batidas de vento. Aquelas praias longínquas, onde ventos loucos, ondas perdidas na imensidade do mar... Aquelas tempestades soltas pareciam desejos alimentados em ânsias esquecidas. O uivar do vento à noite como um coro de fantasmas lhe semeava, na imaginação, monstros que varavam as ruas em busca de crianças perdidas.

Aqueles céus profundos, às vezes tão altos, tão longínquos, que tia Augusta dizia ser o começo do paraíso.

Os olhares de todos, os sorrisos de todos, ainda guardava nos olhos.

Tudo aquilo guardava nos olhos, guardava no peito, guardava nas carnes. Aquele gosto amargo da vida era, ali, naquela cidade grande, que havia conhecido. Ali não conhecera o repouso, o amor, a doçura daqueles dias de infância, ao lado de sua mãe costurando, enquanto lia um livro de histórias maravilhosas de gigantes benfazejos... Se um dia encontrasse a fada boa que lhe desse a força de que precisava, a alegria que desejava...

E, na escuridão da noite, que se postava atrás daquela janela, nas trevas povoadas de mistérios e de demônios, lá estavam as suas insatisfações... Por que não era forte? E Deus, que andou fazendo Deus pelo mundo, que o fizera assim tão triste?

As sobrancelhas negras do pai eram dois traços fixos em sua memória.

E Deus que ele imaginara um portento de sabedoria e de força, um grande sábio, o sábio dos sábios...

Os homens são crianças sempre. Deus é sempre uma imagem dos homens. Abdon é que dizia bem: Para um povo caçador, Deus será sempre o melhor dos caçadores.

E Joana? Como estaria agora? Como desejava amar seu pai como nunca o amou. Temia-o mais que o amava. Era grande, imenso, poderoso, era forte. Só "aquilo" poderia abatê-lo... *Tarass Boulba*... recorda... um dia havia lido esse livro...

Voz forte, grossa, misteriosa e imensa. Deus falaria com aquela voz se Deus falasse.

Mas Deus havia morrido... seu pai havia morrido.

Vítor

A noite é quente e invade o quarto. Ele violenta as sombras com estas palavras: "Nos olhos temos toda a vida...".
Os pensamentos atropelam-se com imagens cotidianas. "Para que pensar? Se tão somente se sentisse?" "Fecho os olhos e os sentidos amortecem..." Não se convence porque o rumor surdo da cidade o envolve.
"Lá o homem luta e, porque luta, tem os olhos abertos." Como lhe satisfazem estas palavras. Precisa repeti-las mais alto. Não é só para si, tem agora o auditório das trevas. "Toda a alma do homem está nos olhos..." Faz uma pausa para que as palavras ressoem. "Os olhos falam mais eloquentemente que os lábios e os gestos." Os filetes de luz dos vagalumes associam-lhe imagens de aplausos mudos.
"Qual a parte do corpo que tem a expressividade dos olhos?" Ele não interroga a noite. Interroga "aqueles olhos" que se fixam sobre ele. "É por isso que a máscara dos mortos não esconde a morte." Arrepia-se. "Máscara dos mortos..." Por que aquelas sugestões soturnas ecoando lá dentro? As trevas, as trevas é que são as culpadas.

Os olhos agitam-se, movem-se, param, perdem-se, espraiam-se, dilatam-se, recuam, fixam-se, distendem-se, paralisam-se, interrogam...

Precisa acender a luz, distrair o nervosismo. Aquelas palavras o exigem. Um toque lhe inunda o quarto de luz. Negaria o suspiro de alívio se dele tivesse consciência. Não é mais a luz mortiça de antes, comenta. As mãos acariciam os papéis soltos sobre a mesa. Lê em voz alta:

"Olhar de aço, dedos crispados, respiração profunda, pausada, músculos atentos, o homem primitivo avança em busca da presa descuidada que bebe à beira do rio... Mata-a.

Mas passo a passo, no silêncio do andar, um felino gigante avança. Ele também tem fome.

Defrontam-se e trava-se a luta que retumba na floresta. Os golpes são terríveis, e assombram os gritos de dor e de raiva.

Mas o homem vence, sangrando, cansado...

Tem a presa nas mãos, cerra os dentes, impele a cabeça, e clama demoradamente o primeiro cântico ao trabalho!"

* * *

"A noite treme de frio ao uivo cortante do vento. Um lobo uiva de fome. E o homem primitivo uiva de fome e de frio. E lembra os dias de sol quando a terra reverdece, quando as árvores dão frutos maduros...

Olhos esgazeados, geme a primeira oração:

Sol!... Sol!... Sol!..."

* * *

"Na noite de lua, Uiá passa de leve a mão no corpo de Ruiú. Uma moleza percorre os músculos e um sorriso brilha no rosto. Ele sente no corpo a carícia do vento. A lua que corre na noite morna é como o rosto de Ruiú... E sua voz gutural articula o primeiro poema, apertando suavemente os braços dela:

— Ruiú... Ruiú... é a lua!... — E aponta para o alto, a sorrir, molemente, inflando de desejo as narinas largas."

* * *

Um sorriso acompanha as últimas palavras. Pode gozar agora uma vitória sobre suas insatisfações. Está só no quarto. Aplaude-se. São largos os gestos com que dispõe os papéis na mesa. As frases pletóricas que arquiteta bem poderiam ser de outros. Serão de outros. Que custa aceitá-las como reais? Naquele instante quem poderia destruir sua convicção? Toma da caneta e intitula: "Três momentos da humanidade"! Enamora-se do título. Repete-o pausadamente, saboreando-o... E num gesto largo assina: Vítor Garcia.

E à noite estriada de vagalumes, que se debruça na janela, oferece o seu sorriso mais agradecido.

* * *

A luz do sol já havia espantado as trevas.

Vítor dorme a sono solto. O relógio sacode-o aos berros. Os olhos estão pesados, e abre-os para fechá-los medrosos da luz da manhã.

Um cansaço segura-lhe o corpo. Aperta as pálpebras. Mas hoje é outro dia! Até ali havia uma invariabilidade de meses. Olha a janela semicerrada e a estante quase vazia de livros, o armário recostado na parede. Atrás daquela janela está a mesma mancha feia e cotidianamente triste de fundo de quintal. Quase reprocura o sono. Mas levanta-se de um salto, para vencer o desejo de esvair-se pela cama.

Às oito tem de estar na Faculdade. Samuel deve chegar naquele dia e dizem que está mais gordo. Como não estarão aquelas "bochechas de bolacha"! Diabo, deve apressar-se. Esta toalha suja! E ainda há o café da manhã. Um moleirão, aquele Samuel, um "craque" da moleza. Beiços carnudos e vermelhos – negroides, gosta de dizer –, sempre com humor e piadas soltas. E que gostosas gargalhadas amarrotavam o rosto cor de chumbo de Válter.

Samuel vai esperá-lo na Faculdade. Morarão juntos ainda este ano, e talvez se acomodem melhor. Mas se não anda mais depressa não chega a tempo. Válter espera-o, o assobio é dele. Já vai! Puxa, que pressa! O café estava queimando. Leva para a rua um sorriso, um grande e ingênuo sorriso, que lhe dá sugestões de felicidade. O vento da manhã refresca-lhe o rosto febril e respira mais fácil. A rua amanhece, estremunhando-se nas portas que se abrem. E essas caras de sono que vão no bonde, inchadas, de olhos bem abertos, procurando tornar as pálpebras mais leves? Há sempre todos os anos uma esperança de vida nova.

Talvez tudo acabe numa displicência, num desejo de terminar o curso de uma vez, libertar-se da ditadura dos exames, dos horários, das frequências.

Ainda falta este ano. O sorriso se encosta no rosto, e, enquanto esse guardião de seu otimismo estiver ali, haverá sempre lugar para uma esperança.

E assobia para a manhã.

Vítor vê passar as imagens cotidianas da tarde. Dali pode ver o crepúsculo, o sol avermelhar-se lá no fundo da rua. É o menino do armazém que fala com D. Leocádia. O bonde vem num temporal solto, carregado de gente. Quantas vezes sentiu no bonde o cheiro humano daqueles corpos cansados... Ali, naquela porta, tem um mundo e tem a tarde. A mesma tarde de quatro anos. O mesmo sol, as mesmas pessoas quase, as mesmas crianças que brincam à beira da calçada.

"Velha tarde de bairro!"

Aquele céu azulado com uma nesga de nuvem. Há uma suavidade que acaricia de leve os sentidos. Está entre o dia e a noite. A hora lilás, um momento só, cobre tudo.

O ruído do bonde pode esconder os silêncios bem humanos dessas horas. Há um bem-estar macio naquele alaranjado ouro-velho do sol. Do outro lado da rua vêm as sombras avançando. Estirar os braços, assim mesmo. Se se pudesse segurar essas cores agônicas que desmaiam. Se ele pudesse esvair sua consciência vigilante, fundir-se com as coisas, como aquelas plantas, enroscar-se, espraiar-se como um rio, não, um rio não, como um lago que transborda...

Esses instantes... com um pouco mais de lirismo ele seria capaz de transformá-los em eternidade, porque há eternidade até no fugidio...

É noite e a rua ausente. Distingue agora melhor os solos das vozes. Os grilos vieram com a noite. Vítor olha as estrelas. Não conta? Conta, mas perde-se, achando um sorriso. "Há muito de sonho, muito de imaginação na verdade..." Essas palavras não são dele. São de Pitágoras. Mas a satisfação em pronunciá-las é dele.

Não é bom sonhar em silêncio uma história gloriosa para a gente? Que pode a verdade contra ela se nos cria a possibilidade de sermos interiormente felizes? Depois de se chegar a certa idade, a gente tem a pedante pretensão que não se sonha. Que diferença há, Vítor, entre os nossos sonhos e os da infância. O ideal, que é?...

"Esquizofrênico." Samuel já definiu. Mas essa é a mais "barata das felicidades", como Pitágoras chamou. A gente deve encher a vida de imaginação. Um pouco de fantasia. Racionaliza-se tudo. Mas é bom sonhar. Formado não será o princípio da realidade dos sonhos? Será a letra maiúscula da minha vida. Essa frase é minha, essa é minha!

O ruído da cidade vem até ele, vem abafado. Puxa-o para fora. Incita-lhe pruridos de ir para a rua. As luzes já se acenderam. Agitar-se no meio de multidão. Desfazer-se. Talvez haja alguém... um alguém nessa multidão. Um alguém que o espere. Quem sabe tantas vezes não passou ao seu lado. E poderia ter havido um sorriso...

Há quatro anos ali, naquela rua, naquela pensão.

Poderia perguntar por que tem sido tão conservador? Por que consegue manter-se, ali, na pensão da "velha América", aturando aquela comida... aquele desleixo, a falta de comodidade? Pelo preço não seria. Existem outras melhores e não mais caras. Há uma sedução naquele clarão da cidade. Vozes distantes, ruídos longínquos, que ele não vive. Como seria bom poder viver todos os instantes, todos. Se as aulas não começassem tão cedo, iria até lá. Podia ter ido de tardezinha. Não foi porque não quis. Por que se deixou ficar contrariando os seus desejos? Havia certo prazer naquela tortura, sabia. Mortificações... que adianta isso? Por que se apega tanto àquelas tardes da pensão?

Sim, aquelas tardes já são um patrimônio da pensão. Velhas tardes de bairro. Quando veio para a Capital, o "velho" lhe disse, recorda: "Vais morar com a D. América. É muito boa. As informações que tenho são as melhores. Ela é uma mãe para os estudantes". Não duvidou. Os cabelos brancos, o rosto sereno, o olhar molhado de D. América, e o sorriso com que o recebeu, os cuidados que teve com as "coisas do rapaz", "carreguem direito", "ponham naquele quarto grande, naquele bom que desocuparam ontem... tem entrada independente". Tudo o convenceu. O "velho" tinha razão. D. América era uma mãe para os estudantes. O Emílio está doente e passa o dia gemendo. D. América vai lá seguido. "Olhem o chá do 'seu' Emílio! Já foste buscar o remédio, Caetano?" "Anda, moleque do diabo!" "Já vou, 'seu' Emílio." E vai. Ela explica depois: "O rapaz, coitado, tem pai pobre. Às vezes nem manda dinheiro, um, dois meses, três até, e seguidos. Um dia vem. Dá alguma coisa por conta.

O coitado fica encabulado, sem jeito. A gente sabe o que é isso. Veja você, doente. Outro dia chorou pela mãe. Não vá dizer nada pra esses malvados. São capazes de rir do rapaz. Você compreende! Mãe da gente longe... Tenho um filho viajando. Sei lá do que o pobre às vezes precisa. 'Caetano', já foste buscar o remédio? Este moleque deixa a gente tonta. Hoje não cuido da cozinha. Manda a Luísa que cuide". E lá vai se arrastando. Bate na porta do quarto de Emílio. Espera. Ninguém responde. "Deve tá dormindo. É melhor. Vejam agora se vocês fazem barulho. Boto na rua quem fizer barulho. Caetano, vai buscar minha cadeira de balanço." – Caetano vai.

D. América senta-se fazendo crochê. Põe uns olhares terríveis se alguém pisa mais forte. Segura os braços da cadeira, ameaçando, se falam alto. Vítor tem a experiência de quatro anos. Poderia já ter se mudado. Mas havia, ali, uma espécie de orgulho da pensão. Samuel chamava a "honra da pensão". "A gente se orgulha daquela droga." Orgulha-se mesmo. Aquilo é pobre, os quartos miseráveis, a comida horrível quase sempre. Mas a "velha América" tem culpa? Não se atrasam nos pagamentos? Algum dia correu alguém por não pagar? Os problemas não são estudados em "conselho de guerra"? "Velha América" não diz tudo o que se passa? Que aumentaram o aluguel da casa e os impostos, ah! os impostos! Acaba terminando em proclamações rubras de revoltas. Desaforo cobrar imposto de pensão pobre de estudante niqueado! Mas quem acaba resolvendo tudo é ela mesma. A reunião nunca delibera senão apoiá-la. Ela não aceitaria outra sugestão. Não impõe, mas resolve. Depois fala em *nós*, nós resolvemos, nós vamos fazer isso, daqui por diante, nós... E com gravidade a gente afirma que sim, também.

    Foi no primeiro ano que recebeu um telegrama avisando que seu pai estava passando mal. Voltou para casa. Quando chegou, o pai já havia morrido. Ficou uns dias para resolver tudo. Deixou uma procuração. Restou somente a renda de duas casas. Quando o viu, "velha América" abraçou-se a ele chorando. Podia esquecer aquilo?

    A "velha" é uma mãe para os estudantes!...

    É Válter quem chega. Diz que Samuel vai ficar na cidade e só voltará muito tarde.

– É amanhã... Vais?

– Vou...

– Há boas pequenas! Convém dormir cedo para amanhã estar em forma. Por que não rir? A alegria vem depois. Também faz parte das nossas possibilidades. Quando não se tem esperanças, que custa criá-las?

No Café Paris, Samuel espera-os repousado num sorriso mole, pernas abertas, bebendo chope. Recebe-os alargando o rosto que rebrilha de gordura. Os olhos pequeninos faíscam. Repugna a Vítor aquela flacidez. Insulta-o com um pensamento mordaz. Durante o dia, um pessimismo que não pudera conter estivera-o remoendo. Estão convencidos de que esse baile é algo de notável...
– Vens feito, hein? – A pergunta e o piscar de olhos de Samuel fazem afluir ao rosto de Vítor um sorriso de superioridade e de mofa.
Um desejo de hostilizá-los. Que importância dão às coisas mesquinhas. Um otimismo todo de gordura!
– A gente vai cedo... – ajunta Samuel como complemento de um arroto que não contém. – Aquilo começa e acaba antes das duas. É gente de trabalho que de manhãzinha tem de estar de pé. Acordar vá, mas trabalhar...
– E com essa gordura toda... – que oportunidade para Vítor.
– Sou capaz de trabalhar mais que qualquer um de vocês dois...

— Só se for na mesa, comendo...
— E não é trabalho? Comer a comida da pensão é trabalho e duro... — E é todo bochechas. — O Ricardo queria me arrastar a uma reunião de grã-finos. Não aceitei por vocês...
— ... muito obrigado pela solidariedade... — Vítor volve-se para Valter com gravidade falsa.
— Naturalmente... Tudo medidinho. Frases feitas, pensadíssimas. Quer dizer, tudo que é o meu oposto. Gosto de brincar, mas à vontade... Com vocês, estou no meu elemento.
— Garanto que farias sucesso com as tuas graças no meio de gente elegante. Serias uma "trouvaille" formidável...
— Já é ser-se alguma coisa. É uma esperança saber que a gente não passaria despercebido, o que poderia, por exemplo, passar-se com você, se fosse...
— Eu não iria...
— Talvez porque ninguém se lembrou de lhe convidar.

Válter desvia o assunto. Vítor engole o chope em silêncio. Mastiga buscando ironias que não vêm. Samuel sempre o leva de vencida.

Cabe a Samuel pagar a despesa. Deixa cair alguns níqueis e é espremendo-se todo que os junta.

Vítor deixa escapar sua hostilidade em gargalhadinhas...

Agora o bonde invade quarteirões e mais quarteirões. É Válter quem dá o sinal para parar, aponta um casarão no meio da quadra.

— Primavera no verão... — Vítor expande assim um pouco de sua decepção prévia.

— Pois é aí mesmo... aí há primavera mesmo no verão... — retruca Samuel pegajosamente.

Entram. Vítor passa os olhos pelo salão todo enfeitado de balõezinhos cor de rosa. Que ridículas aquelas tiras de bandeirolas que cortam a sala de ponta a ponta e fazem uma grande barriga no centro! E que gente!... Sua análise é interrompida por Samuel, que mantém uma seriedade grotesca, de busto erguido.

Vítor conserva sua mais convincente naturalidade.

É assim que reage.

– Vamos dançar? – convidam.

– Como se consegue par? – Vítor simula interesse.

– É a coisa mais simples do mundo. Basta a gente se dirigir a uma pequena...

– E se ela disser que não aceita? – Precisa contrariar para criar um limite.

– Qual nada, todas aceitam... – e aponta com o queixo redondo: – olha, o Válter já está agarrado à pequena dele.

Vítor não se anima por isso. Recolhe-se, calando. Ninguém o atrai. A orquestra desafina. Quando se volta, vê Samuel, que dança com uma loira magra, alta. "Esse camarada não tem o senso do ridículo." Circunda-o com seu desdém. "Antes tivesse ficado no quarto, lendo... Não será mais interessante no bar?", pergunta. Mas a resposta já deu, porque seus passos se dirigem para lá. Vai em direção à porta. No mesmo instante sai uma jovem, Vítor desvia-se rápido para lhe dar passagem, quando ela envereda para o mesmo lado. Sorriem. Aquele incidente jocoso é um gesto de luz clara que lhe vara o pessimismo.

– É melhor parar...

– Desculpe... "Que lindos aqueles olhos e aquele braço erguido com a mão espalmada à altura da boca"...

– Desculpá-lo, de quê?...
– Quase nos chocamos...
– Isso acontece...
– Quer dançar comigo? – arrisca animado pelo sorriso que ela traz nos lábios – Não tem compromisso agora, tem? – Agrada-lhe a firmeza de sua voz e de sua audácia.
– Nenhum...
A resposta dela faz com que estire o braço para segurá-la. Junta-se a ela. Inspira forte. Carrega-a através da sala, através do compasso da música. Alvoroça-se, porque a domina. É sua... É sua presa. Uma satisfação primitiva lhe acaricia o ventre e o peito. Seus olhos se alargam, crescem. Aspira o odor afrodisíaco que vem dos cabelos soltos.

A tempestade da orquestra amaina-se e, a convite de Vítor, dirigem-se para o bar. Interroga-a. Chama-se Inge e trabalha num ateliê de costura. Provoca-a:
– Você não vai se aborrecer por lhe tomar todo o tempo.
– Oh, não!
Riem um para o outro.
– Me diga uma coisa: já encontrou alguém que lhe interessasse?
Inge morde os lábios e não responde.
– Encontrou? – Vítor insiste na pergunta.
– Na verdade, nunca! – Responde francamente. – Não tenho jeito para romance.
– Sim, mas uma pequena bonita, como você, naturalmente, que já foi bem cantada. – Desaprova a expressão, a voz cria elasticidade. – Qual é a mulher bela que não atrai um olhar de interesse dos homens? – A artificialidade da frase o insatisfaz.

Inge sorri, procurando esconder uma ponta de vaidade, e meigamente confessa:

— Mas isso não me faz perder a cabeça. É que... não vejo... falta alguma coisa... não sei bem o que seja... mas há algo que falta.

— Você não gostou nunca de ninguém?

— Até hoje, nunca.

Pende um pouco mais para ela e mornamente:

— E até agora, também? — Seus olhos se abrem. Vítor sente rios de sangue ardente correrem pelas veias.

— Até agora?!

— Sim, até agora — a voz ainda é morna.

— Até agora, não sei bem. Não lhe basta um talvez?

— Tinha tanta vontade de conhecer esse homem feliz?

— E você? Também nunca se interessou por ninguém?

— Desse momento em diante, sim. — Espera que ela pergunte mais. Não pergunta. Não pergunta, porque a orquestra se desconjunta num "fox", e Inge convida-o para dançar. Vítor, baixinho, ao ouvido, teima:

— Está me devendo uma resposta, sabe? Não me respondeu quem era o homem feliz das suas preocupações. Eu lhe disse que já encontrei uma pequena. E essa pequena é você, sabe disso? Por que não me responde agora?

— Por que quer que lhe responda? — Com certa tristeza sincera. — Os homens e mulheres são tão iguais.

— Mas a gente não está proibido de acreditar que também sejam diferentes? Eu podia dizer que julgo você diferente. Podia fazer umas frases, não podia? Estirar uns olhares sentimentais. — Os olhos dela enlanguecem. — Falar sobre as suas orelhinhas... — orelhinhas, que bobagem estava dizendo.

Ora, orelhinhas! Recua para uma seriedade forçada. Experimenta outra frase. – Diga uma coisa. Isso de a gente ser um galanteador é coisa corriqueira. Não podia eu dizer que você é um achado para mim? Não podia? Podia. Podia dizer mais: que é bonita, que jamais pensara encontrar você aqui. Que a julgava tão distante. Que você veio, veio na hora inesperada. É sempre numa hora inesperada que ela vem. Você seria ela... Ela, quem é? Perguntaria. Não perguntaria? E eu então, teria um olhar distante, para descrevê-la, para descrever você mesma. Isso seria meio poético, não acha? – Os olhos dela sorriem nos dele. – Seria, sim. A gente crê em poesia nesses instantes. Conhece aquele poema que termina assim:

"Tu podes ouvir com teus ouvidos as minhas palavras.
Podes sentir com teus nervos as minhas carícias.
Mas é com os olhos que tua alma escuta a minha..."

Gostou?
– São bonitos...
– São meus... – e esconde-se num sorriso.
– Então é poeta, hein?
– Não, mas fazia versos. Talvez agora seja poeta. Olhe bem para os meus olhos. Será possível que você escute a minha alma, será?

* * *

Vítor interioriza-se silencioso. Aquele encontro com Inge é todo seu. Amplia-o com outros detalhes que teria se ele dirigisse os acontecimentos do mundo. Daria mais ternura às suas palavras se aquela orquestra não executasse músicas tão gritantes. Aqueles balõezinhos cor de rosa ridicularizavam-lhe as palavras. Retinham-nas... Desejava, em todos os momentos, tê-la dominado com os olhos. Mas a recordação física daqueles encontrões ainda o irrita.

Samuel fala com inconsequência. Para cada quarteirão tem um assunto. Válter obriga que se desvie o assunto para a sua pequena, que manifestou ciúmes porque ele olhou para uma loira mais demoradamente.

Envaidece-se. Repete as palavras de queixa. Mas, para Vítor, Inge foi tudo. Procura cercar a imagem dela com brumas que encubram aqueles balõezinhos, por sons que ocultem as notas dissonantes da orquestra que martelara ritmos diversos daqueles de seu sangue, de seus músculos...

– Vítor, Vítor, você não acha?

Que lhe adianta concordar? Por que Samuel o persegue com perguntas? Por que não se absorvem, ele e Válter, em sua conversa, e o deixam sozinho consigo mesmo?

As brumas que cercam Inge, em sua memória, não se desfazem.

Ele as segura para que ela, somente ela, seja a única realidade. Mas como é mesmo? Tem os cabelos escuros, lembra... Os olhos também são escuros, profundos, abissais... Por que abissais? Não, aquela palavra não convém para defini-los!

– Como o mundo tem mudado, hein, Válter?

O bonde corre largo. Mas Samuel contrasta com sua moleza. A voz é lenta e grossa, e alteia quando o bonde faz mais ruído.

– Meu tio uma vez me contou como era no tempo dele. Não havia essa liberdade...

"Sim, ela viria num vestido vaporoso, aberto em roda. Passaria lenta, deixaria cair um lenço que levaria respeitosamente ao rosto e aspiraria o seu perfume. E, depois, entre um sorriso e uma mesura, entregaria a ela: Senhorita, poderia me conceder a próxima valsa?

Ela não responderia logo. Abriria seu 'carnet' violeta, gravado com uma rosa de prata, e concordaria com um sorriso..."

... Imaginem aqueles bailes do tempo do meu tio. Tudo aparentemente sério... Uma pequena que passa, leve como uma pluma...

"Ela seria leve como uma pluma!"

– Um tocar de dedos. Que dedos, nada! Usavam um lencinho na mão para não tocar na carne da dona boa...

"E isso não seria melhor, mais belo? Por que eles não querem mais sonhar? Por quê?..."

– Mas que tempo besta, aquele. E ainda há gente que venera o passado...

Vítor irrita-se com as palavras de Samuel. Põe a cabeça para fora da janela como um recurso.

– Eu, por exemplo... – interrompe Válter – acho que se deve venerar o passado... mas como passado. Não admito que se procure torná-lo presente. Não acha, Vítor?

Um olhar sem expressão é a sua resposta. Ele não responde de cansado, porque o coração mingua.

– Estou com você, Válter – apoia Samuel. – É isso mesmo. Como passado, está certo.

– Olha, já estamos chegando – agride Vítor com alívio.

Descem do bonde. Vêm juntos pela calçada.

– Quando ando de bonde, me revolto. Ainda há de chegar o dia em que todos teremos um automóvel. Mais barato que os de hoje e mais confortável. Você duvida? – Pergunta Válter para Samuel.

– Eu, não!

– É a evolução. Tudo segue naturalmente no mundo.

– Sim, tudo segue naturalmente, tudo nasce naturalmente: as batatas, as cenouras, as crianças e os automóveis...

– E Samuel espoja-se num sorriso enxundioso.

* * *

Vítor pronuncia com uma ternura macia o nome de Inge. As sílabas passam de leve por entre os lábios entreabertos.

Abre a janela porque precisa da cumplicidade da noite. "Estará pensando em mim, agora?" Sua interrogação é apenas uma dúvida.

Talvez ela nem misture nos pensamentos a sua fisionomia, o seu nome. Imagina uma história de amor. Não seria melhor que a tomasse simplesmente como uma aventura? Talvez nas ruas, amanhã, quando veja outras, tenha desejos de ensaiar uma nova aventura, mais eloquente que aquela, com momentos mais suaves e mais ternos. Mas por que procura se iludir se seus pensamentos se voltam para ela? Arrepia-se de prazeres prometidos. Sente percorrer-lhe o corpo um bem-estar que se espraia e se funde com as coisas do quarto e penetra pela noite a dentro, como se ele fosse a noite, o mundo, mais, muito mais que ele mesmo.

* * *

Inge despe-se vagarosa. Poderia dizer que aquela cama, é uma cama; poderia dizer que aquele armário é um armário. Por que lhe vêm à cabeça essas ideias de diferenciação? Que há de diferente nas coisas?

Crucifica-se sobre o leito. "É com os olhos que tua alma escuta a minha..."

E Inge não sabe que até ali sua vida havia corrido ao mesmo compasso das coisas que a cercavam. Inge não sabe que se confundira muitas vezes com suas companheiras de trabalho, que fizera seus os desenganos, as angústias, os desencantos das outras.

Poderá sofrer a dor dos outros, mas acreditará em sua felicidade. Ela respira fundo no leito, de olhos voltados para cima. Se falasse mais alto, não temeria mais o som de sua voz. Prometeu encontrá-la amanhã à saída do ateliê. Que quererá dela? Uma aventura como outra qualquer, quem sabe? Mas o coração lhe oferece afirmações mais categóricas. Tem ânimo para acreditar que gostou dela. Talvez pudesse dali se formar uma história de amor. Uma história como aquelas que conhecia nos romances e no cinema. Apaga a luz. Se ele soubesse de tudo... Um suspiro alumia-lhe os instintos. Nos olhos fechados, fosfenas rebrilham fugidios e cambiantes.

É tudo o que sobra nas trevas...

Há um sentido trágico sob a transparência das ações simples. Há tragédia na luta entre a vida e a morte, a agonia desse instante supremo do ser e do não-ser.

Há na embriaguez do sono verdades profundas. Verdades que vêm de milênios e que percorrem por entre brumas, avançando no tempo, negando distâncias, anulando personalidades que são vencidas, superadas. Há luzes geladas que não conseguem alumiar a consciência que se debate na impotência das forças adormecidas. Os séculos passam em relâmpagos. Sobrepõem-se imagens, anulam-se, dissolvem-se...

O pensamento lógico é um anacronismo aí. A consciência seria a simplificação. Ali, naqueles instantes em que as trevas adormecem, em que os silêncios sepultam o corpo nessa emoção de morte, há caos de impulsos, gêneses e superações de instintos, forças cósmicas que avançam, dominam, lutam. São desejos que se cumprem escondidos nos desvãos escuros. Outros são arrojados para cavernas mais fundas. Lembranças de terrores, momentos de paroxismo, lucidez que se debate em afirmações, instantes em que o temor faz nascer chispas da consciência, séculos e mais séculos de vidas, de lutas, toda a história de vidas que ainda não morreram, vitórias e fracassos, ressurreição de tentativas heroicas, ânsias de devassar anos futuros, exaltações terríveis, destruição de personalidades, amordaçamentos impostos, gritos de rebeldia abafados, desejos de posse e de conquista, dificuldades insuperadas que deixaram gravados gestos amargos de desespero, tímidos olhares, lirismos comunicativos, relâmpagos que rasgam trevas e alumiam covardias indesejadas, manhãs plácidas, raios de sol cálidos que acariciaram mornamente peles endurecidas, voos largos, distâncias superadas, azuis longínquos que guardam perigos e aventuras doidas, fomes que não foram ainda satisfeitas, sedes insopitadas que racham lábios vermelhos, unhas impotentes que cavam, gestos inúteis que não comovem. Abismos profundos que se abrem, negros e misteriosos... Gritos perdidos que cortam fino como estocadas. Estremecimentos, lágrimas que lavam rostos sujos de terra, uivos de dor que arrepiam, assombros gravados em rochas...

Quando Vítor acorda, parece-lhe que teve uma noite sem sonhos. Os olhos ardidos e pesados fixam-se no ângulo da hora tardia da manhã. Levanta-se de um salto, atirando para longe, com os pés, o lençol enroscado. Acusa-se de ter dormido tanto. Ela certamente terá acordado cedo. Teria pensado nele? Seu amor-próprio afirma que sim. Lava-se às pressas. Sai. A claridade da manhã martiriza-lhe os olhos.

Tem de esperar o bonde que o levará ao centro. Vem cheio. Lotação completa. Isso o insatisfaz. Ensaia uma

interpretação negativa da vida como se ela fosse um amontoado de ausências.
Mas a recordação da noite passada empresta-lhe otimismo. Aceita. Anima-se a convidá-la para o almoço. Já está no bonde, em pé. Sacolejado, que importa!
Segue pelas ruas num passo mais firme. Como se desvia bem. É ali que ela trabalha. Já passam alguns minutos das onze e meia quando ela sai.
Inge sorri. Traz no rosto pálido uns olhos cheios de vida.
– Saí mais tarde porque entrei mais tarde... – diz suavemente, enquanto lhe aperta a mão.
– Dormiu bem? – A naturalidade é quase falsa.
– Não muito bem. Meio zonza... E você?
– Quase não dormi. Passei pensando em você o resto da noite. – Que mal fazia a mentira?
Ela aperta os lábios e duvida com o olhar.
– É verdade. É verdade, sim... E você pensou em mim, pensou?
– Pensei muito... – Os olhos crescem.
Vítor pergunta num tom aparentemente neutro:
– Quer almoçar comigo? É possível?
– Onde?
– Aqui perto, num restaurante. Está bem assim?
– Está...
Inge sente-se leve. Caminha rápida, acompanhando o passo de Vítor por entre a multidão. Ele duas vezes perde-a no movimento. Não se contém e segura-a pelo braço:
– É para não nos perdermos mais.
Ela sorri, apertando-lhe a mão de encontro ao peito.
Tem desejos de estreitá-la entre os braços.

Estão em frente ao restaurante.
– Ih!... como está cheio!
– A gente espera um pouco. Quer um aperitivo?
– Para quê? – Ela mostra os dentes num sorriso.
– Está com fome?
– Puxa!... uma fome louca!...
Vítor passa-lhe a mão pelas costas. Abusa. Retira-a.
– Olha, uma mesa vaga. Toma depressa!... – ela vai lesta.
– Finalmente, temos lugar.
– Desde ontem que tenho pensado em você a cada momento. Você tomou conta dos meus pensamentos, sabe?
Ele corre os olhos pelo rosto dela. Examina as sobrancelhas discretamente aparadas. Os cabelos são escuros e ele já viu muitos como os dela, secos, soltos. O rosto pálido é sulcado por dois traços negros à base dos olhos que são mais fundos quando ela sorri, mastigando. Há um quase ineditismo para ele. Procura achar naquele rosto alguma coisa que o desagrade, mas tudo lhe parece condizer perfeitamente, como se ele mesmo, antes, o houvesse modelado.
– O que é que está vendo em mim, hein? Sou feia, não é?...
– Feia?!... – e põe uma admiração exagerada na voz. Ela tem um meneio terno de cabeça e desce suavemente os olhos. – Feia?!... Não, absolutamente não!... Para mim não é feia. Ao contrário. – E olha-a firme, desejando convencê-la com a seriedade de sua expressão...
A pausa que se coloca entre ambos é transposta por ela:
– A gente quando é pobre não tem tempo de cuidar de si... Eu, pelo menos, não tenho tempo... nunca tive mesmo o desejo de cuidar de mim. Fui sempre muito

despreocupada. Não sou bonita, sei, mas também não sou feia, ora!...

Ele sorri do tom daquele "ora" que lhe desperta ternura. E diz com gravidade:

— Inge, talvez não acredite, sabe que ainda não gostei de ninguém, no duro?

Ela sorri duvidosa, mas ofegando.

— Nunca, não!... Não duvide! — mantém a mesma gravidade na voz. — É verdade!

— E desejaria gostar?.... — pergunta com certa timidez.

— Não... — há um estremecimento nos olhos dela. — Não, porque já gosto. Sabe de quem? — E não espera resposta, avança a cabeça quase junto a ela, murmura: — Você, Inge... — forja intimidade com um sorriso, e acrescenta: — e que acha você, foi boa a escolha? Diga, ande.

Ela olha-o meio séria, nos olhos, no rosto. Toma um pedaço de pão, leva-o à boca, parece temer responder-lhe...

— Diga, por favor. Acha que estou no bom caminho?

Procura as mãos dela.

— Não fica bem aqui... — balbucia com voz abafada, retirando-as.

— Está bem... — Concorda com brandura. — Mas diga, não tenho o direito de me considerar feliz?

— É mesmo?... — pergunta mastigando, com dúvida no olhar.

— É, sim!... — e procura chegar-se mais a ela.

— Coma, senão...

— Não tenho fome... Quero admirá-la.

Ela a sorrir continua:

— Olhe que eu termino e assim não se pode esperar muito, e a hora passa.

— Já lhe disse que não tenho fome.
— Pois eu tenho e muita.

* * *

Vai deixá-la à porta do ateliê. Há lugar para muitas interrogações. Mas as ruas já se agitam.
— Você não me respondeu nada das minhas perguntas? Que acha de minha pequena?
— Acho-a desenxabida... feiosa. E depois...
— Desenxabida?! Então você nem vê direito...
— ... feiosa...
— Quer que também lhe chame de bonita?
Inge ensombreia o rosto.
— Não é isso...
— ... diga então!
— Até amanhã. — O sorriso é quase triste. A mão está fria. Vítor aperta-a. Os olhos se afundam no mesmo olhar.
— ... que há, Inge?
Ela abana a cabeça, nervosa, retira a mão.
— Nada... nada... até amanhã, sim?
Entra. Vítor fica à beira da calçada. Não se afasta logo.
Corre os olhos pelas vitrinas. Mas os olhos não estão ali. Vão adiante, em busca de alguma coisa. O que ela não disse... Como lhe faz falta o que ela não disse.

Aquela Pitágoras não esperava. Tinha confiança que não prosseguiria toda a vida verificando faturas. Já uma vez havia dito ao sr. Marcos que tinha outras qualidades. "Aguarde a sua oportunidade", fora o conselho. E que faz senão aguardá-la? Oportunidade, também, para quê? Deseja ser simplesmente independente. Viver como deseja, poder contemplar a vida sem mais profundas ligações. Aceita a amizade epidérmica dos outros. Mas pode prosseguir vivendo à parte de tudo e de todos, como só ele sabe viver.

    Acaso eles alguma vez perguntarão a si mesmos quem são? Necessitam saber quem são? Que é uma personalidade? Esta pergunta forçá-los-ia a fugir um pouco de seus objetivismos. E isso deve ser terrível para o Sr. Marcos, para aquele Alcides preocupado com os "carnets" desportivos. Silvino, o contínuo, ali está satisfeito de suas insatisfações. Anulou suas ânsias à custa de negá-las. E vá, depois, um homem tirar a fé de um pobre coitado. Todos vivem as suas atitudes. Neles, personalidade é um amontoado de atitudes. Por isso, ninguém é mais lógico do que eles. Se polemizassem consigo mesmos, acabariam se destruindo. Posso discutir comigo e ser outro. Pelas ruas há de andar algum milionésimo cidadão como eu. Não sei o único.

Mas aquela não esperava. Atendeu ao chamado do Sr. Marcos. Foi até seu escritório. Junto à vidraça, lendo uns papéis, estava um homem de cabelos grisalhos. Recebeu-o com os olhos interrogativos. Teve a leve impressão de quem entra num tribunal para ser julgado.

– Sr. Pitágoras, apresento-lhe o Sr. Alvaro Corrêa, um dos sócios da firma.

Tinha de sorrir. Mostrar-se até orgulhoso e admirado. Isso fazia parte de sua humanidade. O Sr. Corrêa correspondeu gentilmente.

Apontou-lhe uma cadeira e expôs-lhe todo o plano. Era, pelo menos, uma possibilidade de mudar. Já lhe aborrecia aquele sempre-o-mesmo do escritório.

– Amanhã, então, já pode tomar conta de seu novo serviço.

Adeus, Silvino! Adeus, Alcides! Nem religião nem mais esporte.

Para saber quem ganhou a partida de domingo, não precisa olhar para o Alcides e ver, no rosto, o resultado. Estará livre dos comentários. "Fifino jogou mal... Também o juiz estava comprido. Houve pau à beça."

Depois que o Sr. Alvaro Corrêa saiu, o Sr. Marcos explicou tudo melhor. Fez, com gravidade, uma conferência sobre o assunto que Pitágoras ouviu com um interesse artificial. "Já deve ter percebido que o progresso humano exige, pelo aumento da população do mundo, e pelo crescimento de poder aquisitivo, que a indústria se oriente para a produção em grande escala. É necessário racionalizar a produção e criar tipos padronizados dos produtos." Mas por quê? Se perguntasse, prejudicaria a conferência.

Que custava ouvir?

– "Há sempre uma natural resistência do comprador. Há gente que difere nos gostos e isso complica o problema dos produtores. Se todos tivessem gosto igual, seria mais fácil. O problema da indústria moderna é criar um gosto mais generalizado. Torna-se, depois, fácil impor-se um produto. O Sr. Corrêa quer criar uma mentalização entre nós capaz de admitir e aceitar produtos estandardizados."

Aquelas palavras deveriam ser do Sr. Alvaro Corrêa, sem dúvida.

– "Precisa de elementos capazes de auxiliar a publicidade nesse sentido." – Não abanou concordante a cabeça. – "O senhor já deve ter notado que o cinema, o rádio, os jornais se orientam, também, pelo mesmo sentido." – Que notou, notou! – "O Sr. Corrêa quer lançar produtos que agradem a todos. Há sempre os que teimam em ser diferentes. Atendê-los torna-se difícil. É preciso que se acostumem e queiram a padronização. É preciso uma disciplina do gosto. Foi por isso que me lembrei de você, porque tem elementos mentais para auxiliar essa publicidade." – De mim, por que de mim? – "O Sr. Corrêa prometeu gratificá-lo na proporção do serviço. Sua função é colaborar para uma aceitação geral dos produtos Atlas. Creio que isso lhe será fácil e é uma boa oportunidade para você." Que fazer senão agradecer a lembrança?

Deve arrumar a mesa e entregar o serviço ao chefe do escritório. "Um gosto igual... padronização igual..." Será, meu Deus, que a Idade Média ainda não terminou?

À tardinha, à hora da saída, Alcides vem até a mesa, com o seu sorriso atlético. Silvino também vem.

– Veja, Pitágoras, a vantagem da vida de hoje. São cinco horas e podemos sair. Posso agora ir à praia. No tempo da juventude do Silvino isso era impossível. Trabalhava-se até a noite. Nós hoje, sendo pobres, somos mais ricos que os ricos de antigamente...

– E por que não nos satisfazemos então?

– Por quê?... porque... porque queremos mais. Não se tem direito de querer mais? – Pitágoras concorda despreocupadamente e despede-se de Alcides.

Está agora só com Silvino à porta do edifício. Um avião ronca lá em cima e corta a cidade como um grande pássaro impossível. Lá para o oeste está a Central da Estrada de Ferro, ciclópica, agitada, àquela hora febril. E o telégrafo corta os espaços. O rádio está cantando, anunciando, aconselhando, pregando... Eleva os olhos até o alto do edifício. Lá em cima, aquele grande anúncio, à noite, berrará luz para a cidade. Chega-se para Silvino. Aponta o alto do edifício e diz:

– À noite ele, ali, estará dizendo: "Dor?... Atlaína!" – E batendo no braço de Silvino ajunta: – Pra quê Deus depois disso?

Silvino vai para casa preocupado remoendo as palavras de Pitágoras.

– Teria ele também perdido a fé em Deus?... Então o mundo está perdido mesmo!

A tonalidade cor de rosa da tarde tem uma delicadeza refinada. Penetra até os instintos adormecidos de Vítor. A decoração barroca do crepúsculo empoeirado, aqueles traços de ouro, em nuvens lambidas de sol e rosa, aqueles reflexos lilases, tudo aumenta a maciez de sua alma. O aveludado dos seus instintos amortecidos humaniza o azul profundo, espatulado, rebuscado, do céu. Vítor fixa a recordação dos olhos de Inge, a boca, o meneio da cabeça, a moleza contagiante da voz. Os sons abafados da cidade crescem para a noite que vem do fundo da rua com suas asas de morcego, arrastando a negra cabeleira. É ele quem constrói a imagem que lhe agrada. Fazer uma alegoria à noite e a si mesmo, aos tons agônicos que ainda clareiam de rosa e púrpura o outro lado da rua. Ele ainda vê a tarde. Sua carne imagina com agudeza a figura de Inge. Tê-la nos braços. Como deve haver confidências nessa hora.

 Há lugar até para um sorriso de bondade. Um gesto esmaecido de meiga cumplicidade para dois namorados à beira da calçada.

Sorri para a noite, agradecido, porque ela lhe traz a promessa de outro dia.

Um veio subterrâneo goteja-lhe uma melancolia mansa. Mas há contradições em seus impulsos. Inge lhes oferece a possibilidade de um caminho. Amar, simplesmente, sem mais nada, por amor, ou então criar um romance que seja o destino de sua vida. Inge é dessas criaturas que desejam seriedade nos sentimentos. Como sabe? Não sabe, mas sente. Inge põe tanta gravidade em suas palavras simples. Não precisa de grande esforço para se convencer de que ela é diferente das outras. Inge põe sonho em tudo. Aquela palidez, aquelas palavras tão puras...

Como isso parece contraditório ao seu espírito. Numa cidade daquelas, numa costureirinha, há isto, sentimento? É tão absurdo para os outros. Samuel riu-se de suas confissões. Achou "original", "romântico", declamou exageradamente. Negou, afinal, que tudo aquilo não passasse de uma farsa. "O amor? O amor!" Mas sente que lhe advêm forças insuspeitadas.

Poderia pensar até em casamento. "Mas casamento, casamento, santo Deus!" Samuel exclamara com uma grotesca máscara de gravidade. "Vê, Válter, ele pensa em casamento!" E quem sabe? – retrucara. "Mas, rapaz, casa, está certo, mas casa com o dinheiro! A mulher é secundário. O dinheiro é tudo." Dinheiro não dá felicidade – reagira. "Mas felicidade sem dinheiro só existe em romance e filme." "Dinheiro ajuda..." Válter colaborou, também. Seria heroico que amasse uma pequena pobre e desejasse casar-se com ela? Até isso havia se tornado heroicidade...

Só Pitágoras o compreenderia. Pitágoras... "Ora, Pitágoras é um louco. É romântico, porque não pode ser outra coisa." Samuel despejara num gesto desdenhoso.

Mas Pitágoras é o único que pode compreendê-lo. Há dias que não o encontra. Também não o busca. Pitágoras afeiçoa-se a um lugar e volta sempre. Àquela hora, deve estar no Café Paris. Num canto, sentado, sozinho. À espera.

Apressa-se. As ruas estão desertas quase. A luz também é inútil, varrendo as ruas. Corta para o centro. Tomara que Pitágoras esteja lá. Tem que estar. Está. Vítor entra com um sorriso desde a porta. Vai até a mesa.

– Ontem me esperaste?

– Estive até tarde aqui... – Pitágoras não quis responder diretamente. Seu amor-próprio não permitiria.

– Devia ter vindo. Deram-se outras coisas... Eu havia prometido que nos encontraríamos. Motivos diversos me impediram de vir...

– Eu compreendo... – Pitágoras sabe que assim liquida com as razões difíceis.

– Mas que há de novo?

– Nada... nada de novo. – Pitágoras fixa sobre ele seus olhos verdes. Pressente que Vítor quer falar. Favorece:

– E você, que me conta?

Vítor não resiste. Aproveita a oportunidade para contar toda a história do baile. Descreve Inge, o que ela significa para sua "vida de estudante, vida vazia de estudante".

Pitágoras ouve-o com silencioso interesse.

– Você acredita que ainda seja possível amar-se com veemência, Pitágoras? Acredita?

– Naturalmente que acredito. O amor nunca saciou os homens. Não nos gastamos por amar demais, porque nunca se amou demais. Os alimentos podem nos satisfazer.

O amor nunca. Por que não se vai crer na sua plenitude? – Vítor agita-se na cadeira. É ele quem precisa falar.

Mas Pitágoras prossegue: – A nossa possibilidade de amar está descrita em versos, em música, em arrebatamentos. Eu creio no amor. Creio que há felicidade quando vencemos os limites. E o amor nos dá essa coragem e nos cria possibilidades de vitória. Não será a felicidade simplesmente isso?

Vítor aprova com a cabeça.

Pitágoras acende um cigarro que dá um alaranjado-claro ao seu rosto. Vítor observa-o. Ele não é tão velho como parece. Estranho aquele olhar fixo que penetra na gente como se examinasse a nossa alma. Mas o alheamento, depois, de seus olhos parece indicar que passou através de nós, e ele os baixa como uma criança envergonhada.

Do passado dele pouco sabe. Trabalha num escritório comercial, e pouco lhe fala de negócios.

Para Vítor, é estranha a amizade dele com Samuel, Válter e Paulsen. Todas as tentativas de colher alguma coisa a mais foram inúteis. Sabia que viera do interior. Mas quando?...

– Então você agora ama? Isso é perigoso, nessa idade...
– Perigoso, por quê?
– Quando amamos, vemos as coisas como não são... – Sorri.
– Você nunca amou, Pitágoras?
– Nunca...
– E como acredita no amor?
– Precisamente por isso. Nunca amei, mas acredito que outros amem. Vejo tanta coisa feita no mundo, tão emocionante e tão bela, que acredito no amor. Observo seus olhos. Conheci-os diferentes.

Essas sombras de seu rosto, essa avidez quando fala, o entusiasmo com que me descreveu a pequena podem me fazer duvidar?

– Mas hoje falar-se nisso, num sentido que você e eu damos, é perigoso. Ridicularizam tudo...

– Não ligue. Deve-se resistir. Quem estudou a heroicidade dos que resistem à sua época e se colocam um pouco distante para assisti-la como um espectador? Ninguém, ainda. Eu resisto um pouco à minha época, por isso creio no amor. Você também. E todos, também, quando se encontram como você. Deve ser esplêndido ou terrível. Quando há uma esperança, é um estimulante maravilhoso. Guarde tudo isso que sente para você. Não compartilhe com os outros. Eles não entendem. Tenho a impressão de que ninguém acredita no amor dos outros, nem os que amam.

– Você anima a gente, Pitágoras.

Vítor convida-o para sair. Os dois seguem juntos. Afastam-se do centro. Não percebem que buscam as ruas mais escuras e mais vazias.

É que a luz não favorece as confidências:

– Eu tenho desperdiçado meu tempo. Que fiz até hoje? – Vítor esfrega as mãos nervoso. – Essas noites mal dormidas, guiando-me por uma boemia sem brilho. Essas bebedeiras... Estragando a saúde inutilmente, como se isso trouxesse algum resultado... – ajunta com uma voz longínqua. – E a vida é uma só... Já pensou nisso? A vida é uma só – sua voz muda de timbre. – Às vezes fico recordando os dias que perdi estupidamente. Hoje, quando penso o que já poderia ter feito, sinto até raiva de mim – sua voz agora é fraca. Dobram uma esquina. A rua está deserta. – Veja que coisa horrível, a gente não se importar com a saúde! Estragar-se aquilo que é o maior bem que se possui. Gastá-la, perdê-la... Se a gente pudesse ter a certeza que viveria outra vez. – Pitágoras assente em monossílabos. – Mas qual? A vida é uma única. O melhor seria talvez nunca ter existido. Porque, enfim, não é lá grande coisa. (Um guarda-noturno apita lúgubre na esquina.) Mas, já que se vive, vamos vivê-la o mais possível... É a nossa única fortuna... Não acha? Não beberei mais. Não beberei mais. Pelo menos beberei pouco. – E riem-se.

    Suas vozes perdem-se. As pisadas são rítmicas. Os vultos diminuem na distância, dissolvem-se nas sombras. Suas pisadas são cada vez mais fracas, mais longes.

    E entregam-se à noite.

Só, na multidão

Os primeiros dias de Paulsen na capital foram de aturdimento. Vivia estranhamente a realidade dos acontecimentos e as ruas lhe pareciam inimigas. Sentia-se aniquilado, mesquinho no abismo cavado entre as massas de cimento, parando às esquinas à espera do sinal, oprimido nos bondes apinhados e nos ônibus que cheiravam a maresia, a vapor, a enjoo. E, se parava num bar, alheava-se num encantamento sem conversas interiores. Era como se não existisse, como se tudo fora um sonho, porque somente nas horas da noite, podia reintegrar-se na posse de si mesmo, e sentir-se como se estivesse na sua cidadezinha das humilhações. E então doía-lhe a saudade de sua mãe, de Maria, e uma magoada recordação de Joana. Os ruídos penetravam-lhe pelas carnes. E acordava aos sobressaltos, interrompendo o sono povoado de memórias. Nas ruas esbarrava-se com outros. Como lhe era difícil obter a agilidade dos que passavam. Forçava uma naturalidade impossível. Mas o acotovelar, os encontrões, as longas esperas, as bichas à porta dos cinemas tornaram-se afinal um hábito. Aquelas mulheres estranhas provocavam-lhe de início certo medo, um medo que nunca confessaria conscientemente. Depois lhe davam um vago prazer manso, e agradava-lhe o olhar complacente e generoso que às vezes lhe dirigiam.

Aos poucos a metrópole destilava-lhe o suave veneno. Que alegria requintada quando atravessava com desenvoltura uma rua, ou se desviava de um auto que lhe passava rente, e quando lesto tomava o primeiro lugar, no ônibus!

Trouxera duas cartas de recomendação. Tio Eugênio conseguira-lhe um emprego num escritório, mas antes lhe ponderara:

– Não pense você que é fácil obter-se emprego numa cidade como esta. Cada dia, do interior, vêm dezenas, talvez centenas, que sei eu, em busca de empregos. E amontoam os escritórios. À porta das fábricas. Acham fácil, lá no interior, vencer aqui. Alguns voltam derrotados. Outros ficam vivendo de expedientes. Não querem que sua gente e seu povo conheçam sua derrota. É difícil conseguir-se alguma coisa. O que obtive para você pode ser pouco. Mas ao menos é o princípio. O resto depende de você. É um lugar modesto num escritório também modesto. O ordenado, quando muito, dará para as despesas. Mas lembre-se de que isso é o princípio.

E por fim, para animá-lo, concluiu:

– O que você precisa é de um emprego público. Deixe isso por minha conta. Espere.

E Paulsen esperou. E esperou meses. Um dia, tio Eugênio deu-lhe a notícia de que tudo havia sido "coroado de êxito".

– Você vai ser quarto escriturário. Lembre-se de que é o começo. Tenho certeza de que fará carreira burocrática.

Paulsen teve um sorriso triste de agradecimento.

Chegou o dia em que iniciaria os seus trabalhos na repartição.

Foi até lá acompanhado do tio que lhe apresentou ao diretor.

Explicaram-lhe as funções. Podia tomar posse do cargo no dia seguinte. A portaria de nomeação já havia sido expedida.

– Por enquanto – disseram-lhe –, o senhor terá que assinar somente o ponto. O trabalho virá depois...

E Paulsen ficou, durante duas semanas, esperando o trabalho.

Desejava fazer alguma coisa. Tinha impressão que riam dele...

Mas entre os funcionários havia um baixo, moreno, olhos guardados por óculos escuros e em quem nunca Paulsen vira um sorriso. Falava pouco, uma voz fraca, apagada.

Paulsen, confiante, aproximou-se uma vez para lhe dizer:

– O colega compreende que não posso ficar satisfeito não fazendo nada aqui...

– Compreendo, sim.

– Caso o colega precise, estou pronto para o auxiliar... em qualquer trabalho. – Isso fora dito com tanta humildade que o outro sorriu. – Meu nome é Josias e tenho muito prazer em conhecê-lo. – E estirou-lhe a mão.

– Você tem muita pressa. Não se afobe. Ainda terá ânsias de nem aparecer aqui. Guarde seu entusiasmo para quando for preciso... Veio do interior, não?

Paulsen, confiado, no olhar, contou toda sua história. Desgostou-se, depois de ter falado tanto. Havia fatos que poderia ter guardado só para si...

Quando a campainha deu o sinal de saída, Josias passou-lhe pela mesa e disse: – Quer ir junto?...

Foi como um raio de sol no coração de Paulsen.

Na rua, Josias lhe disse:

– Você está alegre. Compreendo bem. Depois de tantos dias sem ter com quem falar. É isso mesmo. Há certa animosidade sempre para com os novos. Você tem sido motivo para chacotas. Nem queira saber. Funcionário... – havia desprezo no tom da sua voz. – A gente tem vontade de ficar calado. Nem queira saber como se é imbecil lá dentro. – E olhou estranhamente para Paulsen. – Você vinha falando, falando. Eu não dizia nada. Para que falar? Tenho vontade de ficar mudo às vezes. E surdo, também. É um desejo muito vago, instantâneo. A gente não pode desejar isso. Nem se quer mesmo. São coisas inexplicáveis. Aquele ambiente destrói a gente. Com a personalidade.

Paulsen mastigava algumas palavras. Não sabia que dizer.

– Estranha que lhe fale assim? Pois é a primeira vez que faço confidências. Não sei mesmo por quê. Simpatizei com você. Disse-me em poucas palavras muito de sua vida e eu completei o que não disse. Talvez tenha pensado que falou demais...

– Não! Disse a verdade.

– Eu sei. Eu sei. É assim mesmo. Na sua idade somos mais sinceros. Também fui assim. Como você, vim do interior. Quando cheguei, pensei que tudo era fácil. Procurei trabalho. Não encontrei. Acabei aqui. Nada mais. Os detalhes, neste caso, pouco interessam. Nem queira saber que vida levei. Necessidades imensas. E sempre otimista. Sempre. Até que, um dia... Os que morrem cedo morrem com pesar de não terem podido realizar seus sonhos. Os que morrem velhos olham para trás com saudade e para a frente com ceticismo. O meu otimismo virou silêncio cético. Você também tem sonhos, não tem?

Paulsen gaguejou e preferiu mentir:
– Muito poucos... muito poucos. – Mas os olhos contradiziam.

Josias insistiu:
– Diga mesmo a verdade, tem, não é?
– Tenho, sim – confirmou como se fosse culpado.

Josias fez um sorriso vitorioso. E paternalmente acrescentou:
– Pois, quando possa, deixe a repartição.
– Como?!
– Como?... Deixe de qualquer jeito. Quando possa ganhar sua vida sem cargo do governo, vá ganhá-la. Largue isso. Se fica aí, acaba como eu: um homem a olhar para o mundo com indiferença. Nem queira saber o que é chegar-se a uma idade e observar que não se fez nada. E isso não é tudo o que desencanta a gente. É saber ainda que nada se pode fazer. Você é moço. Como queria ter a sua idade. Pode vencer ainda. Aliás, isso é já uma vitória. Pequenina, mas é. Não se entregue.

* * *

Com o decorrer dos dias, a amizade entre Paulsen e Josias tornou-se mais íntima.

Josias punha nas palavras certo pessimismo doloroso que Paulsen não podia sentir nem compreender.
– A idade separa os homens, Paulsen. Você é muito mais novo do que eu... Já observou como as crianças se procuram pela mesma idade?

Já observou como brincam no pátio de um colégio? Veja como na vida procuramos os que são da mesma idade... Os homens também são assim. A idade separa-os. Mas a dor, a derrota, os aproxima. Foi talvez isso que nos aproximou. – E num tom de quem confessa, prosseguiu. – Às vezes, tenho vontade de lhe esconder coisas mais íntimas da minha vida. Não sei o que é que você tem... Esse silêncio demorado que faz quando a gente fala... essa sua atenção... esse interesse que manifesta... você é o tipo ideal do confidente. Não conheço ninguém que consiga sintonizar comigo como você tem conseguido. Ninguém me dá a confiança que você dá. Olho para seus olhos. São francos, verdadeiros. Você ainda é daquelas almas que não sabem esconder o que sentem. É mais humano... talvez seja seu mal.

– Que disse? – Perguntou Paulsen elevando a voz porque o ruído da rua não permitia que entendesse as últimas palavras de Josias.

– Eu tenho tido uma vida silenciosa. E sabe por quê? Porque tenho vivido só. Nunca falo mais alto. A solidão faz a gente temer até a própria voz. Quando estava no interior, falava mais alto e não havia tanto ruído. Aqui falo assim naturalmente. A solidão muda a voz da gente. Não é? – Josias fazia aquelas interrogações para atrair ainda mais a atenção de Paulsen, para pedir-lhe confirmação. Este se desviava com dificuldade dos que passavam, adiantava-se algumas vezes, outras se atrasava, obrigando Josias a acelerar o passo ou a esperar por ele.

– Como é possível pensar numa cidade assim. – Prosseguiu Josias num tom mais alto de voz. – Esse ruído não deixa a gente prestar atenção nos próprios pensamentos.

Não é? Não deixa prestar atenção. – Paulsen fazia com a cabeça que sim. – Como se pode pensar detidamente quando tudo distrai a gente! São os edifícios, o barulho dos autos, essas mulheres que passam... uma para aqui, outra para ali. E como perturbam os pensamentos, não é? É por isso que a gente se despersonaliza, aqui. Acabamos pensando como eles, só pela superfície. A gente fica mais ágil, mas essa agilidade é só de exterioridade. Não pensa assim? A gente termina olhando tudo pela rama. Nem queira saber como isso me aborrece. Esse ruído vai para dentro de mim e ajuda a me destruir.

Dobraram uma esquina. Naquele trecho havia ainda mais movimento. Josias olhou para o outro lado da calçada e, tocando no braço de Paulsen, disse:

– Veja como eles fogem do sol e vão para a sombra. O valor do sol para eles é a sombra. Tudo aqui é dispersivo. A gente se liquefaz, e acaba tendo a mesma perspectiva estreita dessa gente. Um grande pensamento provoca gargalhadas. Mas uma banalidade qualquer, compreendem, ouvem com interesse. Aqui a gente é mais um, no meio da multidão, onde se está só, aparentemente só.

E sabe por quê? Porque essa multidão acaba arrastando a gente para o meio dela e se termina na mesma exterioridade em que eles vivem. É preciso ser-se muito forte para resistir ao poder de absorção que existe nessas grandes cidades. A gente precisa de um refúgio. Quando se chega aqui, ainda se tem aquela almazinha que se traz da província. E acredite que essa alma é tudo quanto a gente pode trazer de melhor da província. Tem-se outra perspectiva. A gente ainda olha, sabe, com certa pureza as coisas, com certa ingenuidade. Não se vê os homens e as coisas com esses olhos desconfiados que se acaba adquirindo aqui. E os grandes gestos e as grandes situações humanas passam a perder seu brilho que lá na terra da gente eram capazes de fazer sofrer, amar, pensar. Há uma caricatura das coisas sentimentais e só o monumental desperta a atenção.

Paulsen fazia o possível para acompanhá-lo.

Josias continuava:

– E, se não se tem uma grande força interior, essa força que faz a personalidade, a gente se dissolve. Espraia-se pelas multidões.

A gente se cose a essas paredes, a essas ruas, a gente se sente como um deles que passa... Quando se lê a notícia de um desastre, onde muitos perdem a vida, com uma facilidade, com uma simplicidade tocante, se tem outra maneira de sentir e de sofrer o acontecimento. Lá a gente ficava com o acontecimento dentro da gente. Era um eco. Na nossa terrinha, uma tragédia dessas abate, revolta, dói. Aqui, não! Nem comove. Comenta-se rapidamente. É mais um pitoresco de nossa vida de cidade grande. Mas, no fundo de nossa alma, destrói alguma coisa de nós. Ajuda a dissolver a personalidade, sabe. E sabe por quê? Porque a gente se sente, então, um quase nada. Um... Um como os que morreram. Que podia ser um de nós, também. Aqui não se é nada e se pode passar para o noticiário dos jornais de nome trocado. Olhe! Veja essa gente toda que passa por essas ruas. Você encontra aqui uma dezena de tipos. Quase todos são iguais. Você encontra o fulano de tal cem vezes em corpos diferentes. Os homens aproximam-se, confundem-se, sem que se sintam mais próximos uns dos outros

Embora os corações batam igual, ao mesmo compasso, não se sintonizam. As reações são quase iguais. O fulano de tal reage como o sicrano de tal... São quase todos assim. Você não encontra aqui aquela gente ingênua de nossa terra. Os seres humanos são diferentes, porque aqui humanidade é coisa muito diferente. – E puxando-o pelo braço, com os olhos fitos e os lábios trêmulos, prosseguiu: – Ou a gente adere a eles ou reage. Se você não reagir, será tragado por eles. E, se um dia olhar-se bem, examinar bem a si mesmo, verá que seus passos seguem no mesmo ritmo... E isso é uma tragédia... Você verá como isso tem um gosto de tragédia.

Paulsen, da janela do quarto, descortina a cidade desperta nas luzes que tremem.

"Josias, Josias, meu fantasma. Que sou nesta cidade tão cheia de luz e de sombras?"

Josias esgueira-se por ele como uma sombra. E as palavras em tom baixo estimulam as interiores que Paulsen não tentou nunca exteriorizar.

E tão longe agora, e tão perto. Longe no tempo e no espaço, mas perto, ali, bem dentro dele, a fraqueza quase búdica das queixas de Josias e das amarguras que vivem no sangue, nos músculos, que lhe anestesiam, aos poucos, as esperanças de vitória.

Quantas vezes tentou anular o desespero manso de Josias com palavras de confiança, que ele agradecia com um sorriso de quem acredita. E como era feliz. E poderia ser feliz se não tivesse, como naqueles momentos, a quem der um pouco de seu supérfluo?

Não soube esconder sua decepção quando ele lhe disse que ia ser transferido para uma cidadezinha do norte. Não escondeu a mágoa. Tentou até mesmo obrigá-lo a ficar. Que anulasse a transferência. Mas aquele sorriso fatalista e vencido... E as razões dele eram irretorquíveis: "Deixa-me, ir, Paulsen. É em momentos como este que se deve crer em alguma coisa. Eu vim para a capital para conquistar uma vitória e conheci a mais ridícula das derrotas: ser funcionário público sem merecimentos. Sabe por acaso que há gente que tem prazer no sofrimento? Pois sou assim. Tenho mais idade que você. Nem queira saber o que é um homem perder a si mesmo. Você ainda não sabe. Pois fui um homem..." – e sorria com aparente alegria. – Não é paradoxo, não! É verdade. Estou falando mais sério, mais sinceramente do que nunca. Sou um homem que já fui. Hoje sou isso: Josias. Esta minha ida para o interior, novamente, é uma espécie de volta a mim mesmo. Volto para a província à minha procura. Talvez me ache novamente. Talvez construa novamente – e como se exaltava – todos aqueles sonhos que um dia tive a ingenuidade de sonhar. Talvez olhe outra vez para a capital como a meta da minha vida, o meu amanhã. E acredite novamente que venha a ser ainda alguma coisa, e que seja possível realizar novamente o que sonhei. Terei novas experiências e, quando voltar, se voltar – era triste o tom de sua voz –, se voltar, Paulsen, talvez seja trazendo a mim mesmo, e afirmar-me outra vez. Ser eu, eu, ouviu?

Uma névoa esgarçada cobre a cidade para os lados do sul, mas as luzes filtram-se por entre as nuvens. A voz das coisas vem agora mais nítida até ele. Há ranger de ferros, guinchos, arranhar de metais, rumores imitativos, mas não se ouve a voz humana. Até a sua alma se cala ante tudo. Naquelas luzes que vêm dos arrabaldes distantes e que se movem, sente a única afirmação de vida. Tudo é aço, tudo é pedra, naquele mundo que nasce com suas ruas regulares, aquelas retas absurdas. Mas sob a cidade, no veludo escuro da noite, uma lua ressalta, emerge, tridimensional, que lhe dá a impressão de que pode tocá-la.

"Aquela lua é a única coisa humana que existe nesta cidade..."
É uma voz estranha que fala. Será Paulsen ou Josias? Ele é o homem colocado ante aquela massa pétrea. Sente-se o autor daquelas ruas retas, daquelas luzes que brilham, daquelas casas que parecem querer erguer-se como a esconder as cabeças no negrume da noite alta.

Seus braços estão caídos. Há um relaxamento em todo o seu corpo que amolece, enquanto os olhos se abrem sobre a cidade.

Uma ânsia de renegar aquilo tudo. Uma quase vontade de exclamar ao mundo, às estrelas, pedir o testemunho das trevas, de que ele não fez aquilo, de que ele não realizou aquela cidade de aço e granito, aquela cidade que nega, aquela cidade quase sem vozes humanas, e cheia de ruídos de coisas. Sente-se um prisioneiro porque os olhos correm agora do lado da cidade e não vê os horizontes. "Josias, Josias, tu tens razão!"

Josias repete-lhe: "Somos selvagens das grutas de aço e granito. O auto veloz que passa, os ruídos dessas cidades, exacerbam os sentidos e põem em movimento os instintos. Não possuímos o ritmo feito de prudência e regularidade dos homens dos campos. A nossa música não pode ser outra senão 'jazz', dissolvente, contrariante, dissonante, irregular".

Josias teima: "Os homens degeneram. Esterilizamo-nos porque tudo já é estéril. Não medram arbustos por entre essas pedras. Como casar numa cidade onde nem a mulher é mais a mãe de nossos filhos!"

"E perpetuar-se para quê? Perpetuar outros Josias... Meu avô foi funcionário público, meu pai foi funcionário público, eu sou funcionário público, meu filho seria funcionário público..."

Mas Paulsen tem a necessidade estranha de estirar os braços como quem implora, como quem pede, como quem espera uma salvação. E olha alucinado para a mãe que se abre em concha, para o braço estirado numa curva, e os olhos começam a gritar, os ouvidos ouvem as palavras dos olhos que fazem estremecer as carnes: "A mulher... Eu preciso para os *meus* braços, para as *minhas* mãos. Ela me libertará desta cidade, desta cidade... desta cadeia... destas algemas..."

"Senhor, senhor... se existes, quem és tu? Quem sou eu?"

Olhos sem brilho, a respiração é um leve sopro. Vêm de séculos, penetrando pelo silêncio de si mesmo a respiração leve, a voz morrendo na garganta, os olhos sem brilho, como os de outros, de muitos outros, que fizeram as mesmas perguntas...

A vida não vivida

Para Samuel, a "doença" de Vítor é passageira. "Amor assim", comenta para Válter, "é fogo de palha. Isso é da idade. Sou um pouco mais velho e já sofri de uma 'paixonite'. O amoroso é um sujeito que não tem consciência da doença. E por isso é um perigo."
Válter concorda. Acumplicia-se com Samuel na observação dos gestos de Vítor. "Vê como ele olha para o céu!"
"Já fala sozinho", Válter confirma.
A descoberta de um livro de versos alvoroça-os durante a manhã toda. "Se puséssemos umas rosas perto dele? Com um cartão de 'bom dia!' assinado: Inge." A filha da cozinheira poderia escrevê-lo...
– Ontem, disse que já compreendia a "ternura de certas lágrimas...".
– Ternura de certas lágrimas? Isso é delicioso.
– Anda calado, sozinho. Procura Pitágoras todas as noites. E lê Samain...
– Quem?
– Samain... este livro aí. – Mostra-o.

– Que é que você pensa? Ainda há gente como Vítor, ainda. "O último romântico ainda não morreu..." O Ricardo, da Medicina, também é assim.
– Pitágoras também é assim...
– Pitágoras é múmia. É um homem sem idade. Fugiu de um livro romântico, e caiu aqui por descuido.
Combinam reagir. Aguardam a oportunidade. Quando Vítor tem o livro de Samain na mão e, lírico, murmura:[*]

"Pourquoi nos soirs d'amour n'ont-ils toute douceur,
Que si l'âme trop pleine en lourde sanglots s'y brise? ..."

Samuel interrompe prosaicamente:
– Tens os cadernos de Direito Internacional?
Vítor faz uma pausa. Engole em seco e responde:
– *Te-nho*.
– Está bem. – Acrescenta Samuel abanando a cabeça; pisca um olho para Válter, cala-se.
Vítor prossegue:

"La Tristesse nous hante avec sa robe grise,
e vit à nos côtés comme une grande soeur."

Samuel deixa cair propositadamente um papel no assoalho. E resmunga: – Essa lei da gravidade é que me atrapalha... – e virando-se para Vítor:
– Sabe que amanhã...

---

[*] Vítor declama uma estrofe do poema "Douleur", de Albert Samain.

— Não me amolem... — berra furibundo. — Estou lendo um poema e vocês me interrompem. Não me amolem! Ouçam isto, e aprendam! Ao menos poderão educar os sentimentos.

— Não amole com essa poesia intolerável...

— Intolerável?!

— Pra lá de intolerável. Basta de poetas contadores de mentiras e paixões que não interessam mais a ninguém. Chega disso!! Que pode interessar...

— Você está errado, Samuel.

— ... errado nada! Que nos pode interessar as lamúrias cretinas de um cretino que resolve fazer um livro de versos só porque a namorada olhou para outro ou lhe deu o fora, e que...

— ... não é assim...

— ... é assim, sim!... são uns cretinos... Atormentam-se por mesquinharias.

— ... mesquinharias!?

— ... mesquinharias! Choradeira insuportável!

— Mas venha cá, Samuel. — Vítor procura convencer. — Pense um pouco. Que você seja insensível a um verso, aceito, mas que negue utilidade à poesia, não!

— ... eu não sou insensível... Quero alguma coisa mais patente, mais ponderável. Estamos num momento de graves problemas sociais, e um cidadão vir falar de si, quando massas humanas precisam de atenção, é até criminoso.

— Enquanto existir sentimento, enquanto existir amor, haverá poesia. Ela nasceu talvez num simples gesto de quem pede. Talvez de um olhar... Numa frase mal feita, singela, primitiva, em que o homem ou mulher que primeiro a pronunciou deu um ritmo, deu um sentimento. — Samuel sorri. – Quando um poeta nos fala da mulher que ama, evoca em cada um de nós o nosso amor. A poesia, embora conte um momento, um detalhe da vida, real ou não, reflete o momento, o detalhe que cada um de nós teve ou poderia ter. – Samuel faz menção de bocejar, abre a boca... – Não nos emociona somente aquilo que sentimos ou sofremos, mas o que poderíamos ter sentido, o que poderíamos ter sofrido. E mesmo o que embora não pudéssemos sentir ou sofrer, mas sentiríamos e sofreríamos, se pudéssemos nos encarnar na pessoa que sofre ou sente...

– ... não concordo com isso.

– ... tens que concordar porque não és um bronco. Tens que concordar. Enquanto houver amor e sofrimento, em suma: enquanto formos seres humanos, haverá música e haverá poesia. Será eterna conosco, enquanto durar a nossa eternidade. Traduz os nossos sentimentos. Ajuda-nos a sofrer e ajuda-nos a amar. A gente sofre menos quando sabe que alguém também sofreu ou sofre como nós... – Ele é Samain.

– ... para depois dizer que a sua bem-amada é a mais bela do mundo, a mais formosa, a mais encantadora... Bah!

– ... e tem razão, Samuel. Porque aquela que amamos será sempre a mais formosa, a mais encantadora...

– Mas isso é pieguice, no duro...

– Se não compreendes a ternura, que animal és tu?

Como desejaria retornar ao princípio, não ter falado. "Só os que amam acreditam na poesia." – Afirma para si mesmo, com desalento. E meigo pergunta-se: A vida será sempre inverossímil? A arte será a única verdade?...

Samuel limita-o com um olhar tardio, untado de desprezo.

* * *

A manhã pertence a Vítor. Anda a esmo pelas ruas. Vai acompanhar Inge à hora do almoço. Deixa-a à porta do ateliê. Quanta coisa poderia fazer à tarde... Mas prefere andar pelos cafés, olhar para as horas arrastadas dos relógios. Há sempre o mesmo movimento. Poderia interrogar que faz aquela gente toda, que quer viver, viver, viver de qualquer forma. Suas interrogações são outras. Analisa seu namoro com Inge. Até onde irá aquilo? Por que se desinteressa das outras mulheres?

Pitágoras já lhe dissera que naquela idade os jovens costumam desprezar as mulheres que julgam todas falsas e mentirosas, e são supinamente revolucionários, rebelados, e acreditam que a revolução estoure no dia seguinte. Por que ele não é assim? Pitágoras é que abusa na sua interpretação. Não é um rebelado nem tampouco despreza as mulheres. Mas encontrou Inge, e é tudo. Inge substitui-lhe todas as mulheres. Até quando? Essa pergunta o irrita. Não tem coragem de afirmar para si mesmo que isso demorará muito, que será para sempre. Sempre? Esta palavra *sempre* lhe abafa. Dá uma impressão física de "nunca". Sempre é nunca... não pode ser, ah! não pode ser. Sempre, não! Mas a preferência será dela, só dela. Por que não crer que o amor e o sexo sejam coisas diferentes? Um amor só sentimento e um amor-sexo. A mulher pode juntar os dois, mas o homem não os deve misturar.

– Os que negam o amor é que exigem o exclusivismo do sentimento e do sexo. Deve-se separar. A solução está dada. Assim tudo se torna serenamente fácil. Tem certeza de que Pitágoras concordará com essa opinião. Vê-lo-á logo à noite. Segue diluído pelas ruas populosas. Para às vitrinas para esperar pelo tempo moroso. Indecide-se à porta de uma livraria. Entra. Examina livros despreocupadamente. Não vai comprar nenhum. Quer é ganhar tempo. Examina tudo com desinteresse. Quando tiver dinheiro disponível, comprará. Às seis, Inge deixa o ateliê. Vai esperá-la porque falta pouco. Haviam combinado encontrar-se no dia seguinte à mesma hora, para almoçar.

Mas para Vítor o dia seguinte não existe. Precisa vê-la. Está outra vez à frente do edifício. Seus olhos aguardam com ansiedade as pessoas que saem. Procura-a.

– Inge!!! – Aproxima-se. Faz um sorriso que ela retribui.
– Não esperava que você estivesse aqui.
– Foi saudade...
– Saudade?... Teve mesmo saudades de mim?
– Por que duvida, Inge?

Ela abana a cabeça como única resposta.

– Já vai para casa?

Responde que sim.

– Posso acompanhá-la, posso? – Inge estremece.
– É longe, sabe?...
– Não faz mal... Não vai de ônibus?
– Vou sim... – Inge disfarça. – Tenho que ir de ônibus... senão só chegaria lá pela madrugada.
– Pois irei com você. Onde mora?

Inge sorri. E seguem lado a lado. Tomam o ônibus. Falam de tudo menos deles. E precisam tanto falar. Saber pormenores da vida de cada um. Conhecer ânsias, desejos, ambições, gostos.

Anoitece. Descem quando ela dá o sinal. Na calçada, Inge diz:

– Moro logo ali. – Para à esquina. – É aquela casa.
– Deixo-a na porta.
– Não... – diz ela francamente. – Não!... – Aumenta de tom. – Desculpe-me. Não vá até lá. Ainda não... – seu tom volta a ser fraco, suave.
– Por quê? – Tem assombro nos olhos e na voz.
– Porque... – e Inge faz uma pausa, enquanto olha para a casa. – Outro dia lhe direi por quê... espere, sim? Amanhã... amanhã lhe falo... amanhã digo, sim?... Não leve a mal... Não leve a mal, ouviu?
– Não compreendo esses seus mistérios...
– É que... – O nervosismo de Vítor ainda a embaraça mais. Meneia a cabeça. Justifica quase sem forças: – Vítor... não leve a mal... É que... não fica bem...
– Como não fica bem?! – O tom de voz é alto, exigente.
Inge volve o olhar para todos os lados. Amacia a voz para dizer:
– Nós... e... por favor, Vítor. Eu lhe conto tudo... prometo... mas amanhã. Não exija agora... A vizinhança acaba notando. Veja... estão olhando...
– Você bem que não queria que eu viesse até aqui. Eu percebi...
– Vítor... amanhã, por favor...
– Amanhã, não! Ou hoje ou nunca....
– Por favor, Vítor...
– É outro? É... as mulheres são assim.
O sorriso dela é triste, mas tem um quê de agradecimento. Toca-lhe no braço. Os olhos procuram os dele.
– Creia, Vítor... eu gosto de você. Só de você... Juro! Até amanhã. – Estira-lhe a mão.

– É assim, é?... Vai embora... e não me diz nada? – Os dentes estão cerrados. – Está bem, Inge. Eu não direi até amanhã. Direi adeus, ouviu? Adeus... A-DEUS...
O sorriso dela não esconde a angústia. Há mesmo lágrimas em seus olhos?
– Pena que não compreenda, Vítor... Paciência. Hoje não lhe contarei.
Ele volta as costas com rompante. Caminha uns passos, fazendo esforços por mostrar-se indiferente. Mas volta-se rápido. Ela já seguia na outra calçada, de cabeça baixa. Chora? Que dissesse a verdade! Ama outro? Tem um amante? Diga o que há! Será que me consideram indigno dela? Mas é absurdo!
E por ser absurdo é que torna a pensá-lo muitas vezes...

Vítor passa as horas inquieto. Alterna momentos de serenidade descuidada com frêmitos de indignação insistente. Contradiz-se em seus estímulos e julgamentos. Esboça acusações para reprimi-las em seguida. Anda como um autômato e separa-se de todos, menos por necessidade e mais por irritação. Um desejo de confidências o impele a buscar o contato dos outros, mas resiste, depois, afastando-se para prosseguir nas mesmas interrogações, cem vezes repetidas.

Angustia-se em respirações lentas, em olhares vazios que se perdem na luta contra o tempo que se arrasta cada vez mais lento, mais irritantemente lento. Por que ela deixou para o outro dia? Se não merece confiança, é preferível que termine assim, de uma vez, do que prosseguir para maiores decepções. "O palhaço do Samuel", como vai gozar esse desfecho! Por que perde todas com Samuel? Como vai ridicularizá-lo se chega a saber de tudo. Se em definitivo se irritar, terá assunto para um mês. Já sabe quais os processos dele. Indiretas. Vai recitar trechos de poesia, perguntará por Inge. Terá que brigar. Brigar de verdade, e sair da pensão da "velha América". Não terá outra solução. Vai ser "terrível" passar aquela noite até falar com Inge. E se a esperasse de manhã cedo na hora de entrar no ateliê? Faria uma cena. Imagina-a: Inge vem pela rua apressada. Espera-a à esquina. Cumprimenta-a sério. O rosto dele terá traçado a história da noite. "É um dever que me obriga vir pela última vez falar-lhe, Inge!" "Diga-me tudo! Depois cada um seguirá o seu caminho..." Se Samuel penetrasse em seus pensamentos. Arrepia-se de imaginá-lo. Aquelas gargalhadas, aquelas bochechas trêmulas, aquilo lhe espanta até os pensamentos. Ridículo, já sei. Ridículo! Tudo é ridículo. É preciso encenar diferentemente até os sentimentos. A voz de Pitágoras parece que lhe murmura mansamente: tudo agora é ridículo. A vida é um grande ridículo..." Não! Será diferente. Interrogará Inge com naturalidade: "Preciso saber de tudo! Acho que me assiste este direito!". Nem um gesto nem um tom mais alto de voz. Natural, excessivamente natural, embora custe a tortura, o recalque de seus ímpetos, porque desejaria era gesticular, gritar, soquear. Inge dirá... Que dirá ela?... Que dirá ela?... Prossegue criando respostas. Despreza-as por absurdas. Forja outras. Também não servem. Vai procurar Pitágoras.

Há certa solidariedade nas palavras dele que animam. Pitágoras é um sedutor de homens. Assim é que Samuel o acusou. Mas de homens como você! E ainda lhe apontou aquele dedo gordo.

Encontra-o. Penetra com ele pela noite. As palavras de Pitágoras suavizam-lhe os nervos. Dão-lhe a convicção de que o tempo corre por entre as palavras, e o tempo o aproxima da resposta desejada e temida dos lábios dela.

– Nós precisamos pôr um pouco de sem-razão na vida. A razão nos encadeia demais. E que é o humor senão um recurso dos instintos para burlar a razão? Uma compensação. Essa gente que anda séria, preocupada, busca o humor por necessidade. Isso compensa a regularidade da vida. Vítor, a fantasia nos dá dessas possibilidades. O amor também é outro recurso. E ser-se um pouco sentimental tem um sabor de subjetividade nesse realismo desabusado. Não há gente que chora num cinema a ver um filme sentimental? Como explicaríamos, se não compreendêssemos que a humanidade gosta de chorar, embora no escuro?

Vítor ensaia falar sobre o amor-sentimento e o amor-sexo. Pitágoras mostra-se aparentemente interessado:

– Serve... como um recurso para estar de bem com a consciência. Não é propriamente uma solução, mas ajuda...

– Acha cínica a minha tese, é isso?

– Não é bem isso... Você acredita em amor sexual puro?

– Como, puro?...

– Se admite que existem dois amores diferentes, deve admiti-los como puros um em relação ao outro, não é lógico?

Vítor não responde logo. Vacila. Acha uma saída:

– Uma satisfação animal puramente!

– Mas por que quer chamar a isso amor?

– Mas você não admite que haja só amor-sentimento, isento de sexo?

– Mas que espécie de amor? Não será mais o que você quer chamar, então. Será outra coisa. Amor é sexo, também. Não é só sexo, aceito. Mas exige sexo...

Vítor silencia. Não seria esta a melhor fórmula de responder. Sabe disso. Sabe também que seu silêncio é até afrontoso. O olhar interrogativo de Pitágoras exige-lhe outros argumentos. Mas desvia-se. Alongam-se pela noite como temerosos de aprofundar qualquer minúcia. Esquivam-se das teses que se esboçam. Ensaiam inconsequentemente.

– Por que não nos fixamos num assunto? Essa terrível necessidade de abordar temas e mais temas, e passar por todos como gato sobre brasa, isso é bem um signo de nossa era, você não acha? – Vítor não responde. – Por que não nos prendemos a nenhum? Os homens vulgares são assim. Mas nós, eu creio, já passamos um pouco além da vulgaridade e, no entanto, somos como qualquer homem simples que fala de tudo sem falar de coisa alguma. Será que a estandardização já nos atingiu, também?...

Pitágoras sorri. Prossegue. Alega que o progresso oferece dificuldades apremiantes. O homem se convenceu da necessidade do conforto. Está exigente. Os aproveitadores dos ressentimentos humanos estão alerta, fazem propaganda, exploram cada uma das faltas. Uma propaganda do mundo, durante tantos séculos, como um vale de lágrimas, deu em resultado isso que está aí! O homem cansou de esperar pelo dia do juízo final. Há ainda Silvinos que esperam. Mas, para outros, o minuto que passa é um roubo. Querem, e já. É preciso domá-los, dirigi-los, ensiná-los a ser disciplinados. No gosto, sobretudo. Não devem exigir além do que se lhes pode dar, e o que se lhes pode dar deve ser exigido com tanta veemência que coloquem nisso a felicidade. Compreende bem? É preciso que desejem o que podem adquirir e nada de impossíveis. Ao alcance, o possível! Mas esse envelhecimento precoce auxilia a indústria. É preciso que o homem se canse do que tem hoje para desejar outro amanhã. Um auto já envelhece num ano. Os chapéus, já notou, envelhecem em duas semanas. Tudo vai tão depressa que é um sintoma. Isso tem que ter um fim. O homem não pode andar mais depressa que seu tempo, nem mais depressa que sua sombra.

Pitágoras prossegue ainda e num tom mais lento e mais caloroso, os olhos verdes, perdidos como se contemplassem alguma coisa muito além: – A vida não vivida... Essa tem sido a insatisfação do nosso século. O veneno sutil que puseram no sangue dos homens, para transformá-los em sedentos de prazeres... A insatisfação não é a base do progresso dos grandes mercadores? Os insatisfeitos compram mais, e também variam mais. É preciso ensiná-los a desejar viver a vida não vivida. A sofrer a ausência dessa vida não vivida. A desejar, sempre, essa vida não vivida...

Vítor deitara-se tarde. De manhã cedo, foi esperar Inge. Ela não veio. Animou-se a perguntar no ateliê. Disseram-lhe que não viera trabalhar. Esperou ainda até as dez horas e nada. Estará doente? Que se teria passado à noite? Teria sido a briga que tiveram? Teme pelo que haja acontecido. Tortura-se em acusações. Foi o culpado. Havia tanta insistência no pedido dela. Fez um mau juízo, injusto. E agora? E se a doença for grave? Um remorso o invade. Acha infantis as suas preocupações. Mas a verdade é que tem culpa de tudo.

Almoça apressado para esperá-la. Como é vagaroso o ônibus. Está à esquina. É ela quem vem. É ela. A sensação do perigo passado faz que sorria. Não devia ter sorrido. Havia prometido a si mesmo que a receberia com indiferença. Inge tem um olhar triste. Cumprimentam-se.

– Atrasei-me muito. Tenho que ir em seguida.

– Por que não veio trabalhar de manhã?

– Tive uma dor de cabeça horrível.

Vítor está revoltado consigo mesmo. Por que não pede desculpas? Não deve. Pergunta:

— Passei também mal a noite pensando em você. Por que não me contou tudo o que me prometeu?

— ... lhe conto, Vítor. Hoje, quando sair, lhe conto tudo...

— Mas, Inge, você me tortura com essa espera... não compreende?

— Não é nada de extraordinário, Vítor. Acredite.

— Mas...

— Por favor. Já me fez sofrer tanto, ontem... Não faça outra vez a mesma coisa. Por Deus, compreenda! Não há nada de extraordinário. Eu lhe conto tudo. É mesmo para o nosso bem que lhe explicarei tudo. Espere até logo, sim? Ele acompanha-a até a porta. As outras já entram. Chamam-na. Não pode continuar teimando. Deixa que vá. Aperta-lhe a mão. Inge compreende a ansiedade dele. Sorri-lhe, repete-lhe que não há nada de extraordinário.

Ele segue pelas ruas, buscando argumentos para convencer a si mesmo. Não deve preocupar-se tanto. O ruído das ruas não lhe impede que seja lírico. "Se pudéssemos fitar a vida com olhos sempre novos..." Pitágoras havia posto certa amargura nessas palavras que ele reprime. Pitágoras é muito pessimista. Que se seja romântico, mas pessimista, não!... No ar sedoso da tarde tecido de ouro, não há lugar para pessimismo. Depois, Inge existe. Essa realidade objetiva-o muito. Seus olhos podem ver mais. Ela estava-lhe na memória antes até de a conhecer. Quando a viu não teve a impressão de que era um encontro que houvera sido postergado?

Naquele rosto tão branco (aquela palidez ele vira antes com outros olhos e menos otimismo), naquele rosto tão branco os olhos dela são mais escuros... Não há um poema para escrever sobre aqueles cabelos soltos?... Que lhe custa sorrir benevolente aos seus pruridos românticos? Nada interiormente repele esses ensaios. Estimula-se, prossegue: "Olhos grandes, ensombreados, reluzentes... Aqueles dentes miudinhos que viu quando ela mastigava a fatia de pão... Que prosaico isso de fatia de pão! A realidade é inverossímil...". Pitágoras tem razão. Deve fazer uma frase melhor: "... aqueles dentes miudinhos cercados por lábios carnudos, vermelhos, maduros...". Assim está bem. Biotipologia feminina. Estou classificando.... Repele esse ensaio de objetividade. Isso é um reflexo interior. Que mania de emprestarmos tanta realidade às coisas. Uma tranquilidade macia aveluda-lhe o espírito. Que urrem aquelas buzinas na rua! Ele não as ouve. Que lhe façam parar à espera do sinal. Isso não o irrita agora. Cada vez não está mais próximo da porta do ateliê?

E que proporção familiar e íntima lhe assume aquela porta. Tem de esperar à beira da calçada. Caminha de um lado para outro. Evita os pensamentos que lhe são importunos. Todos os seus sentidos estão alertados.

Quando Inge sai, abre bem os olhos. Seguem juntos, agora.

– Inge, tenho vontade de lhe dizer tanta coisa. Mas aqui na rua é difícil. Por que não nos sentamos num banco do jardim? Poderíamos conversar um pouco.

– Mas depois fica tarde...

– Que importa. Não gosta de mim?

Ela ri. Leva-a pelo braço. Sentam-se. Achega-se a ela. Murmura-lhe meigo:

– Inge! – A voz é grave – Inge! – Lembra-se de Samuel. Como acharia ridículos a sua voz e seus olhares amolecidos.

Para o diabo, Samuel! – Ainda não falei com você como desejaria... lhe quero tanto... tanto. E tenho tanta coisa imaginada para a minha vida e.... para a nossa vida. Talvez duvide de mim, mas acredite que sou sincero. Eu a amo muito, Inge. Muito e diferente de tudo. Acredita?
– Acredito, Vítor.
Se Samuel estivesse ali. Maldito Samuel! Pitágoras teria um sorriso bondoso, paternal.
– Diga-me uma coisa, Inge. Fale a verdade. Não há necessidade de me enganar. Por que não me permitiu que lhe acompanhasse até em casa? Por que foi, por quê?
Fiquei triste depois daquilo. Comecei a imaginar uma porção de coisas...
– Ficou contra mim?
– Oh! Não! Absolutamente. Por que ia ficar contra você? Imaginei é que houvesse alguma coisa de grave... de muito grave.
– Não, não é assim a minha situação. É até bem simples. É o que sempre acontece com as enteadas. Para mim é que é grave.
– Se é para você, é para mim, Inge.
Ela ri satisfeita:
– Obrigada. – E muda de tom. – Meu padrasto é mau. Tem prazer em me martirizar.
– E tua mãe? – Pergunta com a testa franzida.
– Eu não tenho mãe. – Diz com desconsolo.
– Não tens...?! – E para sem terminar a frase.
– Não tenho mãe. – Repete com tristeza. – Vejo que já está compreendendo.
– E não tens ninguém por ti... a não ser ele?

— Ninguém... – e em tom amargo continua. – Meu padrasto trata-me de maneira estranha. Vivemos na mesma pensão. Mamãe morreu, não faz um ano. Parece que ele tem outras intenções para comigo.

— Outras intenções?! – Tem febre. – Que queres dizer com isso, Inge?

— Não sei bem. Pode ser que esteja sendo injusta, mas a verdade é que é estranha a maneira que me trata. Às vezes, quando se aproxima de mim, sinto-o diferente... não sei o que há nos olhos dele... me dão medo. Até me convidou para morarmos juntos.

— Mas esse canalha tem coragem disso... – interrompe num rompante. Segura-a. – Não viverás mais nessa pensão nem na companhia desse cachorro... Não viverás mais com ele, Inge! – Seus olhos brilham com um aspecto estranho. Um sorriso triste dá uma feição nova aos lábios e à face. – Inge, minha Inge... Vais deixar de viver junto dele, vais, sim?

— Mas para onde irei?

— Irás comigo. Irás comigo, querida.

Ela olha-o firme, sem responder.

— Inge... – Vítor fixa-a serenamente. – Eu tenho pouca coisa. Como você, não tenho pai nem mãe. Vivo da renda de duas casinhas. O dinheiro dá para poder estudar e viver. Inge, me ajudarás. No princípio, até me formar, continuarás trabalhando no ateliê. Creio que poderemos perfeitamente fazer frente às nossas despesas, não achas?

Ela continua pensativa e ele insiste:

— Queres, Inge, queres?

— Mas, Vítor...

– Diz, Inge, diz! Tens medo de enfrentar a vida comigo? –
E sacode-a com os braços levemente. Seus olhos imploram.
– Mas, Vítor... você gosta mesmo de mim?
– Oh! Inge – ele meneia a cabeça com desalento –, e você duvida, Inge... ainda duvida?
– Vítor!
A buzina ruidosa de um auto desperta-os...

Quando Vítor volta, vai direito ao quarto. O rosto está congestionado. Atira o chapéu com rompante para cima da cama.
– Mas que diabos aconteceu com você? – Pergunta Samuel.
– Nem calcula...
– Mas que houve?
– Briguei com o padrasto de Inge... nos pegamos de verdade.... Foi uma luta terrível. E lá na pensão dele. Também lhe dei um soco que lhe arrebentei a cara.
– ... em Inge?!
– Não, idiota! No padrasto dela. Foi um escândalo. Quase que tudo acaba na polícia.... me dói até a mão! Já não mora mais com ele. Chegamos a rolar pelo chão. O homem é forte, nem calculas! Levei "ela" para a casa de uma família. É melhor assim. Tenho pena de não ter no momento um pau para rachá-lo pelo meio. Sujeito patife! Indecente! Estava procurando aproveitar-se de Inge. Queria torná-la sua amante...
– Mas que barbaridade! Que está me contando?! – Exclama Samuel com uma expressão exagerada de espanto.

— ... Foi uma cena... Nunca me julguei capaz de estar numa situação assim. Um escândalo... – torce as mãos.

— E você, que vai fazer da pequena?

— Não sei... – responde sem olhar para Samuel. – Talvez case com ela.

— ... Você se amarra por uma questão dessas?!...

— Mas eu gosto dela! – Seus lábios se agitam.

— Bem... mas não precisa ir a tanto, e casar. Deve esperar mais um pouco.

— Eu amo a pequena – interrompe com energia.

— Está certo. Acredito. Mas deve esperar. Isso de casar é coisa muito séria. Você nem conhece bem a pequena. Ela exigiu casamento?

— Não! Mas me acho no dever de casar. – A voz é precipitada.

— Bem... quem sabe, talvez você pudesse ter dado outro jeito na situação?

— Impossível! Se você se visse no meu lugar faria a mesma coisa. Depois, eu gosto dela. E isso é tudo... – e põe-se a andar pelo quarto.

— Não sei, não! Mas isso está me cheirando à estupidez, e grossa.

— Vá pro diabo, também...

Ela será a tua companheira

A vida de Vítor toma assim um rumo inesperado. A princípio julga possível acomodar-se na pensão da "velha América". Mas compreende a inconveniência. Encontra um quarto bom, onde ambos possam viver, e no outro extremo da cidade. A palavra "casamento" foi pronunciada timidamente por Inge. Tudo fora muito precipitado, ela reconhece, mas teme dizê-lo. Vítor deve resolver. Quando foi buscar os livros e a roupa, teve uma longa conversa com Samuel e Válter.

– Falar em casamento, Vítor, é besteira. Já disse. – Como é irritante aquele silêncio de Válter. – Você não conhece bem a pequena. Não digo que case algum dia, mas isso deve ser muito bem pensado...

– Seu paquiderme de uma figa, depois de tudo que houve acha que devo apenas amigar-me com a pequena? Ela não tem ninguém no mundo...

– Mas quem diz, teimoso, que a abandone? Se você gosta dela, como fazia ver através daqueles versos melosos, se gosta dela, que tem que ver casamento com isso? Será que deve amar somente depois de um escrivão bêbedo ou um juiz qualquer declarar que você está casado ante a lei. Que tem você? Tem alguma coisa a mais que você mesmo? Que vai dar a ela senão o seu sacrossanto amor? Isso precisa de documento no papel? Que tem que ver o coração com as leis. Depois, o casamento é uma fórmula absolutamente burguesa, passadista, imbecil...

— Isso diz você, vitaminoso, porque não olha a posição de Inge. Para uma mulher o casamento é algo de sagrado.

— Não compreendo. Vive você a elogiar o espírito independente e corajoso de sua pequena, e agora me declara que ela tem medo de você sem que haja esse contrato, que nada vale, e que todos se julgam com o direito de não cumprir.

— Não sei, Samuel... Fico indeciso.

— É ela quem o exige?...

— Não... ela não exigiu nada. Perguntou-me se casaríamos. Não respondi. Não sei como ela interpretou o meu silêncio. Mas lembro que me disse: ... não faz mal, Vítor. Tenho confiança em ti. Sou corajosa.

— Pois então! Estou vendo que essa pequena é das minhas. Por favor, Vítor, não me fale mais em casamento. Ou você é um homem ou não é. Lembre-se de onde vive, em que época você nasceu. Não quero ser romântico, mas palavra, somente admito o amor como laço para os que se amam. Depois, fica sabendo, os laços mais fortes são os mais frágeis... Deixa a pequena livre, e você também. Ambos resolvem unir as suas duas liberdades. Não é brinquedo, palavra, isso para mim é bonito. Dois destinos unidos unicamente pelo amor. Olha, quer saber de uma coisa? O casamento até estragava tudo. Tirava a beleza dessa união.

Vítor não tem mais argumento, mas uma insatisfação inexplicável lhe angustia.

Pitágoras ouviu-lhe as razões. Ficou algum tempo calado. Depois o olhou com certa desconfiança, e disse:

– Não sei bem o que você está fazendo. As razões são muito fortes de ambos os lados...

– Mas a tendência humana é terminar com o casamento.

– Que entendemos por tendências humanas?... Admiro a confiança dessa sua companheira. Você pouco perderá em tudo isso. Ela...

– Mas você acha que o casamento é solução para o problema do amor?

– Não digo isso, propriamente. Você me choca com uma das mais graves perguntas. Pensa que se tem resposta fácil? Não o condeno. Nem o obrigaria a casar-se... É terrivelmente difícil resolver-se um problema tão grave como esse. Que você seja feliz com ela sem o casamento, não duvido. Como também não duvidaria que fosse infeliz no casamento. Mas, creia, Vítor, não sei... sinto certa nobreza no matrimônio... Posso até parecer ingênuo, passadista, reacionário, como Samuel disse para você. Tenho minhas crenças e não vou desenvolver teorias. Mas sei que há alguma coisa de nobre no casamento que me comove. É talvez a grande força que vejo nele. Estamos numa época tão objetiva que parece estranho a você que eu fale assim... que fale em nobrezas ocultas...

– Você algum dia pensou em casar-se, Pitágoras?

Os olhos de Pitágoras estremecem, e responde-lhe:

– Eu?!... Você pensa que seria fácil encontrar alguém que partilhasse comigo o meu destino? Não!...

* * *

Não revelou a Inge as conversas que tivera. É que junto dela foge-lhe o medo. Nem as esperanças lhe perturbam. Vive o momento que passa, naquela semana de exaltações, e projeta em Inge seu otimismo que ela quer acreditar seja eterno. Ela não duvida dos êxitos que ele soma com os dedos. "Este ano será um pouco difícil. Depois de me formar poderei agir. A princípio, sei, há certa dificuldade. Mas a gente vai como pode. Vence-se uma 'etapa', depois outra. Para se viver modestamente, temos. O que tu ganhas e o que eu ganho, e mais um pouco, dá, não dá?" Inge concorda. Não duvida das esperanças dele e nem um nem outro admitem dificuldades, porque elas não existem quando transpomos alguns limites e nossos olhares são longínquos e despejam-se até o horizonte de novas esperanças. Aceitam alguns dissabores numa concessão toda benevolente para com a vida. Também não se vai imaginar que tudo seja um mar de rosas. O futuro será favorável. O otimismo de Vítor tem sua condição maior no dinheiro que tem no bolso. Vendera uma das casas com certa precipitação. "Podia ter conseguido mais"... confessa a si mesmo. Mas para Inge diz: "O preço não foi de todo mau. No interior não há a valorização daqui. Depois, seria difícil conservá-la. Era a mais velha das duas e estava precisando de consertos. Teria que hipotecá-la. Era melhor vender, não achas?".

 Inge concorda. O temor primitivo diminui. Vítor possui tanta confiança em si mesmo que isso a anima.

 – Inge, a vida vai começar agora. Ao menos para nós...
– Faz menção de mordê-la.

 – Mas que é isso? – Ela recua a sorrir. – Queres me comer o nariz?

– Quero te comer toda, todinha...
Ele leva os dedos aos olhos dela. Ela recua.
– Que é isso?
– Nada... uma pestaninha solta, dá sorte. Vou pedir três coisas. – Segura-a entre os dedos e fita-a, em silêncio. Depois a assopra para longe.
– Que pediste? Era coisa muito boa?
– Toda para ti.
– Mesmo? – Ele beija-a sofregamente. Ela afasta-o um momento, para ansiosa perguntar: – Seremos felizes, Vítor, seremos sempre felizes como neste momento? – Ele aperta-a nos braços – ... felizes sempre, Vítor? Diz, diz por favor! – pede esquivando-se, angustiada.
– ... e que não sejamos, querida, que nos importa agora?...

Os dias de sol lá fora são um tormento.* E ele, ali, no arquivo a aspirar mofo, a catar minúcias desinteressantes, a "gastar fosfato em coisas inúteis".
– Esse cheiro envelhece a gente! Relatórios! Quem inventou isso deveria viver eternamente num arquivo, aspirando mofo... procurando sempre "aquele papel...", aquele papel que é sempre o último a ser achado. E colige notas, verifica datas, compulsa lançamentos, livros pesadíssimos e fedorentos e, à tardinha, quando o sol esmaece, quando a noite se aproxima, no bonde, na rua, sozinho, até o pensamento cheira a mofo.

E à noite encerra-se no quarto, examinando, ordenando pensamentos, tomando notas, preparando frases, para

---

* Anotação manuscrita no datiloscrito: "Revisar e aumentar este capítulo com o trauma da cidade e a reação quase sem vida do homem do campo". Mais uma evidência do propósito de ampliação do texto; ver os posfácios críticos para uma discussão sobre esse e outros aspectos da presente edição.

completar afinal o relatório, "o inútil relatório", que, depois de impresso, numa brochura deselegante, será atirado aos cantos das bibliotecas particulares ou públicas, mas jamais lido por ninguém. Mas o relatório "tem de ser feito para bem da administração pública", e Paulsen, como castigo de seus pendores literários, fora o escolhido para redatá-lo.

– Mas em compensação farás jus a uma promoção.

Havia lhe dito o velho Barreiros. A rima é um refrão: compensação, promoção. Que lhe adianta isso? Corrige: adianta para mamãe, para Maria... pelo bem delas. Mas quer sair para fora da cidade. Ir para os campos, para sua cidadezinha, percorrer a várzea, até as ruínas da fábrica grande, jogar bola com os moleques, tomar banho no arroio.

Voltar, voltar para fazer tudo quanto lhe fora proibido. Só Deus sabe quanto sofria quando nos jogos era posto à margem por ser fraco.

Há para tudo uma definição, até para mim. Como se isso bastasse para me satisfazer o cansaço e a ansiedade... E Paulsen anota os números, e as informações povoam seus sonhos. E, de manhã, lá está outra vez, cheirando mofo e pó, procurando informações mortas, "inúteis, tudo inútil, ninguém vai ler isso", mas é preciso examinar tudo, examina, relê páginas, não entende às vezes aquele estilo burocrático, "que diabo esse sujeito quer dizer com isso?". Interroga um, outro, variam as opiniões, não cansa por isso, retorna, remexe, anota, respira mofo, pó, e tosse, e espirra!...

Quando se espirra ao fazer um relatório, há dois caminhos a seguir: terminá-lo de qualquer forma, ou abandoná-lo. Era impossível a segunda solução. Preferiu, portanto, a primeira.

O relatório está finalmente terminado. "Referto de defeitos", seria a frase do Barreiros, mas o que importa é que está terminado, e essa satisfação não é de Barreiros. O problema está nas primeiras linhas, fora a lição de Josias.

E que alentado, quinhentas páginas de almaço datilografadas, que foram pesadas nas mãos com entusiasmo, e olhares graves de admiração.

– Você trabalhou um bocado, hein?

– ... bocado?...

Só lhe resta rir. Rir e pedir uma licença. Pedir ar, ar para os pulmões mofados, para o cérebro mofado.

Deram-lha.

Não agradeceu. Mas assobia agora pelas ruas, canta no quarto...

Se um pássaro liberto faz isso, por que não ele que é um homem?

Depois de ter dormido um dia inteiro, na manhã seguinte resolveu ir até os limites da cidade. Lá onde ela se confunde com o campo, no fim de todas as ruas. Um sorriso de enfado encosta-se no rosto pálido.

No bonde, impulsiona o corpo para a frente, como se pudesse aumentar a velocidade.

Anseia pelo fim da linha. Mas o fim da linha chega enfim até ele. É o primeiro a descer. Sai tão rápido quanto pode. Teria se agoniado se lhe houvessem impedido no caminho.

Segue pelas ruas do bairro em direção à várzea matizada de verde em todos os tons. O ruído da cidade chega-lhe claudicante aos ouvidos. E sorri mole num convite à alegria. Quer rir... Mas alguém passa para impedir que o faça. Quer gritar, mas algumas casas ainda no caminho ordenam-lhe silêncio.

Quer correr, quer... Enfim o campo verde manchado. Embrenha-se pela mataria do capão. Ninguém. Só.

Tira o casaco, o chapéu e a gravata. Que vontade de tirar os sapatos. Sai do mato para o campo livre. Ninguém. Tira os sapatos. Esfrega os pés no chão. Pensa na arte, na literatura, na ciência... O mesmo sorriso de enfado encosta-se no rosto que cora.

Deita-se à sombra de uma figueira. Olha para as roupas. Corre os olhos pelo horizonte. Vê a cidade longe e ri. E canta perdidamente como um pássaro. Segura a cabeça entre as mãos entrelaçadas. Esfrega-se na relva macia com voluptuosidade animal. Por entre as folhas, o luzir erradio dos raios de sol aquece-lhe o corpo, penetra-lhe agradavelmente.

Não pensa mais. Para que pensar? O pensamento é demais ali.

É a pele, as mãos, os olhos, as vísceras que sentem.

* * *

É noite. Paulsen está outra vez na cidade. Vai até o Café Paris. Pitágoras, no canto, sozinho, lê um jornal.

– Você também lê periódicos?... – Compreende a intenção de Paulsen. Sorri:

– E você, como vai? Terminou o martírio?

– Felizmente. – Tem desejo de explicar o relatório, mas reage perguntando: – Que há de novo?

– A eterna preparação para a guerra, já notou? Tudo muito bem-feito, muito bem arquitetado. Quem falasse em guerra dez anos atrás receberia logo esta resposta: "Eles que declarem guerra e você verá que ninguém pega em armas...". Como estavam convencidos de que o pacifismo fizera realmente cordeiros! E a guerra já começou, em todo o mundo, ou melhor, recomeçou.

— Acredito que seja inevitável, porque a guerra passada não resolveu os principais problemas humanos...

— E esta irá resolver?...

— Esta, qual?... a revolução na Espanha?

— Revolução na Espanha é experiência de forças. Mas para mim é tudo. Se os franquistas ganharem, ganham os totalitários. E a guerra virá fatalmente, porque os totalitários quererão fazer a nova partilha do mundo.

— Mas os povos democráticos reagirão. E além disso as esquerdas socialistas lutarão com os democráticos.

— Sei disso, muito bem. Mas liberamo-nos da guerra? Não! Caímos nela todos, inevitavelmente todos.

— Bem, mas depois...

— Essa a minha preocupação — interrompeu —, o "depois". Como será o depois? Será o depois de dezoito? Será o mesmo sonho romântico? Que é que você pensa? A humanidade ainda a enganam com confeitos pintados com anilina. E os mesmos homens inteligentes que souberam tão habilmente transformar o pacifismo em impulso guerreiro saberão ainda fazer outros malabarismos interessantes. Lembra-se daqueles que juraram jamais pegar em armas? São os que estão hoje pedindo armas para lutar contra os que ameaçam a paz do mundo. Quer você saber de uma verdade? O partido da paz é o mais fácil de se tornar guerreiro. Basta explorar o medo com o partido da guerra. E se você estudar bem e meditar bem, note que em todas as épocas humanas foi assim. O cacique da tribo pacífica, mas que deseja a guerra, diz aos seus súbitos: "Nossos inimigos do outro lado do rio preparam-se para nos atacar. Precisamos preparar-nos para a defesa". E começam os exercícios militares, marchas, canções guerreiras.

Do outro lado, tomam conhecimento do que se passa. E o cacique da tribo inimiga diz aos seus comandados: "Nossos inimigos do outro lado do rio preparam-se para nos atacar. Precisamos preparar-nos para a defesa". E a mesma dança começa. Basta aparecer depois um pajé, que tenha partes com os espíritos e diga: "Fiquem certos de que a melhor forma de defesa é o ataque", para que o choque seja inevitável. – E prossegue. – E depois basta falar em cultura, em civilização, em progresso... – Há um traço de desprezo no canto da boca. – A mesma história é contada mil vezes. Os mesmos cordeiros vestem roupas de lobo... Mentira, os lobos é que andavam vestidos de cordeiro. E, para que os cordeiros não se assustem, prometem o depois... "o depois".

– Pois, Pitágoras, fique sabendo de uma coisa: eu creio no depois.

O assombro está nos olhos de Pitágoras que brilham com a mesma alucinação anterior. Um sorriso ali é ofensivo, porque o rosto de Paulsen é sereno, de uma gravidade contagiante. E Pitágoras sério, pausado e doloroso:

– Também creio... também creio num depois. Mas qual deles, Paulsen? Em qual deles acreditaremos? Naquele utópico depois de todos os reformadores, de todos os que procuram "melhorar" o homem, daqueles que prometem venturas a todos?... – e num tom de desprezo que não domina – aquele depois da Atlaína? O depois do Álvaro Corrêa? O depois medicamentoso que amingua todas as dores?

O depois que promete os homens igualizados, livres apenas para agradecerem suas novas cadeias? O depois das mulheres que usarão creme para esconder todas as rugas? O depois das roupas de confecção que resolverão tornar atléticos todos os corpos? O depois dos cansados da vida que buscarão todos os prazeres, para conseguir o descanso pela negação do descanso? Qual será desses o "depois"? Vejo-os aí, prometidos, pregados, exaltados por todos, mas vejo em todos eles o mesmo, o eterno depois, a eterna evasão do homem de si mesmo. Esse é o depois das coisas dos homens... Mas "o depois" do homem está no homem, só no homem. As paralelas só se encontram no infinito, pensavam os matemáticos antigos. Mas o infinito onde as paralelas se encontram está no homem. A luz matizada das tardes distrai os olhos dos que não buscam a luz interior. A Espanha está em trevas. O "black-out" já começou. Não brilha mais as luzes exteriores. Mas um grande "black-out" cobrirá o mundo. E no "black-out" os homens da tarde não poderão meditar. Só aqueles como nós, homens noturnos, homens do destino, amigos das trevas e das sombras, poderão compreender as trevas e as sombras. Nós vararemos a grande noite que vai cair sobre o mundo, na esperança e na meditação desse depois. Mas, para que possamos meditar, precisamos conhecer bem as noites, ser amigos das trevas, conversarmos com elas. Aqueles que têm os olhos ofuscados pela luz exterior nada verão. Sentirão somente a saudade da luz. E o depois deles é a saudade da luz, a promessa que terão todas as ausências que a luz exterior prometera. Nós, os homens da noite, queremos é a madrugada, porque à noite meditamos na madrugada. O nosso depois é a luz da madrugada, nunca a luz da tarde. Onde estão os homens da noite? Que fazem eles para a madrugada? No silêncio das trevas meditam, sonham, criam... Nos abrigos antiaéreos eles meditam e criam. Meditarão em silêncio, porque aí o medo ensinará a calar. Há de vir, Paulsen, dos abrigos antiaéreos alguma coisa. Talvez o depois, sim, o depois, porque o medo estimula soluções... E os homens que guisem aviões, os homens que lutarem individualmente nos seus tanques, conhecerão os silêncios germinadores das grandes esperas. Eles também viverão a noite, porque lhes será impossível cuidar dos matizes dos crepúsculos. E porque serão a noite, desejarão a madrugada. Ouve bem, a madrugada. Nunca, a tarde cheia de luzes cambiantes. Nós, Paulsen, estamos vivendo a grande tarde que precede a noite, o grande "black-out". E acredita que a noite foi a grande mãe geradora de todas as coisas. Deus, Paulsen, talvez seja trevas e sombras.

Em casa, ele medita as palavras de Pitágoras. E de mansinho pergunta:

– Por que as minhas paralelas não se encontram antes do infinito?

Está na repartição quando recebe um telegrama. Abre-o agitado com a intuição de uma desgraça. Um pouco de raiva mistura-se à emoção prévia da tragédia. É de Abdon. Nem lê bem as palavras, adivinha-as: "... espero enfrente com ânimo este transe natural". Todo seu orgulho é mobilizado para resistir aos soluços. Tem somente um gesto. Vai até Barreiros. Mostra o telegrama. Barreiros lê e murmura algumas palavras que Paulsen não compreende, mas agradece-as num gemido. E, dominando os soluços ameaçadores, diz:
– Compreende... preciso ir para casa... – não diz mais nada. Teme que a notícia se espalhe e sobrevenham os pêsames desagradáveis.

Nas ruas, a vida é a mesma agitada e insensível. Que tem o universo que ver com a morte de sua mãe! "Eu sou um homem a quem morreu a mãe!" Se exclamasse essas palavras, seria patético. Olhar-lhe-iam sem pena nem respeito. Talvez alguma ingênua mulher molhasse os olhos de lágrimas. Talvez permanecesse assombrada com a sua exclamação. Não devemos gritar a nossa dor para o mundo. Não devemos perturbar a vida dos outros. As dores estranhas não nos doem; por que exigir os gestos hipócritas de simpatia? O medo pode provocar gestos de pena. Muitos se condoeriam para que Deus, esse terrível ser misterioso, não lhes tirasse a mãe, a mulher, os filhos. Não há lugar para motivos de otimismo. Por que vai crer na bondade dos homens se todos são indiferentes à sua dor? Não sabem da tua dor, contesta. E se soubessem? Ora, não querem que falemos em coisas tristes. Tristezas, basta a vida. Mas Deus do céu, isso é vida, idiotas, a morte está aí espreitando a vida. Pobre mortal sem direito a um protesto. A quem apelar depois do fato consumado? Que podia ter feito antes? Que pode fazer depois?

Não há nem cabeça para pensar possibilidades... "Compra o casacão"... Ah! mãe, como te preocupavas comigo nas noites frias. O teu frio, mãe, tinha que ser meu... E me enroupava demais. "Mas, menino, está frio!" A gente não sente frio, só as mães é que sentem. Pois riam-se da pieguice humana, riam-se. Você já perdeu sua mãe? Que sentiu quando ela morreu? Chorou? Seu filho quando morreu, chorou você ou não chorou? Chorou, não foi? Então por que fala em pieguice?

Fecha a porta do quarto com violência. Atira o chapéu para longe. Um pensamento crítico de sua atitude é abafado. Que vale um chapéu! Deita-se na cama. Patifes, os que ridicularizam os que choram.

E chora soluçadamente, sem limites. Que vontade de morrer! Maria, pobrezinha, como estará a coitada! Pra quê foi feito o mundo? Pra quê? Pra quê? Responde, pra quê?

Pede licença por duas semanas. Pitágoras acompanhou-o durante duas noites nas longas caminhadas. Ouviu-o e desculpou-lhe todos os pessimismos. Compreendia a inutilidade dos conselhos. Manso, humilde, e bom nas suas palavras, fixava somente aspectos sóbrios e sérios das coisas e dos homens, e desviou, tanto quanto pôde, o pensamento de Paulsen para os dias angustiosos que se anunciavam para o mundo.

No homem, o inesperado assombra. E nunca sabemos perdoar o destino quando nos arrebata alguém a quem amamos. Paulsen é demasiadamente humano para experimentar uma filosofia de renúncia. Nem o estoicismo nele passaria de uma atitude. Que seja justa e humana a boa vontade dos que desejam hipnotizarmos, aminguando-nos a sensibilidade com palavras de conformismo. Pitágoras jamais faria uso delas, porque as compreendia bem. Tinha ainda nas carnes as dores que escondera de todos, o que jamais pudera esconder de si mesmo. Não exagerava também uma tristeza de atitude. Seria uma infidelidade para consigo mesmo que não desculparia. Preferia, portanto, permanecer silencioso. Toda a sua solidariedade estava no silêncio. E já era muito, era tudo quanto sabia e podia fazer. E levava Paulsen consigo, convidando-o para as ruas mais despovoadas, para os caminhos adormecidos, para as praças escuras, onde se entregariam às meditações, e teria uma resposta sempre solícita e mansa para todas as perguntas de Paulsen.

Ante a morte, o homem interroga. Há sempre aquele espanto primitivo ante o corpo que antes vibrava de vida e que permanece imóvel, insensível, que em todas as eras o homem jamais compreendeu.

É sempre uma grande interrogação, é sempre um grande assombro, é sempre uma grande procura. E, no entanto, é a nossa companheira de cada hora e de cada instante. Vivemos morrendo todos os momentos de nossa vida, mas protestamos até quando silenciamos, quando nos conformamos, quando choramos. Paulsen recorda as palavras de Abdon no telegrama. Não podiam ser outras: "Transe natural... espero tenha forças...". É sempre fácil para quem não tem o coração atravessado dizer que devemos ser fortes. Mas essa força, esse heroísmo, não é uma das nossas mentiras? As interrogações de Paulsen são comunicadas a Pitágoras. Milhares morrem diariamente nos campos de batalha da Espanha. Milhões morrerão nos campos de batalha da Europa. A dor universal. Faure se associa ao pensamento de Paulsen. Mas quem compreende a morte de milhões? Compreendemos a morte próxima, sentimo-la, quando ela nos dói. A morte de milhões é uma frase apenas. Paulsen procura associar as dores de milhões, imaginando milhões de Paulsens, chorando a dor de milhões de mães. E milhões chorando milhões, e milhões e milhões...

Quem foi que disse que a dor dos outros alivia?

– Pitágoras, palavra que não me conformo com a vida...

– Quase ninguém se conforma...

– Nem com a vida nem com a morte.

– Basta que não te conformes com uma para que não possas te conformar com a outra.

– Mas, Pitágoras, tudo isso é uma estupidez.

– Compreendo... Os homens, quando tiveram a consciência da morte, criaram o céu. Foi um protesto. Já houve quem dissesse que nesse ato do homem havia alguma coisa de heroico.

– Não vale a pena viver. Sei que você vai dizer que negar a vida é afirmar a morte, já sei.

– Não... afirmar a vida é afirmar a morte e vice-versa. Tudo é o mesmo. Você sofre, e é natural...

– Estou sendo piegas, sei disso...

– Não se preocupe. Todos somos piegas quando sofremos...

– Mas a gente deve calar sua miséria...

Pitágoras não responde. Mas há no seu olhar uma interrogação. Por que calar? Por que esconder? Para que não perturbemos a boa digestão dos nossos semelhantes?

– Pitágoras, vou até minha terra. Vou ver minha irmã. E irei ao túmulo de mamãe. Desculpe-me falar assim, preciso desabafar.

Pitágoras nada diz. Espera.

– Um dia quando ainda menino... perdi a fé. Não acreditei mais em tudo quanto até então acreditava. Quando disse à mamãe, ela chorou. Papai ficou satisfeito...

– E você?

– Eu?... Não sei bem o que sentia. Era tanta coisa. No fundo estava triste e também alegre. Tinha uma sensação esquisita... Um misto de liberdade e de sensação de quem se sente perdido. Precisava procurar outro caminho. Foi esse Abdon de quem te falei que me deu certos livros para ler. Li a obra dos materialistas e esgotei todas as minhas esperanças. Você sabe de uma coisa, Pitágoras? Nunca tive a sensação de uma posse demorada da verdade. Todas que me pareciam perfeitas desvaneciam-se logo. Sentia-me infeliz. Aqui encontrei Josias, um homem que também perdera a

fé. Nossa amizade, você sabe, foi profunda, mas cavou ainda mais a minha dúvida. Decidi duvidar de tudo, analisar tudo até encontrar uma verdade...
– Procedeste como Descartes...
– Foi isso.
– E que conseguiste?
– Nada... Simplesmente nada. Mas te digo uma coisa. Pode isso parecer estranho. Li livros de filosofia e nunca me pude convencer de uma verdade. Nem de que eu mesmo existia. Mas, Pitágoras, ante a morte de minha mãe alguma coisa, em mim, afirma. Tenho a sensação interior de uma afirmação qualquer. Não sei o que seja...
– ... Me diga uma coisa, Paulsen... – e fitando-o sério: – Você já imaginou se o mundo não existisse? – Paulsen não respondeu, mas tinha toda a atenção e seu olhar voltado para Pitágoras. E este prosseguiu: faça uma coisa. Imagine que o mundo não existe e nós não existimos, portanto. Vá além. Pense que não existem também os planetas nem as estrelas, nem os cometas, nada do mundo sideral. O todo é um imenso nada. Nada existe. Tudo desapareceu. Nem tempo, nem espaço. É tudo um imenso não-ser que é nada porque não tem dimensões nem qualidades, nada. Tudo é nada. Nada é nada. Diga, imagina isso? Imagine bem; nada... nada...
– Impossível, Pitágoras! Até arrepia a gente. Tudo em mim... as minhas carnes, os meus músculos, não concordam, protestam, reagem. Impossível o nada... impossível!
– Aí está a primeira verdade. Você já sentiu isso ante a morte de sua mãe. O nada não acreditamos. Se choramos, é por medo. Tememos o nada. Tudo teme o nada, porque

há algo que teme o nada, e desse algo nós fazemos parte. Somos ambos talvez, como individualidades, dois equívocos. Nenhum homem pode afirmar-se como individualidade. Só os ingênuos que acreditam piamente no absoluto das coisas aparentes que conhecem. Mas existe essa verdade: algo existe, e nesse algo aquilo que consideramos o nosso "eu" está incluído, eu, você, todos. Paulsen, parta dessa verdade que lhe dá suas carnes. E verá que ela permite que nos conformemos com a vida e a morte.

* * *

E quando Paulsen volta para casa tem a estranha satisfação de quem perdido numa mata houvesse encontrado uma vereda.

Paulsen encosta-se à amurada do navio. Olhos perdidos, recorda cenas passadas. Ninguém se despede dele. É melhor assim. Atrás daquele cais, daqueles armazéns, está aquela cidade que lhe roubou a suavidade descuidada dos dias da infância.

Há gestos largos, abraços, sorrisos dos que ficam para os que vão, dos que vão para os que ficam.

Mas os olhos de Paulsen permanecem ausentes. Uma tristeza ensombreia-lhe as rugas novas. Alguém, no cais, observa aquele rosto triste e a sombra dolorosa de seu olhar.

Há saudações de pura cordialidade. Frases convencionais, lembranças e saudades para outros. Só para ele ninguém tem uma palavra.

Mas alguém no cais o fitava demoradamente e tem pena de sua tristeza. O navio se afasta.

Lenços são agitados. Também tira um lenço. Vai se despedir de todos, já que ninguém se despede dele. Alguém, do cais, parece entender aquele gesto. Aquele mesmo alguém que o olhou desde o primeiro instante, que sofreu seus olhos tristes. Abana-lhe desejando-lhe boa viagem, essa viagem talvez sem retorno para aquele alguém que o olhou com ternura.

De madrugada já está de pé e sai do camarote para o convés. Um vento frio refresca-lhe a ardência do rosto. Em menos de uma hora, dizem, o navio chegará ao porto. Já se avista o molhe longe da barra. A madrugada é fresca e clara. Sente a alegria triste da chegada. E Maria? Será doloroso aquele encontro depois de tantos anos. A cidade já se avista melhor. Pode divisar na névoa da manhã a torre alta da igreja. O torreão do mercado... O teatro... "Entre aquelas casas é que deve estar a em que morávamos. Antigamente..."
Não deixa de sorrir por isso. O cais... "Quantas vezes brinquei naquela praça... Ali... O Raimundo. Que será feito dele? E aquela vez que brigamos? Como éramos cavalheiros naquele tempo! Que murro me deu, e eu fui ao chão. Esperou que me levantasse e disse (como me lembro!): 'Não dou em homem deitado! Levante...' Apanhei muito, mas também o nariz dele ficou sangrando. Ficamos de mal e juramos nunca mais falar um com o outro."

Muita gente no cais. "Maria não está! Melhor! O Santiago, o velho Santiago está com a mesma farda azul, bordada de ouro."
Pouca gente conhecida. Apregoam hotéis. Oferecem autos. Mensageiros. Nada quer, não precisa de ninguém... Sai lesto. Toma um auto e dá o endereço. Tudo é o mesmo. "Essas cidadezinhas do interior!" Tem um sorriso de condescendência. O auto encosta numa casa amarela, baixa, a rua deserta. É ali. Paga o chofer. Desce. Olha o número. Bate à porta.
– Frederico!... É sua tia. Abraçam-se.
– E Maria?
Alguém corre do fundo da casa.
– Frederico!
– Maria!
E ficam abraçados. "Como está magra!" Aperta-a mais nos braços. "Irmãzinha!..."
Maria conta-lhe, entre lágrimas, a agonia da mãe. Há nas palavras uma conformação, uma humildade que contrasta com a revolta que Paulsen não sabe esconder. Aqueles anos foram de necessidades. E muitas coisas que por pudor calara nas cartas, nem sempre contendo os soluços, Maria relata fugindo às minúcias que Paulsen exige. O que ele mandava mal dava para atender às despesas necessárias. A pequena renda de tia Augusta, o auxílio sempre bondoso de Abdon...
– "Seu" Abdon, Frederico, tem sido o nosso único amigo, nunca deixou de nos visitar, perguntando sempre por ti, lembrando coisas de papai, sempre gentil e respeitoso para com mamãe...
E a costura era o que a ajudava a viver. Ninguém esquecera a falência do pai.

– Sei, eles não compreendem certas derrotas. Todos nós conhecemos derrotas. Não defendo com isso papai, como comerciante. Ele foi culpado. Acreditou em amigos e, sobretudo, em promessas de banqueiros. E depois teve sempre a mania de querer ajudar os outros, e um comerciante que pensa assim arrisca-se ao prejuízo...
– Mas também Deus nos tem ajudado, Frederico!
Deus nos tem ajudado! A expressão de suave admoestação de Maria é tão triste que Paulsen refreia uma blasfêmia. Diria tanta coisa se não fosse ela. Mas para quê? Em que ajudaria? E culpar Deus de nossos erros, de nossas derrotas, é já acreditar nele.
– O enterro foi muito simples. Veio pouca gente. "Seu" Abdon foi quem se encarregou de tudo. Nós não sabíamos que fazer. Foi ele quem te telegrafou... – Maria chora. Paulsen acaricia-lhe os cabelos – mamãe... me pediu muito que te dissesse... ouviu, Frederico?!... que rezasses, que não deixasses de rezar por teu pai e por ela...
Nem um gesto transparece em Paulsen. Todos os músculos parecem serenos. Contém-se. Não são lágrimas, há dores que não arrancam lágrimas nem soluços. Ele sofre a dor de não crer, a dor de não mais saber rezar, de não poder rezar!

Ao lado de Maria é que ele sente mais a falta de sua mãe. Como desejaria acariciar aqueles cabelos brancos, segurar carinhoso o rosto magro, beijar de mansinho a testa, e abraçá-la para pedir alguma coisa que ela não saberia negar. Há sempre um sabor amargo na ausência. Há um reconhecimento da impossibilidade, um desejo de retornar no tempo, varar o passado transformando-o em presente, num misto de arrependimento e de pena, por não se ter sido, por não se ter feito, tudo quanto só o tempo nos ensina, nos aconselha, nos exige. Por que só sentimos o verdadeiro valor das pessoas amadas quando as temos longe e afastadas de nós, vivas apenas na lembrança de um tempo perdido que as recordações inutilmente tentam ressuscitar?

    Como seria diferente se pudesse começar de novo a vida. Por que um homem não entra no mundo com trinta anos, pelo menos, de experiência? A maturidade nos dá sempre esse angustioso exame de consciência de tudo quanto deixamos passar sem gravá-lo com um grande gesto irrealizado. Guardamos a angústia dos gestos que nunca fizemos.

"Mas mamãe está morta..." "Está distante, pelo menos." "Está afastada de mim." E que inúteis são agora seus braços, suas mãos que saberiam acariciá-las. E ela bem o merecia. À proporção que avançam os nossos anos, aumentam as acusações ao que não fizemos ao que devêramos ter feito. E espreitamos a cronologia de nossa vida, para divisarmos, uma a uma, as passagens que desejaríamos ter vivido. Serei isso... depois aquilo... mas o tempo é sempre a vinda da realidade da vida sonhada que ficara no futuro e que se torna inteira o passado que não temos mais coragem de confessar a ninguém.

Parece vê-la no caixão modesto. Quatro velas por entre a penumbra e um murmúrio entrecortado de soluços. Parece ver Abdon, alto, magro, todo de preto, grave, arrumando as flores... E ele, ele, naquela cidade, por entre aquelas ruas, sem nada saber ainda.

Tem que ir ao cemitério. Precisa ver o túmulo de sua mãe. Há de ter a sensação torturante de que, debaixo daquela camada de terra que se ergue, aquelas carnes apodrecem e são comidas por vermes. Que estupidez a morte. Não digas, Pitágoras, que a morte não refuta a vida. Se não refuta, ao menos a desmerece. Jamais os homens se conformarão com a morte. Será sempre mentirosa a aceitação humilde ante o destino que lhes tire aquilo que o destino lhes deu. Não, a voz de nossas carnes, de nossos instintos rebelar-se-ão sempre. A morte há de ser sempre a nossa grande impossibilidade.

Está ante o cemitério. No portão central há uma vendedora de flores. É tão meiga, tão humana aquela tarde, há tantas cores por entre aquelas árvores, que parece incrível que, ali, milhares de seres humanos que viveram, agitaram-se, amaram-se, construíram esperanças e sonhos, estejam agora e para sempre apodrecendo, comidos de vermes, mesclando-se com a terra, transformando-se em barro, em alimento de vidas que conhecerão outra vez a morte.

Compra umas flores. Não aceita a existência de outra vida além desta. Não vai levar para sua mãe aquelas flores porque noutro mundo ela se alegraria. É uma homenagem em si mesma, à memória dela. Mas pode negar que é ante a morte e ante o amor que pensamos na eternidade? Quando amamos queremos a eternidade. Quando vemos roçar por nós o frio da morte queremos a eternidade. Mas como crer no eterno quando tudo é temporal, fluídico, passageiro, vivo? Vivo? Mas que lhe associa essa palavra quando penetra por aquelas alamedas de túmulos silenciosos? A vida exige eternidade porque não nos conformamos com a morte. Como faria bem a crença na eternidade... Mas, querida mamãe, perdoa-me, não sei crer, não sei crer! E por que fala à sua mãe se ela não existe mais? Por que se dirige a ela quando não acredita senão num corpo que apodrece numa cova? Sou humano, sou humano, não sei, não compreendo a morte!

Está ante o túmulo. Há uma lousa tão simples com o nome dela e aquelas palavras que os homens repetem sempre. É por entre lágrimas que seus olhos não contêm que prossegue lendo... "Aqui jazem os restos mortais de D. Matilde de Gusmão Paulsen... Saudade eterna!"

Mãe, mãe! Tu vives, tu tens que viver em alguma parte. Eu creio ao menos na tua imortalidade!...

E não se contém, ajoelha, adora, ama, e sofre, e cobre o rosto com a máscara de suas mãos, escondendo os soluços de sua juventude.

Naquele instante o tempo recuara por muitos anos!...

* * *

Embora longe no tempo, a recordação de Joana guarda ainda uma suavidade lírica para Paulsen. Tem pudor de pedir notícias dela. Mas, ao jantar, Maria recorda muita gente de quem Paulsen faz interrogações:

– O velho Rogério, coitado, morreu há dois meses...

Mas é de Joana que ele quer saber. E, com a mais artificial naturalidade, pergunta:

– E Joana?

A gravidade silenciosa de Maria e o espanto que parece ter tido com a pergunta causam em Paulsen desassossego. A voz dela é cálida:

– Joana?... Uma vez encontrei-me com ela, na rua, e fingiu que não me viu. Nunca mais nos falamos...

Um misto de amor-próprio ferido junta-se à ternura que se desfaz e gela agora.

Maria prossegue:

– Depois que se casou não a vi mais...

Paulsen nada mais pergunta. É melhor nada mais saber. Maria está ali tão grave, tão sombria, tão magra. Como é franzina, feia. Recalca a palavra feia que lhe dói tão fundo. É tão terno que não contém um sorriso de bondade nem uma carícia por aqueles cabelos negros. Há uma tragédia, murmura a si mesmo, uma tragédia, a tua tragédia, Maria, a tragédia de uma pobre menina triste, feia e pobre!

O mesmo alvoroço que sentia quando ia visitar Joana é o que Paulsen sente agora quando seus passos buscam os caminhos perdidos da infância que o levam até aquela ruazinha onde construíra o mundo futuro que a realidade negara. Como é tão estreita... e, no entanto, quando menino se orgulhava dela, porque havia outras mais estreitas.

Lá está a casa onde morava. Por que a reformaram? Por que não tem mais aquela cor laranja, e aqueles grandes óculos que davam para o porão?

Parece-lhe ouvir de uma das janelas a voz fina de Maria:

– Doriiico... mamãe tá te chamando...

E aquele jardim que fica no fim da rua, onde passava as manhãs de domingo e quase sempre os entardeceres longos e frescos do outono!

Como tudo é tão distante e tão próximo, e como tudo amargura o tempo que já passou, porque ante o passado é sempre triste o nosso sorriso. Mas a rua não mudou. As mesmas pedras gastas. E esta tranquilidade é a tranquilidade de minha infância. Defronte ao jardim está a igreja, e nos fundos o cemitério. E mais longe há um bosque e um lago... Está ouvindo?! Ouviu esse menino que gritou? Nós também gritávamos assim. E também corríamos numa desabalada louca pelas calçadas, rua abaixo. E, quando nos chocávamos numa esquina com alguém que vinha do lado oposto, os outros riam do tombo que levávamos. Era um tombo que nos fazia rir vermelho, de raiva comida e de vergonha. Dávamos explicações. Se não tivesse olhado para o João... se não fosse prestar atenção ao Zeca... Quando somos pequenos, só erramos por descuido ou sem querer. E, às vezes (mentira!), fazemos de propósito, só para enganar os outros. E, no entanto, tudo ainda ali é o mesmo. Tudo menos ele. Só ele mudou. Olha o carteiro! Parece o seu Dorival. Seu Dorival também tinha um bigode preto e vestia uma roupa cáqui. Por que não é seu Dorival?

Não virão daquela esquina o Zeca, o Paulinho, o Tripa Seca. Não se espantaria se eles viessem. Mas há tanta tranquilidade em tudo, uma tranquilidade tão morna, uma tranquilidade que recua o tempo.

Lá no jardim existia um jardineiro... Ainda lá está, e mais velho, mas ainda se curva carinhoso para as flores. "Não mexa aí, menino..." Mexa, mexa numa flor e vai ver como ele fuzila um olhar furioso e ameaça que vai dizer pra mãe da gente!

Agora há um cartaz no chão que diz: "É proibido tocar nas flores". Ele agora está calado. Mas, se tiver que falar, dirá "não mexa nas flores". Mas também há crianças que brincam pelos caminhos, como nós brincávamos.

O tempo aqui é o mesmo. Tudo é o mesmo. Só eu, só eu mudei. Só eu fugi dessa simplicidade.
Dirige-se ao jardineiro. Ele está vergado sobre uma roseira. Poda alguns ramos. Tem a mesma atenção ingênua e feliz dos anos passados. Tem vontade de perguntar. Não deve. Por que não? Pergunta:
– Jardineiro, você é feliz?
Por que o chamou de você? Devia ter dito senhor. Não era senhor que dizia quando menino?
– Jardineiro, o senhor é feliz?
Que cara de espanto que ele faz. Teria reconhecido?
– Feliz?... sou... sou... – Como é espantado o olhar.
Paulsen não se contém. Afasta-se com um grande sorriso humilde no rosto. Olha para o alto. Tem vontade de apontar o dedo para o céu e dizer:
– Tá vendo... tá vendo... este jardineiro é feliz, ouviu? É feliz...

Paulsen prepara-se para embarcar. Vai despedir-se de Abdon e agradecer-lhe os favores prestados. Encontra-o em casa. Abdon é agora sócio da firma onde trabalha. Não faz mais sonetos. "Aquilo passou... Depois da morte de seu pai perdi o estro..." E ambos riem. Abdon lembra-lhe de quando desejou ser padre. Paulsen coçou a cabeça a sorrir.
— O pobre do velho andava preocupado. — E mudando de tom: que é que você anda lendo agora, Frederico?
Paulsen conta. Discutem. Abdon faz uma vasta explanação de suas convicções materialistas, aborda as ameaças de guerra que pairam sobre o mundo, e conclui:
— Não creia em guerra, Frederico. Isso tudo é propaganda para vender mais. Ninguém tem ilusão com a guerra. Os lucros são aleatórios e o prejuízo é o que há de mais certo. O que se dá na Espanha é um caso local. Não tem importância...

Paulsen não reage. Aceita tudo com uma passividade indiferente. Abdon está longe do mundo, e muito perto dos seus amigos.

Despede-se dele, prometendo escrever e mandar-lhe notícias dos comentários mais interessantes que se fizerem na Capital acerca de assuntos de política. E despede-se "renovando" os agradecimentos.

Em casa, Maria está costurando. Senta-se ao lado dela. Olha-a com ternura. Tão magra, tão frágil. Quer perguntar se já tem algum namorado, mas receia fazê-la sofrer, porque certamente não tem.
— Maria! — Ela levanta o rosto pálido para ele. — Eu vou embora amanhã... Tenho que estar lá para tomar o meu lugar outra vez. Vou fazer tudo o que possa para aumentar a mesada.
— Oh! Não te incomodes, Frederico. — Faz um gesto suave com a cabeça. — Não te incomodes. O que tu mandas já é bastante para nós.
— Eu sei, eu sei... — diz contrariado. — Mas não posso admitir que sejas auxiliada pelo Abdon. Não posso! Não fica bem! Não é justo! Ele tem filhos, também precisa. Tu compreendes o meu escrúpulo, não é?

Ela continua a costurar, cabeça baixa. Chora.
— Por que choras, minha querida? Que é isso? Não há motivo para chorar. — Paulsen tem um tom paternal na voz.
— Não é nada, Frederico. Tu tens razão. É isso mesmo. O que me dói é a gente ter necessidade de receber o apoio

de outros. O "seu" Abdon tem sido muito bom... – Ele sempre vem aqui... – e cala.

Os olhos de Paulsen perdem-se num olhar sem destino. Envolve-o uma ternura. Está num desses momentos em que penetramos as almas e nos transfundimos no coração dos outros, na mais humana e meiga simpatia. Os olhos de Maria têm o mesmo brilho enevoado de criança. Compreende o que ela não diz. Aquilo que seus lábios calam porque teme. Abdon não viria mais. Abdon é na vida de Maria alguma coisa. Aos borbotões, vem a lembrança de cenas passadas. Recorda o que ela dizia: ... "quando for moça, quero me casar com o Sr. Abdon...". As crianças acham fácil casar-se quando moças. A quem amaria Maria senão a ele? E Paulsen queria afastá-la da contemplação do homem que nunca lhe teve senão a deferência honesta de um olhar respeitoso e gentil. Era pedir muito, compreende. Ela precisa viver a volúpia de uma impossibilidade. Conhece o impossível dos braços dele em torno de seu corpo, mas precisa tê-lo às vezes perto, para que pense sempre no irrealizável.

Paulsen compreende que ela o ama sem esperanças, o ama entre os extremos, entre o masoquismo da certeza e a esperança do impossível.

Abraça-a, juntando-a ao peito. Maria ri, nervosa, ri no rosto dele, soluçando. Parece satisfeita, satisfeita de sua infelicidade.

Com Inge ao lado, Vítor tem a sensação de que é mais. A respiração inflada, o corpo amaciado pela ternura que lhe sobe do ventre, que lhe esquenta a cabeça... aquilo é a felicidade. Não é toda a felicidade, concede para si mesmo. Falta alguma coisa. O dinheiro que se reduz a cada dia implica--lhe uma dúvida. O que Inge ganha no ateliê e a renda que lhe sobra da última casa não são tudo. Não basta. Dentro de meses estará formado, terá despesas, mas começará a conquistar a vida. Mas as oportunidades não foram feitas para todos. Quantas vezes não comentou isso com Pitágoras. Samuel não entende suas dúvidas. Que adianta interrogá-lo se ele, fatalmente, vai querer que prevaleçam as suas opiniões? "Egoísta!" Sim, foi como Samuel o chamou, e ainda disse que a "felicidade no amor exige uma grande amizade e só os que sabem ser grandes amigos sabem ser bons companheiros". Como aquelas bochechas estavam odiosamente trêmulas. Um porco, um porco falando. Que vontade de deixar cair sobre ele seus braços. Há cem mil anos sua clava cairia sobre a cabeça de Samuel. Imagina aquele corpo flácido, tombado, mexendo-se, morrendo.

Cospe. Encolhe-se na própria dúvida para buscar uma convicção nova. Ainda há lugar para otimismos. Algumas frases curtas e incisivas de Válter o ajudam. Rebusca-as na memória. Pensa, agora, como Válter deve pensar, assim, telegraficamente.

"As dificuldades foram feitas para ser vencidas..." O lirismo morno e manso de Pitágoras o envolve. Vencerá as dificuldades, por que não? Obter um emprego é questão de calma e persistência. Tem vontade de procurar um advogado e ficar adido a um escritório. Mas fazer vida de "foro" não lhe agrada. Propriamente não nasceu para isso. Quer o diploma, mas para outras vantagens, porque sempre é um diploma.

Inge lera as histórias que ele guardara no fundo de uma gaveta e se entusiasmou. "Por que não escreves? Por que não continuas? Há futuro na literatura? E as dificuldades? Não há os que venceram? Por que também não podes vencer? Mas, e as oportunidades? Mas, santo Deus, se ainda nem principiaste a procurar? É que ele sabe o que é isso. Pensa que costurar vestidos é escrever..." Aí, Inge cala. Ele beija-a murmurando desculpas carinhosas. E por isso ela volta teimosa: "Escreve alguma coisa. Depois experimenta colocar. Coisas assim ninguém rejeitar. Que diabo, a gente precisa ter confiança em si mesmo!...".

Agora com Pitágoras faz confidências do que se passa.

– Que você acha?

– Tua companheira é prática como todas as mulheres. Mas a prática, às vezes, se afasta da realidade. Deves escrever, e julgo que podes realizar trabalhos bons, mas deves escrever o que venha de ti. Se pensares em dinheiro, pensarás em editor e em público, e farás restrições a ti mesmo.

– Por este ponto de vista acabarei não fazendo nada.

– Não! Podes escrever, parte para ganhar dinheiro e parte para ti próprio. Sobre o primeiro ponto posso te auxiliar. Tenho oportunidade em colocar algumas crônicas de publicidade. É obra anônima e passageira, mas dá margem para ganhar alguma coisa. Queres experimentar?

Vítor concorda. Pitágoras expõe-lhe em linhas gerais os assuntos de que poderá tratar. Amanhã fornecerá dados sobre beleza feminina. Poderá escrever a respeito do uso de certos preparados para a pele.

– Mas que sei eu disso?

– Não precisas saber nada. Dou-te todos os temas e pontos técnicos. É necessário, nesses artigos, que uses "alguns" termos técnicos. Ajudam a convencer o leitor de que o preparado está sob a égide da ciência. Hoje acreditam muito em ciência. O resto glosas com palavras tuas. Descreverás o quadro maravilhoso que oferece o seu uso... a inveja das outras, cortejadores, matrimônio fácil, etc. Mas também poderás citar, de antemão, o que pode suceder de prejudicial em casos de peles rebeldes. ... te dou tudo por escrito. Não assustará porque existem outros preparados para solucionar as dificuldades. Há de tudo. Hoje, tudo está tão bem-feito que quem usa um tem que usar três, e quem usa três usa dez, e...

– ... assim até o infinito...

– ... não até o infinito, porque também tem um fim...

– ... que fim?...

Posfácios

Homens da Tarde e Filosofias da Afirmação e da Negação: Gêneros em Rotação

*Ian Rebelo Chaves**

A descoberta de um romance inédito

O arquivo é o espaço em que se pode ler de outro modo a obra de um autor. Nesse sentido participamos, desde o início, da tarefa de reunir os mais diversos documentos que integraram a enciclopédica produção do filósofo e escritor Mário Ferreira dos Santos. Esses documentos – uma quantidade considerável de papéis avulsos, manuscritos, datiloscritos e objetos vários – foram coletados e guardados com carinho pela família do filósofo e gentilmente confiados à É Realizações Editora, a fim de permitir o aprimoramento do projeto de reedição das obras do pensador. A missão de organizar esse acervo vai muito além da imagem bucólica de preencher prateleiras e gavetas de antigos arquivos; foi necessário reunir membros da família, procurar pessoas e resgatar histórias, ouvir lembranças que

---

* Estudante de Geografia da Universidade de São Paulo (USP). No momento, prepara projeto de mestrado dedicado ao estudo da obra de Mário Ferreira dos Santos.

ao fim e ao cabo revelaram feições geralmente inacessíveis ao público leitor; feições essas que ajudaram a moldar a obra, e, embora nem sempre sejam visíveis, revelam aspectos novos do projeto do filósofo. O resultado desse trabalho, que pode ser visto nas novas edições na seção "Arquivo Mário Ferreira dos Santos", foi a formação do próprio Arquivo, reunindo fotos, cartas, notas manuscritas de estudo, fitas de gravação de áudio, materiais de impressão, manuscritos e datiloscritos de obras publicadas e de outras que permaneceram inéditas.

Ao selecionar os documentos por sua afinidade, organizando-os, datando-os, deixando-os próximos das obras às quais se relacionam, encontramos uma pasta, previamente organizada por familiares do filósofo, e que continha documentos com uma grande diversidade de textos avulsos datilografados. Neles, encontramos aforismos, pequenos ensaios, esboços de temas a serem tratados em futuras obras, uma peça de teatro de juventude e o que observamos se tratar de um romance inédito de Mário Ferreira dos Santos, com título e gênero definidos pelo autor, tendo por volta de cento e trinta páginas datilografadas, numeradas e totalmente revisadas a grafite. O romance é dividido por capítulos e possui ainda um prefácio do autor, constituindo assim um texto original, agora publicado, o romance filosófico *Homens da Tarde*. Eis uma das maiores recompensas para o trabalho diligente de organização e exploração de um arquivo tão rico como o de Mário Ferreira dos Santos. Neste posfácio, apresentamos algumas hipóteses acerca do processo de escrita do filósofo com base nas descobertas que temos feito.

 Contudo, não nos enganamos: ainda há muito trabalho a ser feito – felizmente.

Estado do romance

Comecemos *in media res*: resulta evidente o trabalho minucioso do escritor Mário Ferreira dos Santos neste original que ora damos à luz. Esse fato pode ser notado mesmo por uma vista superficial das páginas fac-similares que constam desta edição, notáveis pelas alterações feitas no corpo do texto, uma vez que não se trata de correções meramente ortográficas, como se fosse uma mera transcrição de um texto gravado ou ditado. Pelo contrário, a preocupação maior relaciona-se a correções de estilo, de construção dos períodos, de falas das personagens, de intensidade das colocações, por fim, de marcações de pontos a desenvolver ou explicitar. É ainda presente neste original uma importante nota manuscrita, na qual o autor afirma que pretende reescrever as páginas iniciais da narrativa da personagem Frederico Paulsen.[*] Ponto-chave: em que medida podemos considerar este original *um texto completo*? Questão decisiva do ponto de vista filológico, mas, neste artigo, concentraremos nosso interesse no exame da escrita do filósofo.

Como e quando escreve Mário Ferreira dos Santos?

Após essas considerações preliminares sobre a descoberta do material inédito e sobre o estado em que se encontravam os originais, passemos ao romance em si mesmo.

---

[*] Ver, no fac-símile que compõe a segunda parte deste volume, a página 7 do datiloscrito.

Hora de tentar discernir o período no qual Mário Ferreira dos Santos escreveu *Homens da Tarde*. Contudo, não apenas localizaremos a obra temporalmente, mas também comentaremos o processo de escrita do romance.

Mário Ferreira do Santos desempenhou um importante papel para a cultura brasileira. Até sua morte, ocorrida quando ele contava apenas sessenta e um anos de idade, fundou e animou três editoras: Sagitário, Logos e Matese. Nelas, não publicava apenas suas obras de caráter filosófico, mas também traduções, coletâneas de discursos, coleções de clássicos da literatura em diversas edições e formatos – o propósito de educar o público brasileiro, aliás, foi o eixo de muitas de suas inciativas editoriais. Ademais, comercializava os títulos em livraria própria, na capital paulista, na Rua 15 de Novembro.* O filósofo, percebendo a resistência inicial do público leitor brasileiro em aceitar obras de autores nacionais, utilizou, no decorrer da carreira, diversos pseudônimos para tentar burlar essa dificuldade. Desse modo, publicou romances que lidavam com questões filosóficas, o que é verificável nos livros *Realidade do Homem* e *Se a Esfinge Falasse*, lançados com o pseudônimo de Dan Andersen; como Mark Kimball, *Constrói tua Vitória*; e, utilizando o homônimo do enciclopedista francês Charles (Pinot) Duclos e o toque de

---

* Como informam as filhas do filósofo, Yolanda Lhullier dos Santos e Nadiejda Santos Nunes Galvão, em uma monografia que permanece inédita: a Livraria e Editora Logos Ltda. teve inicialmente sua sede na própria residência de Mário Ferreira dos Santos; posteriormente mudou-se para a Alameda Jaú, 476; depois, para a Rua São Carlos do Pinhal, 485; passando à Praça da Sé, 47, 1º andar, salas 11, 12 e 13; e, definitivamente, para a Rua 15 de Novembro, 137, 8º andar.

"publicidade"* de uma suposta "tradução" de Nicolau Bruno, *Teses da Existência e Inexistência de Deus*. Todos esses livros foram publicados pela Editora e Distribuidora Sagitário, na Coleção Perspectivas, em dezembro de 1946. Ressalte-se o ritmo vertiginoso da produção de Mário Ferreira dos Santos, de difícil paralelo em qualquer contexto.

É importante atentar para essa ressalva: nos volumes citados, o autor de *Filosofia Concreta* já utiliza diálogos para a exposição de seus argumentos e, sobretudo, neles encontramos Pitágoras de Melo, autêntico protagonista no conjunto de sua produção, como principal interlocutor e, no fundo, *alter ego*. A personagem aparece em *Se a Esfinge Falasse* e, na forma de diálogo, em *Teses da Existência e Inexistência de Deus*. Ademais, em *Filosofias da Afirmação e da Negação*, ao compararmos com as posteriores publicações da *Enciclopédia de Ciências Filosóficas e Sociais*, verificamos que este é o primeiro livro no qual Mário Ferreira dos Santos lançou mão tanto do gênero do diálogo filosófico quanto do personagem Pitágoras de Melo, a fim de discutir e apresentar seu método filosófico próprio. Segundo consta do *Catálogo Geral de Obras*, a última lista de suas obras elaborada em vida do autor, e que trata dos títulos por ele publicados, utilizada por nós como referência de sua

---

* Como empreendedor cultural, Mário Ferreira dos Santos desenvolveu, entre outras estratégias, visando a superar a resistência do público leitor da época a autores nacionais, o uso de pseudônimos estrangeiros, e, em vários casos, utilizando também nomes "fantasia" para tradutores dessas obras. O intuito do autor era promover o interesse do público brasileiro pela leitura de obras de sua editora. Sobre essa questão na vida e na obra do autor, trataremos em outra oportunidade.

produção, o primeiro livro de sua *Enciclopédia* a ser entregue ao público é *Filosofia e Cosmovisão*, editado em 1952.

O trabalho, em curso, realizado com o Arquivo Mário Ferreira dos Santos, permite levantar uma hipótese, qual seja, muitos dos elementos tratados anteriormente em obras, digamos, periféricas, assinadas por pseudônimos, e isso mesmo em títulos que não trataram de temas estritamente filosóficos, tiveram importante papel na elaboração da obra filosófica do autor, sendo mesmo incorporados posteriormente aos volumes de sua *Enciclopédia* – nem que seja por meio de passagens, temas ou personagens.

Jornalista, romancista, filósofo

O filósofo começou a desenvolver sua vocação de escritor no jornalismo, mais precisamente na imprensa de Pelotas em 1929, no jornal *A Opinião Pública*. Nele, mantinha uma coluna na qual discutia os acontecimentos da cidade e noticiava o que se passava no Brasil e no mundo. Nas inúmeras colunas que assinou, agora no final dos anos de 1930 e 1940, uma série específica merece destaque: a análise dos eventos da Segunda Guerra Mundial.* Mário Ferreira dos Santos examinou os episódios da guerra no calor da hora. Esses comentários incluem, além das tensões diplomáticas e movimentações bélicas, análises agudas das motivações que

---

* Alguns dos artigos jornalísticos escritos por Mário Ferreira dos Santos já foram publicados em outras edições da Coleção Logos na seção "Arquivo Mário Ferreira dos Santos": *Filosofias da Afirmação e da Negação*. São Paulo, É Realizações Editora, 2017 e *Análise Dialética do Marxismo*. São Paulo, É Realizações Editora, 2018.

levaram ao conflito. Mediante questões filosóficas suscitadas pelo estado traumático da guerra, a forma literária aparece como recurso decisivo para discutir o contemporâneo, assim como as possibilidades do futuro imediato. A guerra se tornou assim cenário propício para debates de doutrinas filosóficas, e o autor, ao fazê-lo, revelou seu modo de criação de textos e o desenvolvimento progressivo de uma forma própria de pensar. Ademais, os artigos de jornal possuem elementos e recursos comuns tanto aos textos filosóficos e literários quanto à análise jornalística da guerra, o que nos autoriza a supor a data de elaboração do romance inédito que ora publicamos.[*]

A Guerra Civil Espanhola, como se sabe, ocorreu entre 1936 e 1939. Mário Ferreira dos Santos viu acertadamente no conflito espanhol o esboço de uma guerra de maiores proporções: um laboratório perverso, por assim dizer. É possível observá-lo pela preocupação expressa na conversa das personagens do romance:

> Paulsen e Ricardo seguem sozinhos agora, comentam as notícias da revolução na Espanha. "É o início da guerra mundial", pondera Ricardo e Paulsen concorda.
> – As potências em luta escolheram a Espanha. De um lado os fascistas, do outro os socialistas. A França e a Inglaterra procuram equilibrar o choque para não serem arrastadas.[**]

---

[*] Ver, nesta edição, o posfácio de João Cezar de Castro Rocha, que propõe uma datação mais detalhada, analisando fragmentos que aqui são somente apresentados.
[**] Ver, neste livro, p. 21.

A menção no romance ao ardil que deu início à guerra não poderia ser mais clara. No plano do enredo, portanto, a Segunda Guerra Mundial ainda não havia começado. Veja-se a menção ao estado da guerra na própria narrativa:

– A eterna preparação para a guerra, já notou? Tudo muito bem-feito, muito bem arquitetado. Quem falasse em guerra dez anos atrás receberia logo esta resposta: "Eles que declarem guerra e você verá que ninguém pega em armas...". Como estavam convencidos de que o pacifismo fizera realmente cordeiros! E a guerra já começou, em todo o mundo, ou melhor, recomeçou.*

A afirmação torna-se mais explícita em outra passagem, logo adiante. Há uma ênfase na falta de desfecho dos conflitos armados na Europa:

– E esta irá resolver?...
– Esta, qual?... a revolução na Espanha?
– Revolução na Espanha é experiência de forças. Mas para mim é tudo. Se os franquistas ganharem, ganham os totalitários. E a guerra virá fatalmente, porque os totalitários quererão fazer a nova partilha do mundo.**

É como se uma guerra não pudesse senão criar as condições objetivas para um novo confronto. No contexto em que se passa o enredo do romance, que o filósofo brasileiro não chegou a publicar, estava em curso a guerra civil na

---

* Ver, neste livro, p. 132-33.
** Ver, neste livro, p. 133.

Espanha. Como vimos, a conflagração se deu com a tentativa de golpe de Estado, ocorrida em 17 de julho de 1936, mas os eventos em escala global que viriam a assolar a Europa ainda não estavam definidos. A invasão da Polônia pelo Estado alemão, em 1º de setembro de 1939, anunciou o princípio da deflagração mundial da guerra. Ou seja, considerando esse quadro temporal, temos uma datação para a ação narrativa de *Homens da Tarde*: entre julho de 1936 e abril de 1939, pois no dia 1º de abril as forças do General Francisco Franco triunfaram, impondo uma feroz ditadura ao povo espanhol que durou até sua morte, em 20 de novembro de 1975.

O primeiro trecho citado foi retirado das páginas iniciais do romance, e os trechos seguintes das páginas finais. Ora, *Homens da Tarde* segue uma linha narrativa absolutamente linear. Levando em conta os excertos e sua localização no corpo textual, podemos afirmar que o autor decidiu delimitar as discussões e as questões dramáticas das personagens numa situação determinada do cenário mundial. Aqui, destaca-se o traço filosófico do romance, pois a encruzilhada na qual situa suas personagens estimula e quase as obriga a refletir sobre a crise que levou à Segunda Guerra Mundial.

No fundo, o romance se passa numa situação de crepúsculo do mundo tal qual se conhecia, circunstância portanto muito adequada para lidar com *"Homens da Tarde"*! Desse modo, percebe-se que a escolha do lapso temporal da ação narrativa guarda uma relação profunda com o tema mesmo do romance. Essa preocupação de caráter estilístico-estrutural é uma marca que o escritor transmitiu ao filósofo.

*Gêneros em rotação**

Os artigos publicados em jornais** são citados com frequência nos escritos do autor. No romance ora publicado, localizamos, através de uma leitura cuidadosa dos documentos do Arquivo Mário Ferreira dos Santos, passagens que contêm ideias e argumentos também presentes em seus artigos jornalísticos. Não se encontram orações idênticas, porém as alusões são abundantes, sugerindo o retorno a (ou a antecipação de) temas tratados em outras obras e gêneros. Vale dizer, o filósofo, no auge de sua produção, manteve pontos de contato com o jovem romancista e jornalista, quer seja na afinidade temática, quer seja no reaproveitamento

---

* Penso no conceito cunhado por Octavio Paz em *Signos em Rotação* (São Paulo, Editora Perspectiva, 2012). O crítico e teórico mexicano se referia ao modo de ser e realizar-se da poesia, isto é, o movimento constante e eterno entre o signo puro da linguagem e o desejo de expressão ontológico, próprio da humanidade. Nesse movimento de alternância, nessa rotação, se faz e se constitui a poesia. De maneira análoga, Mário Ferreira dos Santos, ao colocar suas ideias em constante movimento de revisão, retomando os gêneros literários com os quais trabalha (artigos, romances, tratados filosóficos, palestras, etc.), realiza sua obra de modo simultâneo ao próprio processo de sua produção.

** Tais artigos são comumente assinados como Mário Ferreira dos Santos, mas por vezes com pseudônimos – por exemplo, Mahdi Fezzan, outro pseudônimo do filósofo brasileiro, assina os artigos "O bem que vem do mal", "O homem é como a árvore", "Assim pregam os que recebem", "A canção do peregrino..." e "O poeta que fundou uma escola...", todos publicados em junho de 1942 no jornal *Diário Popular*; e o já citado Dan Andersen, pseudônimo com o qual publicou o artigo "Meditação sobre a fantasia como compensação da realidade", na revista *Zaratustra* em 1961.

de personagens e mesmo de passagens específicas, como mostraremos a seguir.

Vejamos então alguns exemplos:

Nos abrigos antiaéreos eles meditam e criam. Meditarão em silêncio, porque aí o medo ensinará a calar. Há de vir, Paulsen, dos abrigos antiaéreos alguma coisa. Talvez o depois, sim, o depois, porque o medo estimula soluções... E os homens que guiem aviões, os homens que lutarem individualmente nos seus tanques, conhecerão os silêncios germinadores das grandes esperas. Eles também viverão a noite, porque lhes será impossível cuidar dos matizes dos crepúsculos. E porque serão a noite, desejarão a madrugada. Ouve bem, a madrugada. Nunca, a tarde cheia de luzes cambiantes. Nós, Paulsen, estamos vivendo a grande tarde que precede a noite, o grande "black-out". E acredita que a noite foi a grande mãe geradora de todas as coisas. Deus, Paulsen, talvez seja trevas e sombras.*

O artigo em que se encontra a releitura dessa passagem se chama "Virá dos abrigos antiaéreos" (*Diário de Notícias*, 1º de outubro de 1941). No romance identifica-se não só uma referência ao que se tornaria o título do artigo, mas também à ideia nele implícita. O trecho reproduzido é parte da fala da personagem Pitágoras em seu diálogo com Paulsen. No artigo, de forma análoga, é Pitágoras de Melo quem diz ao jornalista — ou seja, por assim dizer, ao próprio Mário Ferreira dos Santos — onde talvez resida a esperança de redenção após a guerra. Nesta mesma coluna de jornal, há referência

* Ver, neste livro, p. 136.

ao ritmo do *jazz*, empregado de maneira diferente daquela de que se vale o autor em *Homens da Tarde*. No romance, o *jazz* é entendido como a forma musical mais próxima do modo de vida nas cidades, vale dizer, a manifestação rítmica da irregularidade que dominaria o dia a dia urbano. Já no artigo, o *jazz* serve de exemplo de uma difusão de valores negativos, a partir dos lugares em que esse tipo de música, na visão de Pitágoras de Melo, não é senão a manifestação cultural da decadência – e não parecerá inadequado recordar, aqui, o exame severo de Theodor Adorno sobre o mesmo gênero musical. De objeto de juízo estético, o *jazz* se torna objeto de juízo moral. São tais ajustes de nível que o filósofo opera ao transitar do romance aos artigos, revisitando textos anteriormente publicados, operando uma constante revisão, prosseguindo no tratamento de temas previamente levantados e, assim, colocando os gêneros em rotação – literalmente. Como é possível notar no trecho:

> Josias repete-lhe: "Somos selvagens das grutas de aço e granito. O auto veloz que passa, os ruídos dessas cidades, exacerbam os sentidos e põem em movimento os instintos. Não possuímos o ritmo feito de prudência e regularidade dos homens dos campos. A nossa música não pode ser outra senão 'jazz', dissolvente, contrariante, dissonante, *irregular*".[*]

Outra sintonia entre os escritos do autor verifica-se em uma citação literal do romance no artigo "Pitágoras de Melo e as Metrópoles" (*Diário de Notícias*, 10 de dezembro de 1940):

---

[*] Ver, neste livro, p. 99. Com grifo nosso.

Dobraram uma esquina. *Naquele trecho havia ainda mais movimento.* Josias olhou para o outro lado da calçada *e, tocando no braço* de Paulsen, disse:

– *Veja como eles fogem do sol e vão para a sombra.* O valor do sol para eles é a sombra. Tudo aqui é *dispersivo*. A gente se liquefaz, e acaba tendo a mesma perspectiva estreita dessa gente. Um grande pensamento provoca gargalhadas. Mas uma banalidade qualquer, compreendem, ouvem com interesse. Aqui a gente é mais um, no meio da multidão, onde se está só, aparentemente só.*

É o movimento das ruas que faz brotar o comentário sobre a falta de coesão — em um caso, da cidade; no outro, dos pensamentos. Daí, os termos empregados para caracterizar tal circunstância são semanticamente próximos: "irregular", em uma passagem; "dispersivo", na outra. Mas há uma grande diferença entre usos tão similares: no artigo é Pitágoras de Melo quem fala; no romance, Josias. Ao propor a relação entre o ambiente metropolitano e o modo de pensar de seus habitantes, Josias antecipa a constatação posteriormente feita no artigo "Pitágoras de Melo e as Metrópoles". Essa simples alteração, isto é, na personagem que enuncia o diagnóstico, não é desprezível; afinal, como fica claro em *Filosofias da Afirmação e da Negação*,** e durante toda a economia do diálogo filosófico, Josias é o principal antagonista

---

* Ver, neste livro, p. 93. Grifos nossos.
** *Filosofias da Afirmação e da Negação*. São Paulo, É Realizações Editora, 2017. O livro tem sua primeira edição publicada por Mário Ferreira dos Santos pela Editora Logos em outubro de 1959.

às proposições de Pitágoras de Melo. O opositor encarna posições céticas durante as discussões, sendo o maior crítico das proposições do *alter ego* do filósofo. Isso sugere que as personagens imaginadas por Mário Ferreira dos Santos possuem uma densidade narrativa que atravessa os gêneros nos quais se exercitou. Parece que entre um texto e outro, muito além de uma homonímia das personagens, o que de fato ocorre é que elas transbordam das narrativas, isto é, seus traços se mantêm constantes ao longo da obra de Mário Ferreira dos Santos. Aproveitamos para esclarecer que não estamos propondo uma absurda continuidade entre o jovem jornalista e o futuro filósofo. É evidente que entre o projeto filosófico de Mário Ferreira dos Santos e os seus artigos de jornal nada menos do que um abismo se abre. No entanto, o estudo detalhado do Arquivo tem revelado permanências e traços comuns que são apontados pela primeira vez.

Homens da Tarde e *Filosofias da Afirmação e da Negação*

Exemplificaremos como Mário Ferreira dos Santos utiliza os diferentes gêneros literários em que escreveu. Para isso, aproximamos a relação entre seus textos. Ao comparar *Homens da Tarde,* romance agora publicado, e *Filosofias da Afirmação e da Negação*, diálogo filosófico publicado em 1959, ficou evidente que muitas das suas personagens estão presentes em ambas as obras. Daí, essa intersecção oferece uma evidência do modo de realização da produção do filósofo. Pois o autor, no prefácio de *Filosofias da Afirmação e da Negação*, revela ter escrito um romance que se tornou uma finalidade para além de si mesma, isto é, importava mais que um "mero" exercício de escrita. Tal alusão se justifica pelo seguinte motivo: naquele momento, a ficção de Vítor e Paulsen permanecia inédita. Em alguma medida, o romance parece ter servido de laboratório para o desenvolvimento das personagens e das questões filosóficas por elas consideradas. Desse modo, reafirma-se a clareza de Mário Ferreira do Santos a respeito da natureza de sua obra, vale dizer, de seu interesse nas publicações ser mais filosófico do que literário. Assim Mário Ferreira dos Santos revelou ao leitor de seu diálogo filosófico a existência do presente romance:

> Escolhemos o diálogo para mais facilmente pôr, face a face, as oposições que surgem na alternância do processo filosófico. Quanto às personagens, há uma história mais longa. Em nossa juventude, escrevemos dois romances ainda não publicados porque sempre julgamos que o romance é obra de maturidade, e esperamos muitos anos, mais de trinta, para que eles amadurecessem e depois pudessem vir à luz, se julgássemos que mereciam vir à luz. Deveriam ter antecedido esta obra, mas motivos outros o impediram. Por isso devo justificar as personagens. Esses dois romances se chamam *Homens da Tarde* e *Homens da Noite*.[*]

Ao comparar os dois livros, confirmamos a suspeita de não se tratar meramente de personagens homônimas. Pelo contrário, estamos diante de uma continuidade da história

---

[*] *Filosofias da Afirmação e da Negação*. São Paulo, É Realizações Editora, 2017, p. 14.

de Pitágoras de Melo e seus amigos. Podemos dar alguns exemplos nesse sentido que parecem mais contundentes quando se cotejam as edições de *Filosofias da Afirmação e da Negação*. A obra é alterada na segunda edição em brochura. Pequena pausa para uma explicação necessária; era comum que, em seu trabalho de editor, Mário Ferreira dos Santos publicasse seus livros lançando-os em versões com preços distintos: em brochura e em capa dura. Os formatos diferentes para os volumes não eram publicados sempre de maneira simultânea. Ademais, como o trabalho de revisão de seus escritos, feito por ele mesmo, com ajuda de familiares, era constante, é comum notarmos não só algumas diferenças entre as edições de um mesmo livro, mas também dentro da mesma edição diferenças de revisão entre as brochuras e as capas duras.

Por isso, nos primeiros desenvolvimentos do capítulo "Diálogo sobre a fenomenologia", ao reconhecer que sua tese não é original e desculpar-se de maneira irônica por não deixá-la mais atraente ao "espírito mercantilista", Pitágoras de Melo fazia uma consideração que foi suprimida: ele trabalhava com propaganda comercial, isto é, era um publicitário. O trecho em que o autor afirmava que seu protagonista de fato era um publicitário foi omitido; ainda assim, o parágrafo não deixa de sugerir essa circunstância.[*]

---

[*] Cf. *Filosofias da Afirmação e da Negação*, op. cit., p. 81. Sem a supressão, o texto que consta até a capa dura de *Filosofias da Afirmação e da Negação*. 2. ed. São Paulo, Logos, 1962, p. 81, na íntegra é: "Perdoem-me se, apesar de trabalhar em propaganda comercial, não seja aqui um propagandista e não use nenhum dos métodos que a propaganda ensina para se tornar mais interessante um produto".

De maneira análoga, no romance não só Pitágoras trabalha como publicitário, mas também seu chefe, o Sr. Correia, demanda que ele torne os anúncios convincentes a todos e que se submetam ao sabor da época.* Aliás, tudo se passa como se Pitágoras, a seu modo, anunciasse a crítica frankfurtiana à indústria cultural!

Ainda outro exemplo: até a segunda edição em capa dura de *Filosofias da Afirmação e da Negação*, quando Pitágoras de Melo diz que Ricardo, melhor do que ele, poderia explicar o método científico, justifica-o enfatizando que Ricardo é médico.** Por sua vez, em *Homens da Tarde*, o que se sabe da personagem é similar: "– Que é que você pensa? Ainda há gente como Vítor, ainda. 'O último romântico ainda não morreu...' O Ricardo, da Medicina, também é assim".***

Há outros exemplos da relação de continuidade entre as personagens no romance e no diálogo, ou seja, em *Homens da Tarde* e em *Filosofias da Afirmação e da Negação*. Tais instâncias são valiosas para compreender

---

* "– 'O Sr. Corrêa quer lançar produtos que agradem a todos. Há sempre os que teimam em ser diferentes. Atendê-los torna-se difícil. É preciso que se acostumem e queiram a padronização. É preciso uma disciplina do gosto. Foi por isso que me lembrei de você, porque tem elementos mentais para auxiliar essa publicidade.' – 'De mim, por que de mim?' – 'O Sr. Corrêa prometeu gratificá-lo na proporção do serviço. Sua função é colaborar para uma aceitação geral dos produtos Atlas. Creio que isso lhe será fácil e é uma boa oportunidade para você.' Que fazer senão agradecer a lembrança?" (ver, neste livro, p. 79).

** Conforme é sugerido em *Filosofias da Afirmação e da Negação*. São Paulo, É Realizações Editora, 2017, p. 161.

*** Ver, neste livro, p. 102.

o alcance da rotação dos gêneros na escrita do autor de *Filosofia Concreta*. No fundo, resgatamos a recomendação do próprio Mário Ferreira dos Santos: pensar a importância dessas personagens na construção da narrativa e na gênese dos seus escritos. É notável a advertência do autor: "Neste livro existem, entre muitas personagens, três que ressalto especialmente: Pitágoras, Paulsen e Josias".* Ora, dessas três personagens uma, Josias, é em *Homens da Tarde* mero coadjuvante, colega de trabalho do protagonista Paulsen. Vítor, por sua vez, sequer compõe a tríade de personagens elencada com destaque no prefácio desta obra que permanecia até agora inédita: vale dizer, a seleção de personagens no prefácio do romance só terá seu sentido cumprido no diálogo filosófico. O que se anuncia em um *gênero* se realiza em outro.

Assinale-se a rotação dos gêneros, isto é, *o trabalho de escrita que constitui a obra de Mário Ferreira dos Santos atravessa diversos gêneros*. Nesse sentido, até suas palestras correspondem ao pleno domínio da arte retórica; aliás, domínio técnico evidenciado nos cursos de oratória que ofereceu, mesmo por correspondência. Em palavras diretas: também as palestras, ou seja, a expressão oral, supunham um alto nível de consciência do gênero a que pertenciam. Sublinhar o trânsito entre gêneros variados ajuda a redimensionar a obra filosófica de Mário Ferreira dos Santos, pois permite vislumbrar a continuidade de seus esforços ao longo de décadas, sem negligenciar a óbvia diferença de

---

* Ver, neste livro, p. 9.

qualidade e de intensidade, por exemplo, entre um artigo de jornal e um diálogo filosófico.

A densidade das personagens e sua constante revisão são condição *sine qua non* da escrita de Mário Ferreira dos Santos, e isso com vistas à apresentação de sua filosofia. É a alternância entre os diversos gêneros textuais que Mário Ferreira dos Santos visitou — artigo, romance, tratado filosófico, diálogos, poesia — que impulsionou sua produção e simultaneamente constituiu o seu método. Como vimos, parafraseando Octavio Paz, *se trata de um fazer filosófico- -literário por meio de gêneros em rotação*.

Coda

Como recordamos no início deste texto, o trabalho com o Arquivo Mário Ferreira dos Santos encontra-se em curso e certamente ainda faremos muitas descobertas, que estimularão novas leituras da obra fundamental do filósofo. O que aqui apresentamos deve ser visto como uma demonstração do muito que ainda há por fazer.

No entanto, para o leitor verdadeiramente interessado na obra, *e somente na obra*, de Mário Ferreira dos Santos, poderia haver uma circunstância mais favorável?

Um romance de problemas: a ficção filosófica de Mário Ferreira dos Santos

João Cezar de Castro Rocha*

Um romance para chamar de seu

No "**Prefácio**", Mário Ferreira dos Santos afirmou a singularidade de seu exercício literário por meio duma ressalva que bem poderia ser tomada como epígrafe para seu vasto projeto intelectual:

Admito que existam escolas para o romance no Brasil e que cada um procure impor a sua. Não admito, porém, que se queira determinar que fora da sua escola não há salvação.**

Em boa medida, a filosofia do autor de *Invasão Vertical dos Bárbaros* (1967) foi desenvolvida por meio de uma

---

* Professor Titular de Literatura Comparada da Universidade do Estado do Rio de Janeiro (UERJ).
** Mário Ferreira dos Santos. *Homens da Tarde – Romance*. Arquivo Mário Ferreira dos Santos / É Realizações Editora. Datiloscrito, p. III. Nas próximas citações, mencionarei sempre o número de página do datiloscrito.

ambiciosa síntese de instantes fundamentais da tradição, com ênfase para sua leitura muito particular tanto do Pitagorismo quanto da Escolástica – e isso, naturalmente, sem desconsiderar a filosofia moderna e a que lhe foi contemporânea, aí incluindo os temas filosóficos descortinados pelas descobertas científicas. Pelo contrário, o pensador brasileiro era ecumênico em seus interesses e totalizante na vocação enciclopédica de sua filosofia. Nesse diapasão, entende-se melhor o projeto de uma titânica Enciclopédia escrita somente por ele.* Contudo, em sua visão, alguns dos problemas centrais do pensamento somente se agravaram ao longo dos séculos, transformando-se em antinomias e aporias praticamente insuperáveis, pelo esquecimento – deliberado ou por puro desconhecimento – das respostas avançadas pelos sistemas pitagórico e escolástico.** Desse modo, o filósofo

---

* Refiro-me, claro está, ao projeto da Enciclopédia de Ciências Filosóficas e Sociais, que está em curso de reedição.

** Assim mesmo: puro desconhecimento das conquistas intelectuais da Escolástica. Nas palavras do autor: "– Mas por que filósofos como Descartes, Leibniz, Hegel, Kant, Spinoza e tantos outros desprezaram a escolástica? – perguntou Vítor.
– Simplesmente porque não a conheciam – respondeu Pitágoras.
– Como?
– Muito simplesmente. Nenhum deles conhecia a escolástica. Descartes cursou um colégio de jesuítas, e estudou a escolástica somente na juventude e até os dezenove anos. O mesmo se deu com Leibniz. Hegel não conhecia Aristóteles, como também não o conhecia Kant. Este conhecia a escolástica através da obra de Wolff, que, como expositor, foi um dos mais fracos e incapazes que o mundo já deu". Mário Ferreira dos Santos, *Filosofias da Afirmação e da Negação*. São Paulo, É Realizações Editora, 2017, p. 135-36.

realizou sua formação lançando mão da temporalidade definida pelo romancista: "Mas a humanidade encerra dentro de si a cronologia de todas as épocas" (p. VI).*

Tal temporalidade exige uma forma específica de romance; desafio enfrentado logo no início do "Prefácio":

> Ora, muita gente diz por estes brasis que romance que não focalize os problemas de ordem social-econômica é romance morto. Este não focaliza, propriamente, problemas de ordem econômica, mas *problemas*. (p. I, destaque do autor)

Homens da Tarde deve ser entendido como um *romance de problemas*, vale dizer, como um modo singular de ficção filosófica, gênero que Mário Ferreira dos Santos conhecia muito bem. Um pouco adiante, a noção é esclarecida: "É no cérebro e no coração que vivem os grandes problemas humanos. [...] o problema maior é uma questão de perspectiva" (p. III).

Não se imagine, contudo, um romance de tese ou uma retomada sem mais do diálogo socrático – e, aqui, recorde-se a conhecida analogia proposta por Friedrich Schlegel no século XVIII: "os romances são os diálogos socráticos de nosso tempo".** A questão é mais complexa e explicita o norte

---

* Trata-se de uma técnica de leitura que evoca o método proposto por T. S. Eliot em seu célebre ensaio de 1919, "Tradition and individual talent": "[...] o que ocorre quando uma nova obra de arte é criada é algo que ocorre simultaneamente a todas as obras de arte que a precederam". T. S. Eliot, "Tradition and individual talent". In: *Selected Essays*. London, Faber, 1932, p. 15.
** Friedrich Schlegel, *Conversa sobre a Poesia e Outros Fragmentos*. Tradução de Victor-Pierre Stirnimann. São Paulo, Iluminuras, 1994, p. 83.

e o horizonte da experiência literária de Mário Ferreira dos Santos, assim como o elo, o veio subterrâneo, entre *Homens da Tarde* e *Filosofias da Afirmação e da Negação*,* conferindo ao gênero do romance filosófico uma assinatura própria. Passo a passo.

Começo pela dimensão filosófica do texto, encarecida por Vítor, personagem que sem dúvida leu a *Poética* de Aristóteles com a devida atenção:

> Quando um poeta nos fala da mulher que ama, evoca em cada um de nós o nosso amor. A poesia, embora conte um momento, um detalhe da vida, real ou não, reflete o momento, o detalhe que cada um de nós teve ou poderia ter. [...] Não nos emociona somente aquilo que sentimos ou sofremos, mas o que poderíamos ter sentido, o que poderíamos ter sofrido. E mesmo o que embora não pudéssemos sentir ou sofrer, mas sentiríamos e sofreríamos, se pudéssemos nos encarnar na pessoa que sofre ou sente... (p. 79)

Vítor parece retomar a distinção aristotélica entre história e poesia, valorizando, junto com o Estagirita,** a potência e

---

* Ver o ensaio de Ian Rebelo Chaves, dedicado precisamente a evidenciar esse elo.
** Penso na célebre passagem: "Com efeito, o historiador e o poeta não no dizer coisas com metro ou sem metro diferem [...] mas diferem nisto: em o primeiro dizer as coisas que aconteceram e o segundo as que poderiam acontecer. Por isso, a poesia é algo não só mais filosófico, mas também mais elevado que a história; pois a poesia diz de preferência as ações de modo universal, e a história, as ações de modo singular". Aristóteles, *Sobre a Arte Poética*. Tradução de Antônio Mattoso e Antônio Queirós Campos. Belo Horizonte, Autêntica, 2018, p. 57.

não o ato, ou, diríamos, recorrendo a outra ordem de discurso, privilegiando a latência e não o manifesto. Assim, destaca-se a investigação de *problemas* e não a descrição de realidades.*

Mas, cuidado: não se pense que, por assim dizer, falte carne ao romance do filósofo. Afinal, em mais de uma ocasião, o autor emprega um vocabulário preciso: "Paulsen, parta dessa verdade que lhe dá suas carnes. E verá que ela permite que nos conformemos com a vida e a morte" (p. 113). Adiante, a personagem adensa a reflexão: "Não, a voz de nossas carnes, de nossos instintos rebelar-se-ão sempre. A morte há de ser sempre a nossa grande impossibilidade" (p. 120).

Como veremos adiante, a finitude – e seus descontentes – fornece o eixo que alinhava os diversos enredos das muitas personagens enfeixadas em *Homens da Tarde*. De imediato, recuperemos o contexto histórico no qual se desdobram os acontecimentos ficcionais. Sua relação óbvia com o problema filosófico da finitude realça a qualidade da fatura literária do autor. A época da trama é bem determinada logo na segunda página do datiloscrito:

> Paulsen e Ricardo seguem sozinhos agora, comentam as notícias da revolução na Espanha. "É o início da guerra mundial", pondera Ricardo e Paulsen concorda.
> – As potências em luta escolheram a Espanha. De um lado os fascistas, do outro os socialistas. A França e a Inglaterra procuram equilibrar o choque para não serem arrastadas. (p. 5)

---

* Fiquemos, mais uma vez, com Vítor: "'[...] A realidade é inverossímil...'. [...] Repele esse ensaio de objetividade. Isso é um reflexo interior. Que mania de emprestarmos tanta realidade às coisas" (p. 89).

A observação é precisa: iniciada em 17 de julho de 1936, com a tentativa de golpe contra o governo republicano, a guerra estendeu-se até o 1 de abril de 1939, com a vitória das forças comandadas pelo general Francisco Franco. Iniciava-se então uma das mais longevas ditaduras do século XX, somente interrompida com o falecimento do general em 1975. De fato, a guerra civil espanhola foi instrumentalizada, sobretudo pelos governos alemão e soviético, como um autêntico laboratório para o iminente conflito mundial. O trágico episódio do bombardeamento da cidade de Guernica, realizado em 26 de abril de 1937, foi levado a cabo por um ataque aéreo alemão, e a ocasião foi aproveitada pela máquina de guerra nazista para testar novas armas num alvo civil e não exclusivamente militar – técnica posteriormente empregada no terrível cerco à cidade de Londres em 1940. No mesmo ano de 1937, Pablo Picasso reagiu visceralmente ao massacre pintando uma de suas telas mais conhecidas, "Guernica". Não há referência ao episódio no romance, embora a guerra seja mencionada em outras cinco passagens. Numa delas, Paulsen e Pitágoras – este último, *alter ego* do autor, que retornará na condição de protagonista em *Filosofias da Afirmação e da Negação* – tratam de seu desfecho como ainda indefinido. Pitágoras pondera:

– Revolução na Espanha é experiência de forças. Mas para mim é tudo. Se os franquistas ganharem, ganham os totalitários. E a guerra virá fatalmente, porque os totalitários quererão fazer a nova partilha do mundo. (p. 104)

A resposta de Paulsen permite supor a época mais ou menos exata na qual transcorrem os acontecimentos do enredo – o que, naturalmente, não quer dizer a data da escrita do romance, porém a localização temporal da trama. Eis a reação da personagem:

– Mas os povos democráticos reagirão. E além disso as esquerdas socialistas lutarão com os democráticos. (p. 104)

Na verdade, os governos da Inglaterra e da França permaneceram neutros, e à época os Estados Unidos sequer cogitavam reunir-se ao futuro esforço de guerra – e não apenas porque a II Guerra Mundial somente eclodiria em 1 de setembro de 1939, mas principalmente porque a tradição isolacionista da política externa norte-americana seguia vigente e só foi rompida após o ataque japonês à base de Pearl Harbor, no Havaí, em 7 de dezembro de 1941. Portanto, "os povos democráticos" não reagiram.

Não é tudo.

No primeiro momento do conflito, a solidariedade internacional associou correntes as mais diversas do espectro político, reunindo anarquistas, democratas, socialistas, trotskistas e stalinistas, num arco-íris de resistência ao avanço das tropas franquistas. O movimento foi institucionalizado na figura das Brigadas Internacionais, reconhecidas pela República espanhola em outubro de 1936. Nesse contexto, a esperança de Paulsen era bem fundada: "as esquerdas socialistas lutarão com os democráticos".

No entanto, rapidamente os conflitos internos das múltiplas correntes agravaram, e muito, a situação da República, facilitando, e muito, a vitória do general Franco. Especialmente na Catalunha, o governo republicano sufocou pouco a pouco os levantes anarquistas. Em toda a Espanha, o campo da esquerda envolveu-se numa dinâmica fratricida, e sem trégua alguma entre stalinistas e trotskistas. As dissensões levaram à dissolução das Brigadas Internacionais em 1938.

No final do romance, cabe a Abdon tranquilizar a Paulsen com um argumento desmentido pela história que se avizinhava célere, mas que ficcionalmente desempenha o papel indispensável de contraponto:

– Não creia em guerra, Frederico. Isso tudo é propaganda para vender mais. Ninguém tem ilusão com a guerra. Os lucros são aleatórios e o prejuízo é o que há de mais certo. O que se dá na Espanha é um caso local. Não tem importância... (p. 125)

Tal afirmação não faria sentido após o ataque aéreo alemão em Guernica, que automaticamente tornou a guerra civil espanhola um tema mundial, o que, em alguma medida, já havia ocorrido com o reconhecimento das Brigadas Internacionais. Bem pesadas essas circunstâncias, parece seguro localizar o enredo de *Homens da Tarde* entre julho-agosto de 1936 e março-abril de 1937, isto é, um pouco depois da eclosão da guerra e um pouco antes do bombardeamento de Guernica.

Entenda-se o sentido da "datação" – aproximada, vale repisar. Não se trata de buscar uma impossível exatidão cronológica – e, no fundo, ociosa do ponto de vista ficcional. O objetivo é bem outro: sublinhar a força da escrita de Mário Ferreira dos Santos, afinal, "os homens da tarde, os homens do entardecer humano, vivem precisamente os problemas matizados como as cores fugidias da tarde" (p. IV). No instante histórico identificado, a guerra civil espanhola também vivia seu momento *chiaroscuro*, sem uma definição clara do desfecho do conflito. A Espanha, a princípio, muito em breve a Europa, e em seguida o mundo todo entardeceriam, anunciando uma longa viagem dentro de uma noite muito obscura: a II Guerra Mundial. Por outro lado, esse entardecer acelerado se associa ao tema definidor de *Homens da Tarde* – a finitude.

A finitude e seus descontentes

O tema da finitude fornece a espinha dorsal do romance desde seu parágrafo de abertura – autêntico alfa e ômega da escrita.

Comecemos a leitura de *Homens da Tarde*:

> Uma atonia parece segurar os braços de Pitágoras, as pálpebras imobilizam-se e o olhar é penetrante:
> – Há gente que traz a morte no rosto, nos olhos... Você já sentiu isso, Paulsen?

Esse começo é construído habilmente, pois o corpo da personagem encena, em sua imobilidade pétrea, a finitude que atemoriza o interlocutor de Pitágoras:

> – Não sei... A sua pergunta é tão soturna que francamente tenho até medo – estremece – de descobrir uma evidência, uma certeza – desvia a cabeça. (p. 4)

Obsessiva, a pergunta retorna em vários momentos, num crescendo que revigora sua dimensão filosófica. O interlocutor do socrático Pitágoras foi escolhido a dedo. Como o leitor descobre poucas páginas à frente, o tremor de Paulsen se relaciona ao temor que acompanhou sua infância:

> Numa tarde de outono nasceu Frederico.
> [...]
> Entre a vida e a morte Frederico permaneceu durante três anos, e entre a vida e a morte ganhou corpo. (p. 7)

A mesma morte que define os caminhos da personagem no romance. Antes de dirigir-se à Capital para iniciar uma existência medíocre de funcionário público – morte em vida?, como sugere seu amigo Josias –, Paulsen enfrenta o primeiro grande transe, ou seja, o falecimento de seu pai:

> Parecia duvidar da morte e o corpo de Rosemund deitado no caixão, entre quatro velas, era um desafio à sua dúvida. (p. 29-30)

Dúvida desfeita, a dimensão filosófica do dilema principia a ser encarecida:

> Mas Deus havia morrido... seu pai havia morrido. (p. 32)

No mesmo sentido, próximo ao final do romance, Paulsen perde a mãe e agora os eixos temáticos do romance se encontram: a finitude e a guerra civil espanhola. A passagem é longa e salienta a hábil estruturação de *Homens da Tarde*:

> Ante a morte, o homem interroga. Há sempre aquele espanto primitivo ante o corpo que antes vibrava de vida e que

permanece imóvel, insensível, que em todas as eras o homem jamais compreendeu.

É sempre uma grande interrogação, é sempre um grande assombro, é sempre uma grande procura. E, no entanto, é a nossa companheira de cada hora e de cada instante. Vivemos morrendo todos os momentos de nossa vida, mas protestamos até quando silenciamos, quando nos conformamos, quando choramos. Paulsen recorda as palavras de Abdon no telegrama. Não podiam ser outras: "Transe natural... espero tenha forças...". (p. 110)

A finitude estimula o desenvolvimento de uma antropologia filosófica, que se encontra no cruzamento entre natureza e cultura – esse ponto de passagem buscado por tantos pensadores. Afinal, se todas as culturas são confrontadas com o "espanto" provocado pela consciência da morte, as formas de lidar com a finitude são várias e historicamente determinadas. "Transe natural" – e o paradoxo potencial da fórmula se encontra no núcleo da filosofia de Mário Ferreira dos Santos.

Há mais.

Nesse trecho do romance, o escopo filosófico adquire concretude histórica e simultaneamente alude a dois autores centrais para o pensamento do autor de *Filosofia e Cosmovisão*.

Voltemos ao texto:

As interrogações de Paulsen são comunicadas a Pitágoras. Milhares morrem diariamente nos campos de batalha da Espanha. Milhões morrerão nos campos de batalha da Europa.

A dor universal. Faure se associa ao pensamento de Paulsen. Mas quem compreende a morte de milhões? Compreendemos a morte próxima, sentimo-la, quando ela nos dói. A morte de milhões é uma frase apenas. (p. 110)

Dostoiévski e Nietzsche se dão as mãos nas preocupações de Paulsen, cujo primeiro nome, aliás, presta uma homenagem ao autor de Humano, Demasiado Humano: Frederico.* A dúvida da personagem recoloca a perplexidade de Raskolnikóv no contexto do século XX. No conturbado trânsito do século XVIII ao XIX, Napoleão, cujas guerras provocaram a morte de milhões nos campos de batalha, foi visto por muitos como herói e por outros tantos como vilão – circunstância aludida na passagem citada de Homens da Tarde. Como redimensionar essa perversa aritmética nas condições das guerras contemporâneas que traduziram o inédito avanço da técnica em formas igualmente desconhecidas de armas de destruição em massa? Nenhuma delas teve o impacto efetivo e simbólico do avião, pelo menos até o surgimento da bomba atômica. Inicialmente idealizado como metonímia de um mundo sem fronteiras, numa imagem possível da improvável paz perpétua kantiana, muito em breve a aviação foi transformada no mais mortal instrumento de combate, semeando terror pela destruição ocasionada tanto pelas rajadas de metralhadora em unidades terrestres totalmente despreparadas para esse tipo de ataque quanto, e ainda pior, pelos bombardeios

---

* Homenagem também presente no nível da frase: "Paulsen é demasiadamente humano para experimentar uma filosofia da renúncia" (p. 109).

sistemáticos em alvos militares e civis – claro, Guernica volta à lembrança. As ponderações de Santos Dumont são eloquentes (ainda que ambíguas):

> Quem há cinco anos atrás, acreditaria na utilização de aeroplanos para atacar forças inimigas? Que os projéteis de canhões poderiam ser lançados com efeitos mortíferos de alturas inacessíveis aos inimigos?
> [...]
> Imaginai o poder deste terrível fogo lançado de um aeroplano! Se o aeroplano, Senhores, tem se mostrado tão útil na guerra, quanto mais não o deverá ser em tempos de paz?*

Os inegáveis progressos da técnica não teriam levado à superação, porém à agudização do problema da finitude. Paulsen vivencia o dilema em sua intensidade máxima:

> A vida exige eternidade porque não nos conformamos com a morte. Como faria bem a crença na eternidade... [...] Sou humano, sou humano, não sei, não compreendo a morte! (p. 120-21)**

Compreender o que não se alcança de todo: eis o desafio proposto pelo romancista e plenamente aceito pelo filósofo.

* Alberto de Santos Dumont. *O que Eu Vi, o que Nós Veremos*. Universidade da Amazônia, p. 22-23. Texto aqui consultado: http://www.portugues.seed.pr.gov.br/arquivos/File/leit_online/santos_dumond.pdf
** Um pouco antes, Pitágoras havia tocado na ferida: "Os homens, quando tiveram a consciência da morte, criaram o céu. Foi um protesto. Já houve quem dissesse que nesse ato do homem havia alguma coisa de heroico" (p. 111).

Precisamente nessa encruzilhada *Homens da Tarde* se torna um laboratório para a obra de Mário Ferreira dos Santos. Vale a pena destacar duas ou três ideias que retornarão em sua filosofia e que já se encontram aqui esboçadas.

Algo existe

Arriscando a redação de um ensaio sobre os primórdios da humanidade, Vítor Garcia pensa em voz alta:

"Nos olhos temos toda a vida..."

As reticências são mais literárias do que filosóficas, já que a personagem não duvida do acerto de sua intuição:

"Toda a alma do homem está nos olhos..." Faz uma pausa para que as palavras ressoem. "Os olhos falam mais eloquentemente que os lábios e os gestos." Os filetes de luz dos vagalumes associam-lhe imagens de aplausos mudos. (p. 33)

No livro que inaugura o ambicioso projeto filosófico de Mário Ferreira dos Santos, *Filosofia e Cosmovisão* (1952), o primado da visão é retomado e plenamente desenvolvido. A linguagem se torna muito mais técnica, pois a intuição ligeira da personagem torna-se a exposição sistemática do filósofo:

O conhecimento tem na visão seu órgão principal, porque é o que oferece mais facilmente o *re-conhecimento*, que é o verdadeiro conhecimento, como já vimos. E tanto é assim que a vista precisa rever, reperceber, para perceber, pois o que vemos uma só vez sofre a completação da imaginação, que estrutura uma forma, ao passo que, na segunda vez, a visão já é mais nítida, porque repercebe os pontos parecidos.*

Muito mais do que incorrer no lugar-comum dos olhos como espelho da alma, Vítor arranhou a superfície do tema, que posteriormente foi aprofundado por Mário Ferreira dos Santos. No que se refere ao paralelismo entre personagem e autor, em *Filosofias da Afirmação e da Negação*, o filósofo antecipou o gesto:

> A principal personagem é Pitágoras de Melo. Nasceu-nos essa personagem logo às primeiras páginas de *Homens da Tarde*. Nada prometia ainda à nossa consciência, mas logo se impôs, e libertou-se de tal modo, que passou a ter uma vida própria. E poderia dizer, sem buscarmos fazer paradoxos, que teve ele um papel mais criador de nós mesmos que nós dele. Não pautou ele sua vida pela nossa, mas a nossa vida pela dele. Propriamente o imitamos. É quase inacreditável isso. Mas é verdade: a personagem criou o autor. E é espantoso que foi de tal modo que até muitas das nossas experiências futuras foram vividas por ele. Aconteceu-me na vida o que nós já havíamos escrito no livro. [...] As ideias que a personagem expunha não eram então as nossas. Hoje, em grande parte, são. A personagem nos conquistou.**

---

* Mário Ferreira dos Santos, *Filosofia e Cosmovisão*. São Paulo, É Realizações Editora, 2018, p. 152.
** *Filosofias da Afirmação e da Negação*, op. cit., p. 16.

Passagens notáveis como essa – desconcertantes pela argúcia e originalidade – são frequentes na obra do filósofo. Sua compreensão peculiar da temporalidade própria aos atos de leitura e de escrita; a fusão, radicalmente pirandelliana, entre personagem e autor;[*] a exegese que propõe das lições ocultas do pitagorismo,[**] que, em mais de um ponto, antecipa o eixo definidor do método filosófico de Leo Strauss;[***] a inversão cronológica da linearidade tradicional da história da filosofia, numa perspectiva que evoca os melhores momentos de

[*] No trabalho de organização do Arquivo Mário Ferreira dos Santos / É Realizações Editora, André Gomes Quirino localizou na biblioteca do pensador brasileiro um volume que reúne diversos textos de Luigi Pirandello: *Obras Escogidas – Seis Personajes en Busca de Autor / Enrique IV / La Vida que te Di / El Difunto Matías Pascal / Uno, Ninguno y Cien Mil / Cuentos / Ensayos*. 2. ed., revista e corrigida. Tradução de Ildefonso Grande, Mario Grande e José Miguel Velloso, com prólogo de Ildefonso Grande. Biblioteca Premios Nobel. Madrid, Aguilar, 1956.

[**] "Toda a literatura pitagórica, e o que se escreveu sobre ela, ocultava um pensamento secreto, que não convinha ser externado." *Filosofias da Afirmação e da Negação*, op. cit., p. 131.

[***] Penso numa passagem que antecipa o método de Leo Strauss; nela, Pitágoras de Melo explica o motivo pelo qual Platão não podia assumir a base pitagórica de sua filosofia: "o pitagorismo estava fora da lei, era uma doutrina considerada herética por muitos, e combatida por todos os senhores daquela época, porque, como você sabe, os pitagóricos queriam alertar os povos contra os falsos profetas, os maus políticos, que demagogicamente exploraram a ignorância das massas". Ibidem, p. 245. Ver o livro de Leo Strauss, *Perseguição e a Arte de Escrever – E Outros Ensaios de Filosofia Política*. Tradução de Hugo Langone. São Paulo, É Realizações Editora, 2015.

Jorge Luis Borges;* a ênfase na emulação como método de leitura da tradição** – entre tantas outras possibilidades fascinantes abertas pela imaginação filosófica do autor de *Tratado de Simbólica* (1956). Retornemos ao primado da visão, que favorece não apenas o aperfeiçoamento de um modelo teórico, como também permite dirimir uma delicada questão epistemológica. A palavra se encontra com Pitágoras de Melo:

> Não é fácil definir o termo evidência, e até se pode dizer que é indefinível. Como vem de *videre, videntia*, em seu sentido etimológico, é a visão da verdade, empregado analogicamente com o termo visão, vidência.***

A olhos vistos, portanto. Em linguagem shakespeariana, assim Otelo exigiu que Iago comprovasse suas insinuações acerca da infidelidade de Desdêmona:

> Be sure of it. Give me the ocular proof.

* "Vê-se, deste modo, que o pensamento de Pitágoras antecedeu o de Platão e o de Aristóteles, e os incluía." *Filosofias da Afirmação e da Negação*, op. cit., p. 245. Passagem que se presta a inúmeros desdobramentos e que esclarece a força da filosofia de Mário Ferreira dos Santos.

** "[...] é preciso compreender bem o que é o progresso humano. O homem moderno, no seu mais alto progresso, não se opõe essencialmente às sentenças estatuídas pelos antigos. Ao contrário, traz novas contribuições para demonstrar a validez do que os antigos afirmaram." Ibidem, p. 114–15. Eis um tema a ser aprofundado: a filosofia de Mário Ferreira dos Santos como uma "filosofia da emulação"; a concreção seria o seu método.

*** Ibidem, p. 102.

Demanda razoável, feita antes do mouro perder de todo o juízo, e precisamente por passar a *ver* com olhos de outro, com os olhos do alferes. Ainda senhor de sua visão, reiterou o comando:

> Make me to see't; or, at least, so prove it
> That the probation bear no hinge nor loop
> To hang a doubt on – or woe upon thy life!*

Há uma evidência – para permanecer nesse sugestivo campo semântico – ainda mais importante da interseção das preocupações do romancista com as obsessões do filósofo: trata-se nada menos do que a intuição-chave do pensamento de Mário Ferreira dos Santos, expressa na abertura de *Filosofia Concreta*:

> Há um ponto arquimédico, cuja certeza ultrapassa ao nosso conhecimento, independente de nós, e é ôntica e ontologicamente verdadeira.
> *Alguma coisa há...***

O pensador esmiúça a ideia até chegar às teses primeiras de seu pensamento, base de seu projeto enciclopédico:

---

* William Shakespeare, *Othello*. Ed. Norman Sanders. Cambridge, Cambridge University Press, 2003, p. 139. Trata-se da terceira cena do terceiro ato. Na tradução brasileira: "E é bom que tu me tragas uma prova ocular, [...]. Faz com eu veja, ou prova de modo tal, / Que a evidência não tenha ganchos e as presilhas / Onde a dúvida se agarra. Ai de tua vida...". William Shakespeare, *Otelo*. Tradução de Lawrence Flores Pereira. São Paulo, Penguin / Companhia das Letras, 2017, p. 203.

** Mário Ferreira dos Santos, *Filosofia Concreta*. São Paulo, É Realizações Editora, 2009, p. 67, destaques do autor.

TESE 1 – Alguma coisa há, e o nada absoluto não há.
*TESE 2 – O nada absoluto, por ser impossível, nada pode.**

Em relação a esse princípio fundamental, muitos repetem uma história com sabor de lenda: essa intuição teria ocorrido ao pensador no meio de uma palestra, imediatamente interrompida para que não lhe escapasse, transformando-se involuntariamente num "nada absoluto". Pelo contrário, a partir desse momento epifânico, todos os seus esforços foram concentrados na laboriosa elaboração de um ambicioso sistema filosófico derivado da ideia-matriz: *Alguma coisa há* – e, se na formulação inicial ainda cabiam reticências, já que se tratava da encenação do ato mesmo de pensar, na sua fixação em forma de tese apodítica naturalmente elas são dispensadas.

Aceitemos parcialmente a anedota; afinal, não deixa de ser saborosa. No entanto, o trabalho minucioso com o acervo do Arquivo Mário Ferreira dos Santos / É Realizações Editora abre novas vias de leitura. A presente publicação do romance inédito, *Homens da Tarde*, obriga a uma reflexão mais diligente, pois nele já se encontra o embrião da tese inaugural de *Filosofia Concreta*!

Voltemos, pois, ao romance.

Paulsen e Pitágoras, lidando com o dilema da finitude, cogitam a possibilidade do nada absoluto. A reação visceral de Paulsen mais tarde seria domada pela serenidade firme da segunda tese de Mário Ferreira dos Santos, porém a recusa aproxima personagem e filósofo:

---

* Ibidem, p. 69, destaques do autor.

– Impossível, Pitágoras! Até arrepia a gente. Tudo em mim... as minhas carnes, os meus músculos, não concordam, protestam, reagem. Impossível o nada... impossível!

Nessa passagem, percebe-se o caráter existencial da pesquisa filosófica na perspectiva do autor do inédito *As Três Críticas de Kant*.* A resposta de Pitágoras, embora mais ponderada, também insiste no engajamento vital com os temas da tradição. É como se as personagens do romance evocassem o gesto de Heinrich von Kleist ao ler a *Crítica da Razão Pura* (1781). Ora, se, conforme a lição kantiana, *das Ding an sich*, a coisa em si, não é acessível ao conhecimento teórico, então, como preservar a fé e a esperança num mundo organizado segundo princípios, digamos, "superiores"; imunes às armadilhas dos cinco sentidos, isto é, aos limites da imanência? Pitágoras busca driblar o desespero de von Kleist por meio de uma certeza em tese inquebrantável:

– Aí está a primeira verdade. Você já sentiu isso ante a morte de sua mãe. [...] Mas existe essa verdade: algo existe, e nesse algo aquilo que consideramos o nosso "eu" está incluído, eu, você, todos. Paulsen, parta dessa verdade que lhe dá suas carnes. (p. 112–13)

A conclusão da leitura cuidadosa do trecho se impõe: a ideia-matriz do pensamento de Mário Ferreira dos Santos, ou seja, a primeira tese de *Filosofia Concreta*, dificilmente

---

* Inédito localizado no Arquivo Mário Ferreira dos Santos / É Realizações Editora e que publicaremos em breve.

pode ter ocorrido ao pensador durante uma conferência; afinal, ela pode ser encontrada no romance até agora inédito. Não é tudo. No fundo, é muito pouco.

A tese, *algo existe*, e sua versão final, *alguma coisa há*, pertence à tradição filosófica; por conseguinte, em si mesma, não pode caracterizar a singularidade do filosofar concreto de Mário Ferreira dos Santos.*

Em *Princípios da Natureza e da Graça* (1714), Gottfried Leibniz formulou o problema com elegância: "Pourquoi il y a plutôt quelque chose que rien?" (Por que há alguma coisa em lugar do nada?). Em palestra de 1935, "Einführung in die Metaphysik" (Introdução à Metafísica), Martin Heidegger atualizou a pergunta com vigor: "Warum ist überhaupt Seiendes und nicht vielmehr Nichts?" (Por que há simplesmente o ente e não antes o Nada?).** Os dois advérbios tão

---

* Ponto, aliás, devidamente reconhecido: "O filósofo brasileiro baseia seu pensamento em uma regra simples, positiva e canônica: 'Algo há'. Como é sabido, aquele foi o problema fundamental das filosofias de Leibniz e de Heidegger, entre outros". André Gomes Quirino e Ian Rebelo Chaves, "Impressões sobre Filosofias da Afirmação e da Negação". In: Mário Ferreira dos Santos, *Filosofias da Afirmação e da Negação*, op. cit., p. 274.
** Martin Heidegger, *Introdução à Metafísica*. Tradução e apresentação de Emmanuel Carneiro Leão. Rio de Janeiro, Tempo Brasileiro, 1966, p. 37. Aliás, em publicação póstuma, *Filosofia da Revelação* (1854), Schelling já havia retornado à questão: "Warum ist nicht nichts, warum ist überhaupt etwas?" (Por que o nada não é, por que há simplesmente algo?). Para aprofundar a questão, ver a coletânea de ensaios organizada por Daniel Schubbe, Jens Lemanski e Rico Hauswald, *Warum ist überhaupt etwas und nicht vielmehr nichts? Wandel und Variationen einer Frage*. Hamburgo, Felix Meiner Verlag, 2013.

próximos um do outro – überhaupt e vielmehr – conferem inédita urgência à pergunta, tornada ainda mais aguda pelo jogo presente em Schelling (nicht nichts) e aperfeiçoado por Heidegger (nicht vielmehr Nichts). Certamente o pensador brasileiro estava muito bem familiarizado com essa tradição e a ela se associou deliberadamente. Ademais, na obra de Mário Ferreira dos Santos o nome de Heidegger aparece com alguma frequência, embora em geral com uma certa reserva.* De qualquer modo, logo após a descoberta de que *algo existe*, o narrador esclarece o destino de Frederico:

> E quando Paulsen volta para casa tem a estranha satisfação de quem perdido numa mata houvesse encontrado uma vereda. (p. 113)

Eis uma passagem instigante! Heidegger tem uma palavra vizinha para descrever essa situação, ainda que pelo seu avesso: *Holzwege*; aliás, título de coletânea publicada em 1949 e que reúne ensaios escritos entre 1935 e 1945. Assim o autor de *Sein und Zeit* explica a voz:

> *Holz* [madeira, lenha] é um nome antigo para *Wald* [floresta]. Na floresta [*Holz*] há caminhos que, o mais das vezes sinuosos, terminam perdendo-se, subitamente, no não-trilhado.

---

* Um único exemplo, extraído de Pitágoras de Melo: "— Se me permitirem, deixarei para o futuro, e para outra ocasião, discutir a personalidade de Heidegger, que é, sem dúvida, um filósofo de grande notoriedade hoje. Prometo, nessa ocasião, provar que nele predominam apenas opiniões...". Mário Ferreira dos Santos, *Filosofias da Afirmação e da Negação*, op. cit., p. 136.

Chamam-se caminhos de floresta [Holzwege]. Cada um segue separado, mas na mesma floresta [Wald]. Parece, muitas vezes, que um é igual ao outro. Porém, apenas parece ser assim. Lenhadores e guardas-florestais conhecem os caminhos. Sabem o que significa estar metido num caminho de floresta.*

Não é verdade que em toda *vereda* há um tanto de *Holzwege*? Em ambos os caminhos, sabe-se que, embora nem sempre fácil de encontrar, *algo existe*.

Literatura e filosofia

A singularidade do pensamento de Mário Ferreira dos Santos reside nem tanto na elaboração da Tese 1 de *Filosofia Concreta* quanto na incorporação da antinomia como forma de pensamento;** forma essa, aliás, que favoreceu seu modo peculiar de leitura da tradição, que possui no gesto da *aemulatio* um poderoso acicate. Aceita essa hipótese, podemos resgatar a vocação inicial de Mário Ferreira dos Santos e, assim, trazer à superfície os elos entre a ficção e a filosofia do autor de *Análise Dialética do Marxismo* (1953).

Ora, se a antinomia, em lugar de óbice a ser superado, é a forma mesma de pensamento a ser buscada, então, na

---

* Martin Heidegger, *Caminhos de Floresta*. Coordenação científica da edição e tradução de Irene Borges-Duarte. Lisboa, Fundação Calouste Gulbenkian, 1998, p. 3.

** Propus essa hipótese na reedição de *Filosofia e Cosmovisão*: "a filosofia concreta é a forma propriamente antinômica do pensar". In: Mário Ferreira dos Santos, op. cit., p. 301.

ordem dos discursos, a ficção, por seu caráter radicalmente ambíguo e instável, não deve ser compreendida como acidente de percurso, porém como meio propício para a elaboração de um pensamento radical: o caso, e não por acaso, da *filosofia concreta*. Isto é, na ordem dos discursos, a ficção só se torna vereda se antes houver sido *Holzwege*.

Mais uma vez, a organização do Arquivo Mário Ferreira dos Santos / É Realizações Editora permite reconstruir a formação do filósofo.

Muito jovem, na cidade gaúcha de Pelotas, Mário envolveu-se na produção do jornal *A Opinião Pública*,* provavelmente como redator-chefe,** o que se pode inferir pela quantidade de textos assinados por nomes variados, mas cuidadosamente recolhidos pelo autor – e sabemos que ele recorreu a uma grande quantidade de pseudônimos antes de assumir-se integralmente como autor.

No dia 25 de abril, destaca-se uma nota, "André Suarès e eu", assinada por Mário Santos, na qual se vislumbra a percepção futura da personagem Vítor, leitor de Aristóteles:

* Eis a definição dada pelo jovem autor: "Opinião pública não é a opinião isolada de um jornalista que se inculca intérprete da opinião geral, mas opinião pública é a opinião do mais humilde ao mais ilustre, que é sistematizada e exposta como individualidade homogênea". "Nós". *A Opinião Pública*, 25 de abril de 1929. Arquivo Mário Ferreira dos Santos / É Realizações Editora.

** De fato, tal possibilidade foi corroborada pela biografia do filósofo escrita pelas filhas e que permanece inédita: "Em 1929 tornou-se diretor do jornal *A Opinião Pública*, cargo em que permaneceu até o final do ano de 1930". Nadiejda Santos Nunes Galvão e Yolanda Lhullier dos Santos, "Monografia sobre Mário Ferreira dos Santos". Arquivo Mário Ferreira dos Santos / É Realizações Editora, 2001, p. 5.

Cada homem é um pouco de nós mesmos. Nós existimos e somos e existimos nos outros. [...] Cada um de nós tem todos os homens dentro de si. [...] Em cada um de nós há ainda milhões de seres para conhecer. [...] É lendo-os que despertam de mim Epicuro, Lucrécio e Epicteto... Eu me vejo em Marco Aurélio, o que Marco Aurélio tem de mim. Olho-me.*

O jovem de 22 anos demonstrava uma sede de horizontes que não deixa de evocar o projeto enciclopédico do futuro filósofo, pois, mais do que apenas a necessidade do ofício, a obrigar o homem de jornal a tratar de tudo um pouco, sobressai nos textos de *A Opinião Pública* um desejo nada jornalístico de aprofundamento dos assuntos e, sobretudo, a vocação precoce para o pensamento, ou seja, o impulso de extrair conclusões de caráter mais geral dos fatos diversos do dia a dia.

Um exemplo: a coluna "De longes terras...", no dia 8 de maio, debate o tema sempre espinhoso da pena de morte. O artigo noticia a tentativa malograda de inclusão da pena de morte no novo código penal da Alemanha. O insucesso da tentativa propicia a conclusão do autor:

> A sociedade tem o direito de defender-se, de segregar de seu meio os temíveis, os que delinquem impiedosamente, mas roubá-los da vida, isso nunca!**

* Mário Ferreira dos Santos, "André Suarès e eu". *A Opinião Pública*, 25 de abril de 1929. Arquivo Mário Ferreira dos Santos / É Realizações Editora.
** Mário Ferreira dos Santos, "De longes terras...: A pena de morte". *A Opinião Pública*, 8 de maio de 1929. Arquivo Mário Ferreira dos Santos / É Realizações Editora.

No dia 11 de maio, um texto, assinado com o pseudônimo de Nolda, atualiza a dicção da fábula, incluindo o esclarecimento da moral a ser depreendida da história. Aí se encontra um dos primeiros esboços literários de Mário Ferreira dos Santos. A chamada assim promete:

Um conto para todos lerem

O DESEJO MÁXIMO DO AUTOR É QUE DELE SE POSSA ADVIR ALGUM PROVEITO AO POVO, POR ISSO PEDE A TODOS QUE O LEIAM
O seu título é:
Um "bluff"*

A narrativa é a mais singela possível. A senhora Rosa cai na lábia de um vendedor e, imaginando realizar um excelente negócio, é na verdade enganada pelo astuto representante comercial e perde uma quantia considerável. Em certo momento da trama, o narrador intervém:

> Com licença, leitor. Agora vais permitir para esclarecer o conto-diálogo que metamos a nossa colher.**

A consciência das especificidades do gênero literário e a aposta na centralidade do diálogo como meio de exposição filosófica nunca abandonariam o autor – e é uma descoberta

---

* Mário Ferreira dos Santos, "Um 'bluff'". *A Opinião Pública*, 11 de maio de 1929. Arquivo Mário Ferreira dos Santos / É Realizações Editora.
** Ibidem.

relevante identificar a presença desses elementos na prosa de Mário nos seus 22 anos. No final do texto, além da colher, o narrador mete todo o faqueiro, por assim dizer:

> Moral: – Quem é bobo peça à ....
> Última nota:
> Leitor ou leitora! Leste?
> Pois pensa bem sobre isso e que não caias no mesmo "bluff" em que caiu a Rosa.*

De igual modo, o compromisso com a formação do público leitor, o que implicava a busca da clareza da expressão, também se manteve como um dos eixos das inúmeras atividades do pensador.

No dia 14 de maio, surge uma nova coluna, "Diálogo de você...", na qual não seria exagerado ver a gênese tanto de *Homens da Tarde* quanto de *Filosofias da Afirmação e da Negação*. A coluna é a mais longeva e fecunda dos recortes guardados por Mário: segue até o dia 4 de julho e alcança o número XXXVIII, no qual se despede a personagem não nomeada,** mas que antecipa em vários aspectos o futuro *alter ego* do autor, Pitágoras de Melo. Talvez a coluna tenha se interrompido porque a preocupação política tornou-se a cada dia mais absorvente e o

---

* Ibidem.
** "– Como vai, você não aparece mais. / – Falta de tempo, tenho muito que fazer. As obrigações são várias." Mário Ferreira dos Santos, "Diálogo de você...: XXXVIII". *A Opinião Pública*, 4 de julho de 1929. Arquivo Mário Ferreira dos Santos / É Realizações Editora.

jovem articulista tomou o partido de Getúlio Vargas* no conturbado cenário político que levará no ano seguinte à Revolução de 1930.**

No primeiro diálogo da série, é surpreendente discernir uma dicção muito próxima à que Mário Ferreira dos Santos, sem dúvida, aperfeiçoou, e muito, ao longo de décadas de esforço continuado, mas que, no fundo, não alterou significativamente em sua essência.

Você me dirá se o entusiasmo nublou meu juízo:

– [...] Bem sabes que admiro Pascal como um dos maiores pensadores e talvez o maior que o Ocidente possuiu.
Pois bem, lendo Pascal hoje, pensei.
– Pensastes?
– Pensei quanto Pascal é verdadeiro.***

* Um único exemplo: no dia 1 de agosto, a manchete não poderia ser mais eloquente: "O momento de vibração que faz estremecer a Pátria: Os homens livres têm uma única bandeira: Getúlio Vargas". A Opinião Pública, 1 de agosto de 1929. Arquivo Mário Ferreira dos Santos / É Realizações Editora.

** Contudo, muito em breve, a independência de pensamento e o sentido libertário de suas convicções nesse período cobraram um preço alto: "Apesar de ter participado da revolução de 1930, não tardou a criticar alguns atos do novo governo, e por este motivo foi preso em dezembro de 1930. Os amigos socorreram-no, entre estes o General Flores da Cunha e o prefeito da cidade de Pelotas, Dr. Py. Crespo. Libertado, explicou o motivo de sua detenção no artigo 'Por que fui detido'. Pouco tempo depois foi obrigado (indiretamente) a afastar-se da direção do jornal". Galvão e Santos, "Monografia", op. cit., p. 5–6.

*** Mário Ferreira dos Santos, "Diálogo de você...". A Opinião Pública, 14 de maio de 1929. Arquivo Mário Ferreira dos Santos / É Realizações Editora.

O panteão do filósofo diversificou-se muito com o passar do tempo, mas, nesse exercício de juventude, surge a presença cifrada de Nietzsche; aliás, muito similar ao recurso que vimos em *Homens da Tarde*:

– [...] O homem inveja o homem, basta que alguém sobressaia um pouco dos seus pares para que seja invejado. É triste, mas é humano...
– exageradamente humano.*

A descoberta da contribuição do jovem Mário Ferreira dos Santos ao jornal *A Opinião Pública* esclarece a importância do emprego de recursos ficcionais na futura obra do filósofo, encarecendo a centralidade do diálogo em títulos como *Filosofias da Afirmação e da Negação*. A consulta do datiloscrito do romance, aqui reproduzido, ilumina o processo de escrita e especialmente o apuro da revisão e da reescrita do texto. É possível identificar três procedimentos recorrentes nesse processo.

Em primeiro lugar, Mário Ferreira dos Santos reescreve obsessivamente o texto no esforço permanente de aprimorar a frase, suprimindo passagens, adicionando ideias e inclusive alterando a pontuação.

De igual modo, muitos trechos são cortados, a fim de não oferecer ao leitor a conclusão do texto. É o que ocorre no início do romance: Paulsen indaga o sentido da vida; na versão inicial, o capítulo encerrava-se com perguntas:

* Ibidem.

Quem somos nós? De onde vimos? Para onde vamos, meu Deus? (p. 10)

Na revisão, o autor não manteve os questionamentos, pois idealmente cabe ao leitor fazê-los.

Por fim, Mário era um crítico impiedoso de seu romance, cortando sem hesitação qualquer sentença que pudesse parecer um lugar-comum. Um exemplo significativo: Paulsen apaixona-se e, no final de um parágrafo que descreve sua nova condição, havia a seguinte passagem:

E à noite ia murmurar palavras sentimentais e recitar versos para todas aquelas eternas testemunhas dos namorados, inclusive a lua tradicionalmente complacente. (p. 12)

Claro: Mário rasurou o trecho, definindo o traço moderno de sua ficção: mais do que guiar o leitor, o autor sugere, valorizando a elipse em lugar da redundância.

Na página 7, ele anotou:

Reescrever tudo até a página 32.

Essa observação, até mesmo pela severidade do juízo, exige um esclarecimento: por que editar um romance inédito se o próprio autor decidiu deixá-lo na gaveta? No "Prólogo" de *Filosofias da Afirmação e da Negação*, ao mencionar sua ficção filosófica, o autor antecipou nossa iniciativa:

Escolhemos o diálogo para mais facilmente pôr, face a face, as oposições que surgem na alternância do processo filosófico.

Quanto às personagens, há uma historia mais longa. Em nossa juventude, escrevemos dois romances ainda não publicados porque sempre julgamos que o romance é obra de maturidade, e esperamos muitos anos, mais de trinta, para que eles amadurecessem e depois pudessem vir à luz, se julgássemos que mereciam vir à luz. Deveriam ter antecedido esta obra, mas motivos outros o impediram. Por isso devo justificar as personagens.*

Agora, não será mais preciso: finalmente o leitor poderá conhecer o romance filosófico de Mário Ferreira dos Santos. Além disso, *Homens da Tarde* permite um acesso privilegiado para o conhecimento do universo das preocupações do filósofo, incluindo a longa gestação de ideias-chave de seu pensamento – esse, aliás, precisamente o fator que impôs a publicação do romance que ora entregamos ao público leitor.

Esta edição

Este é o primeiro inédito do filósofo que publicamos graças ao trabalho criterioso realizado ao longo de meses com o Arquivo Mário Ferreira dos Santos / É Realizações Editora. Em breve, lançaremos *As Três Críticas de Kant* – título de grande importância para entender a posição do filósofo em relação ao problema das antinomias e a maneira de incorporá-las em seu método filosófico. Desse modo, cumpre-se outro passo fundamental na revalorização urgente de sua

---

* Mário Ferreira dos Santos, *Filosofias da Afirmação e da Negação*, op. cit., p. 14.

obra, vale dizer, além de reeditar, com aparato crítico rigoroso, textos há muito fora de circulação, damos a conhecer obras mencionadas muitas vezes, mas cuja existência parecia duvidosa, pois não havia evidência de sua escrita.

Aqui, destaca-se uma questão metodológica: na medida do possível, publicaremos esses inéditos colocando à disposição do público os datiloscritos ou manuscritos preservados no Arquivo Mário Ferreira dos Santos / É Realizações Editora. No caso de *As Três Críticas de Kant* não reproduziremos o datiloscrito na íntegra devido à dimensão do livro. No tocante à edição de *Homens da Tarde*, contudo, decidimos publicar todo o datiloscrito para que se possa avaliar o trabalho minucioso de escrita e sobretudo de revisão; trabalho que também se percebe na redação de *Filosofia Concreta*, livro que será reeditado ainda neste ano de 2019.[*]

Assinalo a importância do texto de Ian Rebelo Chaves, aqui reproduzido na seção de "textos críticos". O jovem ensaísta, um dos colaboradores da classificação do acervo do filósofo, mapeou a gênese e o desenvolvimento de personagem-chave na sua obra, Pitágoras de Melo. Ademais, com base no levantamento sistemático dos artigos de jornal assinados pelo pensador, e por ele guardados em cadernos cuidadosamente organizados, Ian demonstrou um complexo sistema de remissões e de aprofundamentos característico da escrita de Mário Ferreira dos Santos. Vale dizer, uma passagem do romance poderia ser aproveitada em artigos

---

[*] André Gomes Quirino prepara neste momento extenso ensaio destinado a evidenciar o longo processo de escrita e reescrita que subjaz à publicação de *Filosofia Concreta*.

de jornal, e, por fim, poderia ainda ressurgir em *Filosofias da Afirmação e da Negação*. O modelo mais conspícuo desse sistema intertextual é o do protagonista deste último título. Vejamos.

Em *Homens da Tarde*, Pitágoras ainda não assume o papel de protagonista, embora claramente seja a personagem de vocação propriamente filosófica; de fato, ele é procurado pelos mais jovens como se busca um mestre. Paulsen e Vítor, por exemplo, a ele recorrem em situações extremas. Em artigos de jornal, a personagem reaparece, agora como Pitágoras de Melo, nome com o qual conduz socraticamente os diálogos que compõem *Filosofias da Afirmação e da Negação*.

Há mais.

Não apenas as mesmas personagens comparecem em mais de um título, como também, em algumas poucas vezes, inclusive passagens podem ser retrabalhadas em livros diversos. De igual modo, questões e problemas retornam em mais de uma obra. Por isso mesmo, a publicação deste primeiro inédito de Mário Ferreira dos Santos que editamos representa um convite irrecusável: acompanhar os passos iniciais do desenvolvimento de um projeto filosófico único.

Anexos

Reproduzimos os artigos de jornal discutidos nos dois posfácios. A reprodução permitirá ao público leitor avaliar as hipóteses aqui propostas.

Pitágoras De Melo e As Metrópoles

Mário D. Ferreira SANTOS

(Esp. para o "Diário de Notícias")

O ruído da cidade abafava as vozes humanas e eu quasi nem ouvia as palavras de Pitágoras que seguia ao meu lado pelo borborinho das ruas.

Dizia-me ele:

— Eu tenho tido uma vida silenciosa. E sabe porque? Por que tenho vivido só. Incompleto, sabe. Nunca falo mais alto. Ouve? A solidão faz a gente temer até a própria voz. Quando estava no interior eu falava mais alto e não havia tanto ruído. Compreende? Aqui falo assim naturalmente. A solidão muda a voz da gente. Não é? — Pitágoras fazia aquelas interrogações como a puxar para si ainda mais a minha atenção. Eu desviava-me com dificuldade dos que passavam, adiantava-me algumas vezes, outras atrazava-me, obrigando Pitágoras acelerar o passo ou esperar por mim.

Aquelas interrogações de Pitágoras eram como um pedido de confirmação de que eu ouvira as suas palavras.

— Como se pode pensar direito numa cidade assim. — Prosseguiu Pitágoras, num tom mais alto de voz. — Esse ruído não deixa a gente prestar melhor atenção aos próprios pensamentos. Não é? Não deixa prestar atenção. Eu faria com a cabeça que sim. — Como se pode pensar detidamente quando tudo distrae a gente, não acha? São os edifícios, o ruído dos autos, as noticias desses homens, que apresentam os acontecimentos do dia e da vespera... essas mulheres que passam... uma para aqui, outra para ali, a que perturbam os nossos pensamentos, não é? Como se pode deter-se num pensamento, hein? Só mesmo a solidão nos pode permitir. E' por isso que a gente se despersonalisa aqui. Acaba-se pensando como êles, só pela superfície. Não é? Fica-se mais agil, mais desenvolto, mas essa agilidade é só de exterioridade. Acaba-se admirando toda essa superficialidade, dando mostras de admiração pelas coisas "exquisas". Não pensa assim? A gente termina olhando tudo pela rama. Nem queira saber como isso me aborrece. Esse ruído vae para dentro de mim e ajuda a me destruir.

Dobramos uma esquina. Pitágoras chocava-se com um ou com outro, por que naquele trecho havia ainda mais movimento. Pitágoras olhou para o outro lado da calçada e tocando no meu braço prosseguiu:

— Veja como êles fogem do sol e vão para a sombra. O valor do sol para êles é a sombra. Tudo nessa metrópole é dispersivo, como em todas as metrópoles. A gente aqui se liquefaz e acaba sendo a mesma perspectiva estreita deles. Um grande pensamento que seja dito aqui com palavras simples provoca gargalhadas. Mas uma esterilidade qualquer, compreende, dita com palavras supersonantes êles ouvem com interesse. Aqui êsse mais um no meio da multidão, onde se está só, aparentemente só. E sabe por-

PUBLICADO NO
"DIARIO DE NOTICIAS"
10/12/940

Diário de Notícias, 10 de dezembro de 1940. Lamentavelmente, deste artigo apenas se preservou a página aqui reproduzida.

Virá Dos Abrigos Anti-Aéreos...

Mario SANTOS

Tenho ainda na memória as palavras de Pitágoras de Melo sobre a "mecanoantropomórfisação" — selvagismo palavra de vinte e tantas letras, digna de qualquer penumbroso filósofo nórdico.

Essas mesmas opiniões reproduzi-as em meu artigo dos últimos dias: "O Homem e a máquina". Desde aquela ocasião, nossas palestras se circunscreveram quasi que integralmente a esse apaixonado tema, do qual já tive oportunidade de escrever alguns artigos referentes à importação da decadência alienígena que ameaça as fontes puras e boas de nossa gente.

— Você tem acusado a importação da decadência entre nós. Na verdade a decadência já existe, desde os albores do século dezenove. Depois da Grande Revolução Francesa o ocidente tem conhecido um crescente predomínio da decadência. Mas há uma decadência da decadência que é ainda pior. E' a que eu chamo de "yankeísmo". Não uso a palavra "americanismo" porque ela não é propriamente americana, nem representa um fenômeno tipicamente americano, sinão nalgumas partes dos Estados do norte, naqueles mecânicos Estados do norte e do leste, porque os Estados românticos (se você pronunciar essa palavra: romântico, um "yankeísta", ao seu lado, ficará tremendo e o seu bigodinho decente) românticos, repito, como a Virgínia, lutam ainda hoje, embora com outras armas, contra a invasão "yankee". Você já observou como a quasi totalidade da inteligência americana vem dos Estados do sul? Mas isso não vem ao caso... continuou ele, sorrindo — O fenômeno do "yankeísmo" é universal. Há sempre onde predominam as metrópoles e o cosmopolitismo tenha laivos metropolitanos. Porque há cosmopolitismo não metropolítico, como o caso de Singapura, Hong Kong, Marselha, Rouen, Barcelona... Mas a palavra "yankeísmo" se adapta bem, porque precisamente a "cultura" ianque é hoje predominante, pelo seu domínio horizontal, no mundo. Eles estão quasi convencidos que esse mau gosto predomina e, não é raro, através de um filme "cazinguelê", vermos, por exemplo, a vitória do jazz sobre qualquer outra música popular muito superior, de outro povo. E note que o jazz é decadência nos Estados do Sul, excrescência negra exportada, que tomou a direção e o ritmo dos "yanquees". No entanto, no sul, predominam ainda a canção dolente do Mississippi, os "sprituals", as canções cheias de misticismo e de alma, dos povos negros, em contraposição às músicas de ritmo mecânico das cidades de aço e cimento do norte. Você já notou a semelhança que existe entre essas cidades modernas com as necrópoles? Essas grandes rétas, essas perspectivas que rasgam de ponta a ponta...

Os mesmos tumulos, só que agora são tumulos de idéias. Todas as paixões são as choram, aí, com um mundo de interesses mesquinhos. Há um conformismo material que impressiona a gente. A exterioridade vence. E' como os tumulos. Há tanta beleza por fóra... Artificializa a vida, os sentimentos e os gostos. A mentalidade comum é bitolada pelas magazines. Há até escritores de cultura de magazine. Nós aqui

PUBLICADO NO
"DIÁRIO DE NOTÍCIAS"
1/10/941.

não tenho, revestem-nos, nas copias perfeitas dos americanos?
— Onde está o homem como criativo, a mesma capacidade de criação? Se se vai perguntar isso a quem faz essas revistas, romperá ás gargalhadas e dirá: nós não somos criadores!... Esses tem sempre para o que é nosso um olhar de desprezo ou de descon fiança. Tudo o que fazemos vale pouco, mas a moeda falsa que vem de fóra aceitam de bom grado. A verdadeira intelectualidade, nos grandes paizes, vive chamando a atenção para essa mecanisação humana que a metropole está conseguindo a passos agigantados. Exceptuando-se naturalmente os escritores folhetinescos e de magazines que defendem esse estado de coisas e a sua possivel perpetuação. Ha um grito generalisado em toda a intelectualidade consciente e nobre, contra essa metropolização do homem. John Galworthy, John dos Passos, Upton Sinclair, Aldous Huxley, Sinclair Lewis, Virginia Wolf, Hemingway e tantos outros, para citar somente os anglo-saxonicos, filiam-se á lista daqueles que lutam contra a metropolização do homem, que é a sua atomização. Os homens aproximam-se fisicamente nas grandes cidades, mas separam-se cada vez mais afetivamente. E' que a metropole atomizou a alma dos homens. Seria necessaria uma preparação psicologica para que o homem pudesse viver nos grandes centros. A decadencia de todos os instintos e a necessidade de estandartização encontrou sempre meia duzia de espiritos tacanhos que se tornaram seus sacerdotes. A mercantilização de tudo foi assim mais facil. Os apostolos da mecanisação foram recrutados nas camadas mais baixas da intelectualidade mercenaria. Mas hoje, meu amigo, estamos ás vesperas de uma grande transformação. Essa guerra vai modificar profundamente a concepção dos homens. E' dentro daqueles abrigos antiaéreos, é ali, irmanados na mesma dor, no mesmo perigo e nas mesmas esperanças, que os homens vão começar a se comprehender melhor. Eu creio, sinceramente, que nesses abrigos antiaéreos, nascerá a nova cultura e a nova perspectiva do homem e do mundo que não negue mais o homem nem o mundo, e que seja uma afirmação, uma grande e universal afirmação!

Nós

«A Opinião Publica» será a tribuna do povo de Pelotas. Não temos principios politicos e sim sociaes.

Defendemos os interesses de todas as classes e, sobretudo, os daquellas que mais precisam do auxilio da imprensa, as classes populares.

Opinião publica não é a opinião isolada de um jornalista que se inculca interprete da opinião geral, mas opinião publica é a opinião do mais humilde ao mais illustre, que é systhematisada e exposta como individualidade homogenea.

Assim, julgando, criticaremos com criterio e, combatendo, doutrinaremos para collaborar e derruiremos para construir.

A situação actual exige constructores

Construamos.

A Opinião Pública, 25 de abril de 1929

André Suarès e eu

Suarès disseste uma vez de ti, tanto de mim. Definindo-te, definistes-me «J'ai toujours été l'homme qui a besoin de s'evader».

Tenho sido tambem um torturado como tu, Suarès. Tremenda lei, castigos dos deuses a nossa prisão ás contigencias da vida, ás cadeias que nos prendem ás circunstancias. Evadir-me de mim mesmo e voar de longe em longe, como se em todos os lugares existira, como se fora o que eu queria ser, Suarès, e que não sei exprimir, o libertado! Que drama o nosso, Suarès, que agonia de so não ser o que se não é.

Eu vivo o momento que passa, o instante que sou. Somos uno e multiplo, unico e diverso, só e acompanhado. Protheus. Mudamos sempre e eu acompanho esta qualidade humana e doulhe o traço tragico, personalisado duma qualidade pessoal. Eu sou o que sou no momento que sou. Vivo-o. Vivo esta vida como ella é em cada instante. Amanhã viverei uma outra vida, e mais uma sombra.

Suarès, eu sou como tu. Tu disseste: «Meus livros não tem sido mais que a transcripção de estados de consciencia, o mais das vezes dolorosos, e o estado de consciencia é o acto dos actos, para um espirito da minha disposição; eu vivo e tenho vivido todas minhas ideas. Eu sou um poeta tragico.» Protheu e Prospero! Eu sou Suarès!

Cada homem é um pouco de nós mesmos. Nós existimos e somos e somos e existimos nos outros. Eu sou mais Suarès que Nietsche, embora como Nietsche eu seja religiosamente leal commigo mesmo. Eu obedeço a meu eu, não e mudo nem procuro controla-lo nem domina-lo. Toda obra é bella quando nella ha um conhecimento profundo e original, quando ha um conhecimento novo do homem, uma descoberta de algo desconhecido no homem, disse Suarès. Cada um de nós tem todos os homens dentro de si. Eu sou Goethe e Ariosto, Voltaire e Pio IX, Christo e Mahomet, tenho Platão na alma» Le Dantec no cerebro e Caligula na carne...

Em cada um de nós ha ainda milhões de seres para conhecer.

Conhece-los e traduzi-los... Quando leio um livro e critico, apprehendo da obra que leio, um pouco e muito de Goethe, de Anatole, de Stendhal que tenho occulto dentro de mim. E' lendo-os que despertam de mim Epicuro Luerecio e Epitecto... Eu me vejo em Marco Aurelio o que Marco Aurelio tem de mim. Oiho-me. Corrijo e augmento e dcutra maneira que creio mais viva e mais propria, eu digo de Marco Aurelio o que falta de Marco Aurelio em mim.

Se eu sempre traduzir o homem que vive em meu ser em cada momento, eu crio um pouco, mas só farei obra original, quando descubrir dentro d'esse meu novo eu, alguma coisa de desconhecido, de profundamente desconhecido e nesse momento eu sou quasi Deus.

MARIO SANTOS

25 de Abril

A Opinião Pública, *25 de abril de 1929*

De longes terras...

A pena de morte

Tem sido innumeras as polemicas travadas em torno desse ponto.

Agora na Allemanha, em sessão extraordinaria, a commissão encarregada do estudo dum novo codigo penal, resolveu recusar a sua inclusão.

Foram 14 votos contra 14, sendo estabelecido o criterio liberal, segundo o qual em caso de empate deve prevalecer a penalidade mais branda.

Continua, entretanto, sendo muito discutido e sem uma solução ultima, pois não foi acceito nenhum dos substitutivos apresentados para a penalidade de morte que não se quiz tomar em consideração.

A pena de morte é uma instituição penal que tem provocado os maiores protestos. Que direito tem a sociedade de tirar a vida a alguem, quem a deu?

E os erros judiciarios que conhecemos. Quantos innocentes que perderam a vida A historia dos tribunaes nos conta os maiores e mais tenebrosos factos.

Pena de morte, não.

Que custe mais um pouco á sociedade a sustentação dum miseravel, que se empregue um pouco mais de dinheiro para se supportar aquelles que transgridem as leis, mas mata-los, não!

A sociedade tem direito de defender-se, de seggregar de seu meio os temiveis, os que delinquem impiedosamente, mas roubal-os da vida, isso nunca!

8 de Maio

A Opinião Pública, *8 de maio de 1929*

Um conto para todos lerem

O DESEJO MAXIMO DO AUTOR É QUE DELLE POSSA ADVIR ALGUM PROVEITO AO POVO, POR ISSO PEDE A TODOS QUE O LEIAM

O seu titulo é :

Um "bluff"

—Amalia ? ! A-ma-li-a ? ! Não ouves ? Estão batendo á porta.
—Já vou lá, sim senhora.
—Quem é ?
—E' um moço que quer falar com a senhora.
—O que é que elle quer ?
—Elle me disse que quer falar é com a senhora.
—Pois então avisa ao Juca que va lá.
—Mas elle me disse que quer é falar com a senhora e não com o patrão.
—Commigo ? Mas o que quererá ? Tem graça !

* * *

—Trata-se, minha senhora, do seguinte :
Sou representante - propagandista duma grande companhia carioca.
Seu nome é : Empresa Nacional de Photographias.
E' simples : V. Exa. naturalmente...
—Isso deve ser com meu marido. Espere ahi qu'eu vou chama-lo.
—Não, minha senhora, absolutamente. Deixe-me explicar do que se trata e verá como é simples. Como ia dizendo, V. Exa. naturalmente teria o maximo prazer de possuir um retrato a oleo vosso e do marido de V. Exa. não é verdade ?

—Sim e porque ?
—Eu lhe explico, espere. Sentir-se-hia ainda, a senhora, mais satisfeita se esse retrato possuisse certas particularidades excepcionaes, taes como este que aqui lhe mostro. Um momento. E' só desembrulhar. Agora veja, o que diz ?
—E' lindo. Que bell moldura, parece que o bus to está em relevo, é muito bonito mesmo, que chic...
Mas certamente o senhor quererá muito dinheiro por um retrato assim ?
—Pois se engana, minha senhora. Ahi é que está o que de extraordinario existe em tudo isto. Imagine a senhora que um retrato destes a oleo custa a ninharia de 200$. Basta que V. Exa. me dê duas photographias, a de vosso marido e a vossa, que no prazo maximo de um mez eu lhas remetterei do Rio, promptas, ao vosso inteiro gosto.
—Mas 200$? Cada uma ?
—200$. Mas para que veja como somos, e a titulo de propaganda, lhe farei os dois retratos por esse preço. Veja que é baratissimo.
—Não ha duvida, vou consultar meu marido.

—Para que ? Não faça isso. Não vê a senhora que poderá fazer uma surpreza ao vosso marido, quando elle menos esperar, vendo a senhora exhibir-lhe o seu retrato e o vosso ?
—Sim, isso é, mas succede que não tenho dinheiro.
—Não faz mal. Ahi está mais um ponto que demonstra a superioridade do nosso meio de commerciar.
Basta que a senhora assigne aqui este pedido e só pagará no acto da entrega. Comprehende ?
—Está muito bem. Então eu quero.
—Tem ahi as photographias ?
—Tenho. Vou busca-las Um momento.

* * *

—Prompto aqui estão.
—Agora assigne isto, minha senhora.
—Onde ? Aqui ?
—Ahi mesmo, neste lado e neste canhoto. O primeiro fica com a senhora e o segundo fica em meu poder.

Com licença, leitor. Agora vaes permittir para esclarecer o conto-dialogo que mettemos a nossa colher.
Neste momento o propagandista-representante exhibiu um bloco de uma centena de papeluchos, com canhotos.
Se me não falha a memoria eram esses os dizeres principaes :
Ao lado : «De maneira alguma poderá ser annullado este contracto.»
«Os preços descriptos não incluem moldura e vidro.» E mais uma clausula de que no caso do freguez não concordar com as molduras que vierem, poderá então modifica-las por outras, pagando-as
Pois caro leitor, o contracto fez-se, a senhora assignou e o propagandista foi embora.

Epilogo

PASSA-SE UM MEZ

—Amalia ? A-ma-li-a ?
Não ouves ? Não vês que estão batendo da porta.
Já vou lá, minha senhora.
—E' um moço com dois retratos a oleo.
—Ah ! é aquelle moço, daquella vez.
—Não, é outro.
—Outro ?
—Boa tarde.
—Boa tarde. Vim aqui para entregar os retratos que encommendou á Empresa Nacional de Photographias.
—Ah ! sim ! Eu vou buscar o dinheiro.

* * *

—Prompto. Ahi tem o dinheiro.
—Um momento, minha senhora. Primeiramente quero mostrar os retratos. Aqui os tem.
—Mas que lindos ! Ahi tem o dinheiro.
—Pois não, minha senhora, mas comprehenda que tem que pagar o vidro e a moldura.
—A moldura ? Mas...
—Foi o que ficou combinado. Veja o papel que ficou com a senhora.
—Sim, é verdade.
—Então, quanto custa a moldura ?
—A moldura e o vidro custam, cada uma, em cada quadro, 350$.
—350$000 ? ? ?...
—Mas veja que sem moldura e sem esse vidro, como fica o quadro.

* * *

(TIROU O VIDRO)

—Ah ! mas assim fica feio.
—Por isso é-lhe conveniente que compre o vidro e a moldura.
—Mas isso é uma barbaridade.

—Si quer!
—Que remedio tenho eu. Espere mais um pouco.

FOI E VOLTOU

—Tome mais 700$000. Si meu marido souber ?
—Bem, até logo.

* * *

—Mas bem se vê que és mulher. Sempre bôba. Deixaste então que te enganassem assim, estupidamente. 900$000 ! ! !... Por dois quadros destes. Pensas que ganho dinheiro a rôdo, Rosa ? Sim senhora ? Nunca vi cousa igual. Bôba ! Nunca vi creatura tão bôba como tu, nunca vi ? Bôba ! ! ! Nunca vi ! ! !

BRIGARAM

Brigaram, mas ficaram bem, depois.
Ella chorou; elle, durante duas horas, mediu o quarto, de cá para lá. Cançou-se tambem.

PONTO FINAL

Moral : — Quem é bôbo peça a ....
Ultima nota :
Leitor ou leitora ! Leste ? Pois pensa bem sobre isso e que não caias no mesmo «bluff» em que cahiu a Rosa.

NOLDA

A Opinião Pública, 11 de maio de 1929

Dialogo de você...

— Old!...
— Oh!...
— Você por aqui?
— Como sempre.
— E' a primeira vez que nos encontramos neste logar.
— Pois passo sempre por aqui...
Pois eu tambem agora passarei sempre.
— A que horas?
— A estas mesmas.
— E'? Então vamos ter boas occasiões de conversar.
— Da minha parte será com o maior prazer. Bem sabes que tua palestra me é inteiramente agradavel.
— Deixa de cretinice.
— E' verdade. Estou fallando serio.
— Serio?
— Sim, eu fallo serio. Não acreditas.
— ?... Pode ser!
— Fallo serio e verdadeiro. E's muito pessimista e eu tambem o sou. Somos quasi eguaes. Mas só quasi vê lá?!
Bem sabes que admiro muito a Pascal como um dos maiores pensadores e talvez o maior que o Occidente possuiu.
— Pois bem, lendo Pascal hoje, pensei.
— Pensastes?
— Pensei. Pensei quanto Pascal é verdadeiro. Ninguem como elle estudou tão bem a vaidade, ninguem como elle observou quanto de mesquinho e de ephemero possue o coração humano, ninguem como elle dissecou admiravelmente a inveja humana.

— Mas a que vem isso?
— Por muitas razões. Quanto mais olho a humanidade e meus pares, mais penso sobre a vaidade dos homens e em sua illimitada inveja.
— Verdades!...
— A verdade, dizia Pascal, não me admira: dize-la é util a quem a ouve, mas desvantajosa a quem a diz, porque faz que sejamos odiado.
«O homem não é senão má fé, mentira e hypocrisia em si mesmo e em relação aos outros
O homem não quer que se lhe diga as verdades e evita de as dizer aos outros; e todas estas disposições, tão longinquas da justiça e da razão, tem uma raiz natural no seu coração.
O homem inveja o homem, basta que alguem sobresahia um pouco dos seus pares para que seja invejado. E' triste, mas é humano...
— exageradamente humano.
— E quando vejo as invejas, na penumbra de sua mesquinhez e incapacidade, como cães damnados a espatifar a consideração, o elevamento d'um seu semelhante, parece-me ver atravez do quadro tristissimo, uma multidão de anãozinhos, prezos á terra, que elevando nervosos seus braços, exclamam: Pára! Pára! Não vás além de nós!
Pára, que ficamos cada vez menores, pequeninos!
E eu fecho meus o'lhos a este quadro subjectivo e me entristeço.
— E' que ainda ha alguma coisa de bom no coração da gente.

M.

A Opinião Pública, 14 de maio de 1929

Dialogo de você...

XXXVIII

— Como vae, você agora não apparece mais.
— Falta de tempo, tenho muito que fazer. As obrigações são varias. Você comprehende.
— Você agora deve andar melhor. Não critica mais.
— Critico. Muita gente não gosta que se critique, mas eu critico. Critico com justiça. Diga-me uma coisa. Você conhece por acaso a rua Liberdade ou a rua D. Mariana?
Conhece?
— Não tenho essa honra.
— Pois te felicito. Porque se andasses por aquelle lado, serias talvez um homem perdido. Não ha nada que se possa conceber como tal. No fim da rua 7 de Abril, confinando com as ditas ruas encontramos trechos tenebrosissimos. E' lamentavel e vergonhoso ver-se numa cidade como a nossa situações, trechos como aquelles que só uma fertil imaginação e doentia poderia conceber. A' noite, é um verdadeiro perigo. Ha buracos por todos os cantos e «cômoros» de toda a especie.
— Eu não sabia disso.
— Mas é. O que seria bom era que aquelles a quem compete zelar por taes coisas, por lá andassem para melhor observar o que ha nesta cidade que reclama immediata modificação.
— E você acredita que isso endireite?
— Talvez, á força de tanto se falar, talvez se faça alguma coisa.

A Opinião Pública, 4 de julho de 1929

O momento de vibração que faz estremecer a Patria

Os homens livres tem uma unica bandeira: Getulio Vargas

UM MOVIMENTO NOBRE DE CIVISMO

Cresce dia a dia, hora a hora, a enorme columna dos liberaes.

Os jornaes do paiz não se cançam de estudar o momento, e as criticas mais ferinas e mais justas se fazem aos que abandonam a alliança liberal, para se acoitarem nas fileiras dos liberaes.

Considera «A Manhã» que a frente unica em torno do presidente Antonio Carlos te á assim plena consagração, em manifestações conjuntas, talvez, pela primeira vez, dos elementos officiaes do velho partido e do povo de todo o Estado. Afastar-se-ão, assim, as duvidas e insinuações derrotistas contra a attitude de Minas. Vianna do Castello só haverá um, embora não fizesse mal algum que outros como elle fossem ficando no caminho.

Assignala que, na gare, ante-ontem, quando embarcaram os mineiros, estava tambem o proprio general Teixeira de Freitas, representando o presidente da Republica, o que demonstra que s. exa. ainda não considera iniciadas as hostilidades, e commenta: «Veremos se o general volta a receber os homens, no seu proximo desembarque, de volta.»

A propria "Gazeta de Noticias", que até agora duvidava da attitude da executiva, regista que ella tomará as seguintes resoluções: homologará os actos do sr. Antonio Carlos; lhe confia-á, inteiramente, a direcção do movimento que elle julgue conveniente, em torno das candidaturas á successão presidencial, podendo contar com o apoio do partido; e votará uma moção de solidariedade ao sr. Antonio Carlos, que será visitado, no Palacio da Liberdade, pelos membros da alludida commissão.

"O Jornal" informa que o sr. Wenceslau Braz não comparecerá, por motivo de molestia, mas se fará representar pelo sr. Mello Vianna, a quem escreveu, transmittindo-do seu pensamento, que é no sentido de saucionar-se transitoriamente para recrutar elementos que favorecessem a candidatura do sr. Julio Prestes. Depois de haver conseguido o pronunciamento de dezesete governadores em sentido favoravel ao seu amigo, o sr. Washington Luis, responde cartas que lhe dirigiram os srs. Getulio Vargas e Antonio Carlos, dizendo-lhes que via com sympathia a indicação do nome do sr. Getulio Vargas, mas as forças politicas nacionaes, em sua grande maioria, opinavam a favor do sr. Julio Prestes.

Feito isso, convoca seus amigos e informa-os de que espera ainda uma solução satisfatoria para o problema da successão por obra duma chapa de conciliação.

Durante varios dias indagava-se nos circulos parlamentares qual seria aquella forma conciliatoria dada pelo sr. Washington Luis. O segredo era impenetravel. Afinal, ha pouco, os intimos do Cattete, consentiram em revelal-a: para presidente, Julio Prestes; para vice-presidente, Getulio Vargas.

Por muito grande que seja a candura do sr. Washington Luis—conclue o "Jornal" —não é crivel que semelhante formula se lhe afigure susceptivel de ser acceita pela poderosa alliança liberal que se organizou no Brasil. Só ha a concluir, portanto, que o chefe da nação deseja apenas para a sua suggestão, favor de um pouco de humorismo."

E continuam fervilhando os commentarios, emquanto se engrossam as fileiras liberaes e a victoria da candidatura Getulio Vargas, marcha para sua proxima concretisação.

O "Jornal do Commercio" diz que o supremo patrono da candidatura reaccionaria parece impressionado com o volume dos votos do bloco liberal. Assim, tem aproveitado a visita eventual de alguns politicos em evidencia, para accentuar a necessidade de um accordo, e da vantagem da conciliação e da opportunidade de uma recomposição das chapas, para evitar o choque entre as duas grandes correntes. Essa preoccupação é cada vez mais pronunciada. Mas, o curioso, é observar que dada a intransigencia do sr. Washington Luis, elle só admitte um accordo para a vice-presidencia, insistindo no seu candidato á presidencia.

O sr. Menezes Doria, chefe influente no Paraná, ex-governador do Estado, aderiu ao bloco liberal e à candidatura Getulio Vargas.

O "Jornal" diz que se o sr. Washington Luis estivesse sinceramente empenhado, como asseguram seus admiradores, em procurar para o problema da successão uma solução que satisfizesse, ao mesmo tempo, a necessidade de ser levado a bom termo o plano da estabilisação, approvaria sem hesitar a indicação do illustre ex-ministro da Fazenda, do seu governo. Entretanto, longe de approval-a, o sr. Washington Luis, no emvez de, pelo menos, manter-se numa attitude de imparcialidade entre as duas correntes politicas que porventura se formassem em nosso meio a proposito do problema da successão, valeu-se da enorme somma de poder que enfeixa nas mãos o compromisso assumido pelo sr. Antonio Carlos para com a politica do Rio Grande do Sul. Confia, entretante, o ex-presidente da Republica, que o bom senso e o patriotismo dos responsaveis pelos nossos destinos saberão evitar a luta, que se percebe, claramente, seria de consequencias sombrias para o nosso paiz, que hoje mais do que nunca precisa de paz e concordia entre os seus filhos.

1º de agosto

A Opinião Pública, *1º de agosto de 1929*

Datiloscrito original

Fac-símile

Mário D. Ferreira Santos

HOMENS DA TARDE

Romance

Um amigo meu, que leu *este* livro, pediu-me que fizesse um prefácio. Alegou tantas razões e foi tão insistente que cedi. Reconheço, francamente, que êste livro não precisaria de uma prévia explicação. Mas, em consideração a êsse amigo, cumpro a promessa e exponho, aqui, alguns dos pontos de vista aceitos por mim:

"Ora, muita gente diz por êstes brasis que romance que não focalize os problemas de ordem social-econômica é romance morto. Êste não focaliza, pròpriamente, problemas de ordem econômica, mas problemas.

A diferença, na realidade, não é grande nem pequena, mas é a que vai da espécie ao gênero. Dirão alguns que me engano, porque os problemas do coração e do cérebro tiveram seu nascimento nas vísceras e nos sentidos. Poderei dizer que as razões que justificam tal afirmativa encerram apenas uma das nossas evidências práticas. É o caso daqueles três homens e a barba. Um não podia fazê-la diàriamente, como desejava; o outro, só podia fazê-la uma vez por semana, em vez de três como era o seu desejo, e o terceiro, pràticamente, não podia fazer nenhuma, a não ser quando lhe emprestavam uma navalha, ou alguém, de pena, lhe pagava um barbeiro. Esses três homens viviam três tragédias. A miséria do primeiro era a fartura do segundo e a do segundo a fartura do terceiro. No entanto os três podiam, perfeitamente, esbravejar contra a ordem social e aos três assistiam razões poderosas e ponderosas.

Ora, eu diria que a tragédia dêsses três homens não estava na barba, ou na falta de dinheiro para pagá-la. Tudo isso era puro pretêxto. A tragédia daqueles homens estava no cérebro. Cada um imaginava a felicidade do outro como sua tragédia. Assim êsse problema é simplesmente uma questão de consciência de mais ou de menos. Sim, porque para mim a

[1]

está na consciência da necessidade. Senão vejamos: O homem feliz da lenda não tinha camisa. E ficou infeliz quando lhe fizeram compreender essa tragédia. "Mas como, você não tem camisa? E é feliz?!..."

Ora, uma pergunta dessas, feita nesse tom, tinha de perturbar o ingênuo homem que se julgava com a felicidade. E remoeu-lhe a consciência, nome que se dá ao célebre réptil dos tempos adâmicos:

"Você se considera feliz e não tem camisa! Onde se viu, seu lorpa, alguém feliz sem camisa. Você é mesmo um caipira. Viveu tanto tempo aqui no mato que desaprendeu de ser homem. Bobalhão, você não vê que precisamente a felicidade está não só em ter uma camisa, mas dezenas, em ter uma grande casa, em ter a barriga cheia, em ter boas mulheres, bebidas, divertimentos à bessa, em ter "frigidaires", radios, automóveis. Seu lorpa, isso é que é felicidade..."

E o homem-feliz-que-não-tinha-camisa passou a ser o homem infeliz que tem tudo isso e que não tem precisamente a felicidade.

Ora, deixem-me contar uma rápida história:

"Um dia conheci um cearense. Até aí nada de novo. Mas é que êsse cearense, embora se assemelhasse em tudo aos outros, tinha alguma coisa de diferente. Tinha simplesmente consciência de sua miséria. Mas, interessante, não se queixava. E me dizia:

-Miséria pouca é tiquim... Êsse é o dito mais popular e mais verdadeiro de minha terra. A gente é assim no Ceará. E fique certo que temos um certo prazer nisso. Um homem, que chamam psicólogo, disse um dia que isso era masoquismo do povo. E ficou tão orgulhoso com a explicação que parecia inchar. Masoquismo do povo! Aí estão três palavras que nada explicam. Talvez eu possa também dar a minha explicação em mais algumas palavras. Ora, quando a sêca racha as nossas terras não morre tudo. Adormece. Vem a chuva e, em dias, tudo rebenta outra vez, verde como nunca, forte como nunca. Há terra no mundo como a do Ceará? Há terra que resista à sêca como ela? Não! Qualquer terrinha por aí, morria de uma vez, com a metade de nosso sol e de nossa sêca. Veja: a gente acha o verde do Ceará melhor que qualquer outro. E por quê? Porque há sêca... Onde um copo d'água tem valor? Onde tudo tem valor? Onde falta, só onde falta..."

E eu diria: não será que damos unicamente valor ao que nos falta? O problema humano da barriga, dos desejos, não estará mais nessa relação puramente cerebral, ou psíquica da consciência da falta? Não pensem que quero negar os problemas econômicos, nem as suas grandes tragédias. Mas é que precisamente êsses homens/da/tarde que formam o mundo dêste livro não os vivem pròpriamente. Êles vivem é a consciência da falta... Êles sofrem o problema da "vida não vivida"... E no cérebro e no coração que vivem os grandes problemas humanos.

Se fôssem exclusivamente econômicos teriam os romancistas de continuar eternamente a contar a mesma história da criança que pede esmolas, do menino que na noite de Natal não tem presente e vê que Papai Noel só guarda o endereço dos filhos dos ricos, ou do velho desempregado que morre numa enxerga, enfim prosseguiríamos repetindo Dostoiewski e outros notáveis cidadãos que nos roubaram quase tudo que poderíamos dizer.

Mas convém não prossigamos enganando os homens: o problema maior é uma questão de perspectiva. E se não é o maior, é pelo menos um problema, e grande. Podem os homens ser felizes? Talvez não possam. Mas, pelo menos podem deixar de ser infelizes ou então, esquecer essa palavra tão abusada hoje. Não é propriamente a palavra, mas a mentira, a falsificação que ela traz consigo e desperta no homem uma fome de intoxicado.

..

Admito que existam escolas para o romance no Brasil e que cada um procure impor a sua. Não admito, porém, que se queira determinar que fora da sua escola não há salvação.

Neste romance fujo das determinantes de ordem geográfica e até cronológica. Aceito até que o coloquem fora da vida. Aceito e afirmo que êle não é uma reprodução fiel de qualquer fato da vida, olhado pela estreiteza da realidade terra-a-terra. Ele é uma realidade dentro da realidade, embora fuja do objetivismo que desejam os jornalistas.

Retratei nêle um fenomeno humano e psicológico que existe em toda a parte do mundo, em todos os tempos desde que o homem começou a se preocupar com os problemas da sua existência no mundo.

[III]

Aceito que êste livro não agrada aos que só veem na vida, como motivo de arte, a mecânica da luta do homem contra homem, do homem para se libertar do homem e do homem contra a terra e da terra contra o homem.

Aceito que êste livro não agrade àqueles que vão pedir emprestado à vida os tipos de que necessitam para os seus livros. Prefiro buscá-los na imaginação. Criá-los ao sabor de mim mesmo, do fundo a minha realidade interior que, como tôda realidade interior, não deixa de ser realidade.

Admito que a verdade na arte não é aquela que copiamos. Não é, pelo menos, sempre aquela que copiamos. Há uma dentro de nós que é palpitante também.

Posso estar com o menor número. Mas prefiro êsse menor número.

Neste livro existem entre muitos personagens, três que ressalto especialmente: Pitágoras, Paulsen e Josias.

O primeiro é o cidadão que se vê forçado a viver duas personalidades, mas que o faz conscientemente, como quase todos. Um homem-da-tarde "para ganhar a vida, um "homem-da-noite" para poder suportar a vida. Não se busca porque já se encontrou, e tendo se encontrado, conhece a sua tragédia. E continua trágico, apesar disso.

O segundo é um torturado por respostas. Tem uma pergunta sempre insistente e busca uma resposta, aliás busca-se. É um homem que, entre as paralelas de cimento e aço, vive a tragédia do problema do cérebro e da pergunta. O terceiro é um homem que se perdeu e quer se reencontrar.

Para os três não existe o problema econômico. É por que os três estão de barriga cheia, dirá alguém. A explicação visceral, aceitá-a com um sorriso. Mas direi que êles vivem também um problema e um grande problema. Se uns lutam para ter a barriga cheia êles lutam para ter o cérebro cheio. Outros vivem os matizes da tarde. São, neste livro, personagens tardios. Ora, para mim, os homens da tarde, os homens do entardecer humano, vivem precisamente os problemas matizados como as côres fugidias da tarde. Os homens-da-noite são os solitários, os buscadores das trevas, os grandes interrogadores, os descobridores de problemas; os homens da madrugada: os sonhadores, os mártires, os apostolares; os homens de meio-dia: os frios realizadores ou destruidores dos sonhos e das esperanças dos homens da madrugada, alimentados nas longas vigílias dos homens da noite. Assim um Petrônio é um homem da tarde; um Nietzsche um homem da noite; um Tolstoi, da madrugada; um Napoleão, do meio-dia.

..

Mas Paulsen tem ainda outro problema que os homens de hoje pensam que já o ultrapassaram. Refiro-me a Deus. Esse problema não participa mais das conversas graves dos senhores que têm fórmulas absolutas para solucionar todos, todinhos problemas do homem. Mas o problema Deus, está no subconsciente esperando a hora de repontar. E reponta, reponta em cada um. Há sempre na vida do próprio descrente esse instante em que a pergunta paulseana se torna terrível e exigente. E que faz. E simples: finta a pergunta. Desvia-se para outras, como um recurso. E nao sabe depois que sua mania de querer resolver tudo, de dar uma solução única para tudo, de afirmar a autoridade absoluta de um credo, decorre precisamente da mesma angústia religiosa que continua ainda a preocupá-lo.

Mas no íntimo de cada um desses ateus impossíveis, a pergunta Deus de vez enquando aparece, retorna, insistente e terrível.

Expliquem-na como quiserem. Podem pô-la de lado nas palavras. Mas o coração e o cérebro teimarão em repeti-la. Desviem-se para outras soluções, reformem o mundo e construam-no de novo, banquem Deus. Mas, depois, precisarão dêle mais uma vez e construirão doutrinas absolutas dando a Deus um outro nome.

..

Paulsen, procurando o porquê de tôdas as coisas esqueceu-se de buscar a si mesmo. E como o personagem da fábula de La Fontaine, que não notava o poço que lhe ficava aos pés.

Paulsen nao é o homem em quem o horizonte reverte sôbre o seu "eu", mas o homem a quem o seu "eu" reverte sôbre o horizonte.

Aí é que está a diferença. Pitágoras descortina a Paulsen, que busca uma resposta aos seus porquês, o que alguém poderia dizer ao astrônomo de La Fontaine: "Cuidado com o poço!"

Pitágoras dá sòmente uma fé, ao que perdera tôdas. Mostra que há

[V]

uma estrada nova para percorrer, ao que se cansara de todos os horizontes que conhecera. Pitágoras, situando a Paulsen a necessidade de novos porquês, soluciona assim a necessidade das respostas.

Para Paulsen êle não passa como uma pessoa viva, real, que venha interferir que sua vida como uma determinante, mas sim como um pensamento que vem de fora, da periféria para o centro. Ele é o próprio Paulsen que pensa. Simplesmente indica, não determina. Simplesmente oferece, não dá.

Já Samuel é um o tipo representativo do homem civilizado, de espírito decadente. Tem a perspectiva batraquial, que se preocupa mais com uma filosofia da digestão, da nutrição, da higiene. Agnosticista, prefere à resposta aos porquê/o desconhecimento dêsses mesmos próprios porquês.

Tem os olhos voltados para fora porque cansou de tê-los voltados para dentro. Josias é a personalidade que se espraia, que se sente dissolver nas multidões standartizadas. A sua ânsia de retôrno é a volta "às canhadas de pedras, de onde jorra a água simples e boa".

Paulsen prefere uma perspectiva de pássaro! Paulsen é uma alma crepuscular, cujos olhos estão voltados para as lonjuras. Busca além do cotidiano, da filosofia consuetudinária, o porquê das coisas. Essa busca não é comum ao homem civilizado dos grandes centros, para quem os crepúsculos são inúteis, para quem o foco de luz escurece o brilho das estrêlas. Mas a humanidade encerra dentro de si a cronologia de tôdas as épocas. O espírito folgazão, o agnosticismo dos metropolitanos, a visão estreita que só atinge os contornos das suas ruas, das suas praças, das suas luzes artificiais e quando muito a depressão da vida objetiva dos que sofrem na abundância dos grandes centros, não infeccionou a totalidade dos espíritos.

Neste último ato de uma cultura, que morre estrepitosamente numa civilização de superfície a sua figura se salienta, como a daquele que não se cansou de uma busca além dos seus horizontes.

Em vez do simples acomodamento de quem nada mais espera da vida senão as manifestações exteriores, prefere uma nova arrancada, confiante de que um amanhã virá depois.

Ele é mais que um símbolo, é uma admoestação, um exemplo, porque ele tem fé que, no mundo, ainda não luziram tôdas as auroras!

"...são homens da tarde, e não têm consciência do entardecer humano...
Nas árvores vêem as sombras, as fôlhas, os troncos, os frutos.
Nunca se lembram de perguntar o porquê das sementes..."

A vida está nos olhos.

Uma atonia parece segurar os braços de Pitágoras, as pálpebras inobilizam-se e o olhar é penetrante:

-Há gente que traz a morte no rosto, nos olhos... Você já sentiu isso, Paulsen?

-Não sei... A pergunta é tão soturna que francamente tenho até medo de descobrir uma evidência, uma certeza.

-Preste-me atenção. - O olhar de Pitágoras é cada vez mais frio. - Nunca se sentiu em face de alguém... diga: nunca viu a morte nos olhos de alguém?

Paulsen recua num sorriso. Vira-se para Ricardo a rir, tenta gargalhar, mas estaca incompleto.

Pitágoras prossegue:

-Acompanhe meu pensamento. É uma sensação esquisita que não sei explicar. Mistura-se um pouco de simpatia, de compaixão. Olho uma pessoa bem nos olhos, brilhantes, cansados ou foscos, a pele rosada ou não, os cabelos são vivos, palpita à minha frente, move-se, fala, gesticula. De repente, sem que o saiba porque, Não a vejo morta, não! Não pense que a imagino num caixão, nada disso! É uma impressão diferente. Não sei explicar. - Levanta os olhos, meneia a cabeça, como buscando, como recordando - Lembra-se de Luciano? Um dia olhei-o, tive a impressão da morte, uma vaga intuição que êle morria. Não era bem isso... era outra coisa. Vocês não julguem que estou fazendo literatura, é alguma coisa que até me aterroriza. A verdade é que dias depois Luciano morria, inesperadamente para todos, para todos, menos para mim!

-Mas o que foi que você sentiu? Um mal-estar qualquer ao vê-lo? - Pergunta Ricardo.

- Não sei bem... Uma espécie assim de preciência do inevitável. [está medearo] Não vi nada, uma (estranha de nada, ~~era outra~~ sensação ~~diferente~~ muito ~~diferente~~ diferente da visual (suas palavras se arrastam).

-Assim como se fôsse um outro sentido?

-Talvez um outro sentido. [Havia um ar de desgôsto em Pitágoras. As palavras saíam-lhe difíceis] ~~~~ - Quando, tempos depois, vi uma fotografia de Luciano tive ~~~~ outra vez a mesma impressão. A fotografia ~~afirmava~~ confirmava a morte. Uma vez, quando recebi a notícia, ~~~~ nada senti de inesperado, ~~~~ ~~~~ uma espécie de recordação. Como quem recebe uma confirmação...

-Por favor, Pitágoras. Olhe bem para mim. Tenho vida, não tenho? [O olhar dôce e exigente].

Pitágoras ~~ri~~ da pergunta de Ricardo. Segura-o pelo braço:

-Dentro de você, meu caro, ainda há muita vida...

Mas Paulsen entristece, exclama dentro de si:

-E eu tenho uma irmã que morre... que morre!...

. .

Paulsen e Ricardo seguem sozinhos agora, comentam as notícias da revolução na Espanha. "E'o início da guerra mundial", pondera Ricardo e Paulsen concorda. [As potências em luta escolheram a Espanha. De um lado os fascistas, do outro os socialistas. A França e a Inglaterra procuram equilibrar o choque para não serem arrastadas.

Mas o que Paulsen quer recordar são as palavras soturnas de Pitágoras. Não desgosta de Ricardo, mas precisa ficar só. Sente uma necessidade imperiosa de recordar.

-Amanhã vou à reunião em casa do chefe do Pitágoras, o Corrêa.

[5]

Você não gosta disso, não?

-Na realidade, não.

-Tem muito de semelhança com Pitágoras, já notei. O Vítor, o Samuel e o Válter, vão a um baile popular. Parece que o Samuel e o Válter têm alguma conquistazinha por lá. Mas você não acha o Vítor um pouco arredio? Quase assim como você? Há um pouco de passadista. em Pitágoras que eu gosto. Admiro. Não sei se já percebeu como à noite êle é diferente, totalmente diferente.

-Pitágoras é um homem da noite. trabalha, agita-se. De noite, pensa. Êle é que diz que somente à noite se encontra e se acha menos absurdo.

-Os introvertidos gostam da noite. Também gosto. Também um homem da noite.

-Quem sabe? Você estudante de medicina é quem devia fazer diagnósticos.

Quando se despedem, tem o mais citadino dos sorrisos que Ricardo retribue com certa ingenuidade.

Frederico Paulsen está só. Não está só; tem as palavras de Pitágoras, a recordação irmã e mãe.

"Daqui há dias terei um quarto de século de existência" E foi há vinte e cinco anos, numa tarde de abril... "Para que finalmente, para que vim ao mundo?"

. .

Numa tarde de outono nasceu Frederico.

D. Matilde tinha um sorriso cansado de felicidade. As sombras da noite manchavam as coisas do quarto, às quais uma luz de lamparina dava contôrnos mágicos.

Entre a vida e a morte Frederico permaneceu durante três anos, e entre a vida e a morte ganhou corpo.

-Que fraquinho é êsse menino. - Tia Augusta abanava a cabeça.

Mas o pai, Rosemund Paulsen, não acreditava na morte.

-O menino é forte. O que o estraga é viver entre as saias de vocês. - Apontava para tia Augusta, para Matilde e para a crêada. - Deixem o menino comigo. Vou levá-lo para a rua. Êle precisa de sol. Sol! - E com indignação: - Vocês vivem a enchê-lo de drogas. E' só remédios e mais remédios.Tudo o que êsse idiota do dr. Freitas aconselha, vocês dão ao pequeno. E não bastando, ainda ajuntam tôda essa feitiçaria de vocês...

-Feitiçaria!? - protestou tia Augusta.

-Feitiçaria, sim senhora! - e sacudindo a cabeça com repugnância: - rezas! Não adiantam essas velas, aí, - E apontava para o oratório. - Pensam que o menino se cura com isso? O que êle precisa é uma vida natural, ouviram? E' sol! E' ar! E' rua!

Tia Augusta enrubeceu, e D. Matilde cuidadosamente procurou acalmá-lo:

-Mas, Rosemund, num dia como êste não posso deixar o menino ao ar livre. Pode refriar-se...

-E!...E'! Por que se resfria? Porque não pode suportar o frio. E não suporta o frio porque não apanha o frio. Anda

todo enroupado... Vê se o filho da coşinheira se resfria. Êle
é da mesma idade.

-Mas, Rosemund...

-Não adiantam explicações. Nesta casa todos têm mêdo
da morte. Vocês acabam matando a criança.

D. Matilde estremeceu e tia Augusta, fazendo o sinal
da cruz, retirou-se.

Quando tinha seis anos, sua mãe acendeu uma vela à
Nossa Senhora.

Êle estava com febre alta.

-Minha Nossa Senhora salve meu menino!... Não quero que
êle morra, não quero Minha Nossa Senhora!...

Respirava profundamente, rápido, agitado, descompassado. Gemia. Era um gemido fino que se doía no peito de D. Matilde.

Ela sustinha a respiração. Acompanhava-o...

E quando êle serenava e dormia calmo, respirando lento,
ela sobressaltava-se. Passava de leve a mão sôbre a
testa quente, juntava o rosto aos lábios secos até sentir a
respiração môrna.

Lutava contra a morte, e o tempo penetrava pela
noite.

Tia Augusta, tocava de leve o ombro de D. Matilde, pedia-lhe:

-Vá dormir... Eu fico com a criança...vá!

-Não! Não! Não deixo o meu menino, não deixo...

Ela juntava o rosto procurando dar um pouco de sua vida ao corpo do filho.

fim.
    -Não quero morrer, mãe, não quero...
    ~~...~~
    ~~...~~
    Já não cabiam mais lágrimas ~~consumidos~~ na noite sem

E Frederico venceu a morte.

Com sete anos foi para o colégio. Uma roupinha nova,
um sorriso de satisfação no rosto pálido, e uma grande ansiedade no peito.

Com oito anos já sabia ler.

-Se tirar o primeiro lugar, lhe dou uma bola bem grande.

-A senhora dá mesmo?

-Dou, sim!

Os olhos dêle se arregalaram. E se não obtivesse o primeiro lugar? Um sorriso triste como ainda não sorrira, foi tôda a sua esperança.

E aquêle sorriso foi, dali por diante, o fiel companheiro de sua vida!

Maria nasceu quando êle tinha nove anos.
Era fraquinha como êle. ~~...~~
~~...~~
~~...~~

Muitas vêzes o chôro dorido da irmã perturbava-lhe
o sono. Ficava de olhos arregalados, em silêncio, ouvindo-a
chorar.

-Dorme, meu filho. Tua irmãzinha não te deixa dormir
direito. Amanhã vais para outro quarto.

-Ela não me incomoda, mãe!

[9]

Uma vez surpreendeu uma conversa dos pais.

—Frederico às vêzes diz que tem tanta vontade de chorar. E chora...

—E´ fraqueza. — Alegava o pai.

Por que não tinha a destreza dos outros? Nos brinquedos deixavam-no à parte, faltava-lhe agilidade, Cansava logo. Esqueciam-se dêle, e ficava a um canto silencioso, com um olhar de inveja mansa, quase inconciente.

E Frederico monologava. Por que era assim? Por que Deus permitia que fôsse assim? E Mariazinha, coitada, porque era como êle, tão fraquinha?

Que estava fazendo Deus quando ela nasceu?

Estas perguntas centralizavam todo seu mundo interior, eram sua distração e também sua tortura.

Mas foram calando como se enrouquecessem. Não as ouvia mais, e com os anos, elas recomeçaram a penetrar insidiosas por entre suas insatisfações, alargando-se, insistentes, gritantes...

Num dêsses dias da juventude em que temos essa misteriosa disposição para amar é foi que Frederico a encontrou. Foi um olhar angustiado e profundo que se recolheu cheio de respeito como se fugisse. Não dominou depois os passos. Parava sem porquê. E teria chorado se obedecesse a todos os impulsos que lhe agitavam tumultuàriamente. Não cabia de interrogações. Respondeu a cada uma com a inconsequência de quem se vê enleado por uma descoberta nova. É que no amor há uma evidência formada de inconstâncias. E àquela idade e naquele tempo era assim que se amava.

Frederico viveu todos os momentos de desfalecimento de quem ama. A imprecisão do mundo, feito de tênues claridades matizadas, passava vagamente por seus olhos. Não se acuse ninguém por isso. Talvez nessa suave loucura esteja tôda a razão da vida.

Frederico não julgava assim. Nem era possível fazê-lo porque na juventude, quando amamos, não somos capazes de julgamentos; simplesmente sentimos. E Frederico sentia êsse langor que nos afasta de tôdas as coisas, em que tôda demora no tempo é angustiosa, langor que nos ensina os gestos da última simplicidade e da doçura.

Encontrou-a outras, e muitas vêzes. E cada vez se repetiam os mesmos estranhos estremecimentos num misto de mêdo e de ansiedade. Não que houvesse uma paralização de seus langores; é que a presença dela lhe aumentava os padecimentos agradáveis. No amor há isso, êsse paradoxal sofrer com satisfação. Chamem os eruditos do que quiserem. Emprestem-lhe os nomes mais objetivamente duros. Limitem-no em palavras de ćtimos gregos ou latinos, expliquem-no até pela pressão sanguínea ou não, por glândulas ou não, ~~por palavras metafísicas débeis~~ A verdade é que Frederico entendia de amor, naqueles instantes, mais que ninguém. Frederico vivia uma paixão. E quem vive uma paixão, dispensa razões. ~~é que tem competência para discorrer a respeito dela~~. E para Frederico a paixão tinha características não vulgares. E' que êle se ausentava sempre para pensar em Joana. Recolhia-se ao fundo do quarto. Mas êste era pequeno para conter ~~tôdas~~ as interrogações e ~~suas~~ dúvidas, e menos ainda para conter as suas ânsias. E saía, buscando ~~E quando saía procurava~~ as ruas menos povoadas. ~~E à noite ia murmurar palavras sentimentais e recitar versos para tôdas aquelas eternas xxxxxxxxxx testemunhas dos namorados, inclusive a lua tradicionalmente complacente.~~

Na imaginação, Frederico vivia romances. Realizava-os ~~~~ através da vida até a morte. E cansava de vivê-los, porque a vida era pequena para conter tôdas as possibilidades. Por isso criava cada momento novas cenas, novas dificuldades que deveria vencer. Muitas vêzes estava à morte. Morria até. Mas a morte era-lhe demasiadamente misteriosa para acreditar pudesse viver num outro mundo o romance inacabado. Num hospital, agonizava. Ela vinha. O milagre era fatal. Agradecia-lhe em palavras mansas e ternas. Em todos os sonhos era o casamento o que havia de mais prosáico e os filhos um incidente que ~~tinha~~ de variadas interpretações, umas mais ternas, outras mais reais, outras ouvindo indesejadas. O que, porém, para Frederico era inaceitável era a posse. Doía-lhe a brutalidade de um ato que lhe repugnava. ~~~~ Concebia tocá-la tão respeitosa, tão meiga, tão delicadamente que estremecia ante aquela ~~~~ possibilidade. Um beijo... Sim um beijo era admissível. E porque não nos

[12]

perpetuamos por um beijo? Ensaiou descrer da sabedoria de Deus por haver feito a amor tão carnal. Mas reagiu. Haveria razões na resolução divina. Se Deus assim o fizera era porque devera ser, o que não lhe impediu de pedir lhe que o perdoasse desejar uma solução diferente. Irritava-se em imaginar a realidade canalha - para êle era canalha - daqueles que só pensam na posse física da sua amada. Talvez melhor fôsse um grande, um imenso sacrifício de suas ânsias, de seu desejo. Uma grande renúncia, pensava. Um grande amor deve ser capaz de uma grande renúncia...

Tinha a volúpia de sofrer sem procurar um bálsamo, de chorar nas sensações alegres, de morrer aos pés dela, sob a ternura de seus olhos.

E agradecia a Deus por lhe haver dado a doçura amarga de poder amar assim.

[13]

A noite fechara os olhos lá fora, e a chuva tamborilava na vidraça seus dedos fantasmais.

D. Matilde bordava ao embalo da cadeira e do ritmo dissoluto das gôtas d'água. Frederico tinha um livro nas mãos e os olhos perdidos para a noite que ficava além dos vidros.

Volvendo para D. Matilde com a voz sumida, como se falasse de longe, perguntou:

-Mãe, me diga... se a senhora fôsse para o céu e eu para o inferno... diga, mãe! a senhora seria feliz, no céu?...

E entreabiu os lábios.

D. Matilde estremeceu de leve. Sorriu abanando a cabeça:

-Mas meu filho você irá para o céu também.

-Não é isso, mãe. E'uma suposição que quero fazer. Diga: se isso se desse a senhora seria feliz?

-Mas, meu filho! Que pergunta, essa!

-Responda, mamãe. Responda, por favor.

-Meu filho... - D. Matilde entristeceu. E carinhosa:

-naturalmente, meu filho... que eu não poderia ser feliz.

Frederico calou, olhos volvidos para a janela entre êle e as trevas da noite. Não seriam as sombras que lhe responderiam.

D. Matilde segurou o bordado e suspirou leve. Frederico nem ouviu. O tamborilar das gotas dágua na vidraça não o deixaria ouvir. E não o deixariam ouvir também os ruídos subterrâneos, misteriosos, duros, e ao mesmo tempo amolecidos de ternura. Os lábios continuavam entreabertos, o olhar perdido. A lembrança dela, "Joana", pronunciou mansamente - era a resposta única às suas perguntas. E foi para o quarto.

Remexeu as gavetas. Volteou os olhos pelas paredes. Olhou para a cama, para a estante, para os livros.

Que procurava? Tinha a impressão de haver perdido alguma coisa.

Que foi que eu perdi?.... - perguntou, fazendo esforços para se recordar, - perdi alguma coisa. Mas que foi que eu perdi, meu Deus?...

Na aula de Filosofia, Padre João contava em voz pausada, a vida de Augusto Comte. Descrevia entre mordaz ríspido a paixão por Clotilde des Veaux, demorando-se em minúcias às quais emprestava um sentido sórdido.

Quanto à doutrina, Padre João passou por alto, como era seu costume ao expor teorias pertencentes a filósofos pouco suportados pela Igreja.

Quando poucos minutos faltavam para terminar a aula, hora sempre esperada com aflição por todos, Padre João, depois de ter acusado Augusto Comte de feroz inimigo da Santa Madre Igreja, começou soturno (e patético:)

-A sua alma, neste momento, debate-se nas chamas eternas do Inferno, lugar, onde aquêles que desprezam os mandamentos de Deus vão pagar eternamente o seu êrro! É o Inferno o lugar para essas almas malditas! É o Inferno que vos dá o temor de cometer actos que possam ofender a Deus. Faltar aos preceitos da Igreja, é condenar-se eternamente. E se não fôra o temor do Inferno, quantos crimes se cometeriam no mundo! Quantos crimes! Se não fôra o Inferno, a Humanidade estaria prêsa dos maus, e os bons se entregariam aos prazeres, e à satisfação dos instintos! O Inferno fá-los temer! Se não fôra o Inferno, até eu cometeria crimes nefandos. - E continuou ~~------------~~, no mesmo patetismo, no mesmo arroubo, com grandes gestos, quando o toque do sino quebrou-lhe um pouco o entusiasmo. Parou. Houve uma esperança de saída imediata. Mas Padre João prosseguiu com mais volume na voz, profligando os maus, *e gravando no rosto os traços vivos dos grandes odiadores.*

Frederico ouvia atônito. ~~------------~~

~~------------~~. As frases ardentes de Padre João ainda ecoavam em seus ouvidos... De tôdas, nenhuma fôra mais forte do que "aquela!"

Foi para casa perturbado. Aquelas palavras eram vivas.

Entravam-lhe pelos ouvidos, pelos olhos, pelo sangue, pelas vísceras. Parecia que todo seu corpo as ouvia, as apalpava...

"Seria tão fraca a religião para depender tanto do Inferno? *Não era a moral* tão forte que pudesse abstrair-se dos castigos? *Ao pensar assim,* ~~pensou nisso,~~ tremeu. Estaria pecando? Não teria duvidado de sua crença?... "Mas não estou pecando, porque estou raciocinando... Ora essa! Não compreendo isso! Não concordo com Padre João. É padre, mas a religião e a moral não dependem dêle. Êle pode errar e a religião, não! Êle interpreta assim, mas não deve ser assim. Não pode ser assim..."

~~------------~~

Brancos eram os cabelos de Padre Estevam. O olhar paternal, a sabedoria, a voz pausada e enrouquecida pela idade, o ascetismo, *davam-lhe uma auréola de santidade.*

Era incapaz de um gesto brusco, de uma palavra mais forte.

Frederico fôra procurá-lo. Bateu à porta de sua cela. Um "entre" môrno, pausado e convidativo se fêz ouvir.

—Dá licença, Padre Estevam?

—Entre, meu filho.

—Com sua licença...

—Sente-se — e foi-lhe arrumar uma cadeira, onde estavam uns pesados volumes. Frederico ajudou-o solícito.

—Obrigado. Sente-se agora. — E paternalmente:— O que há?

—Padre... nem sei como começar...

—Vamos, meu filho.

—Padre... Eu vim aquí porque tenho uma dúvida que me enche de temor... Desejava uma explicação...

—Pois não. Vamos ver o que é. — Padre Estevam ajudava com as palavras, com os olhos, com os gestos, para que saíssem as frases de Frederico.

—Vou pedir para não dizer o nome do padre...

Padre Estevam fêz um gesto suave de sobressalto.

—Um professor em plena aula declarou que se não fôsse o horror do Inferno êle mesmo seria capaz de cometer os mais horríveis crimes...

E fêz uma pausa, indeciso. Olhou nos olhos de Padre Estevam e êste perguntou-lhe:

—Bem... e que mais?

No rosto de Frederico aflorou um gesto de espanto. E temeroso ajuntou:

—Foi só, sr. Padre. Eu...

—Bem... Bem... e que mais?

Êle só via o olhar de pergunta de Padre Estevam: "E que mais? e que mais?" E receioso:

—Sr. Padre, eu julguei...

—Julgou o que? Diga meu filho?

—... eu julguei que era pecado dizer-se isso!

Padre Estevam ~~~~~ fez um sorriso bondoso, e ~~~~~ paternalmente:

—Pecado, meu filho? Por que pecado?

—Mas, Sr. Padre... a moral precisa do castigo?

—Naturalmente, meu filho. Do contrário o mal dominaria o mundo.

—Mas, Sr. Padre, sem o temor do castigo todos seríamos maus?

—Se não houvesse o temor do Inferno, seríamos... Os nossos instintos, as nossas tendências...

Frederico quis falar, mas para quê? Um silêncio todo de assombro foi cortado por uma despedida ansiada e um agradecimento tênue sem coragem de fitar os olhos interrogativos de Padre Estevam.

Quando saía passou pela capela. Devia entrar. Talvez houvesse ali a resposta que precisava. Ainda ouvia as palavras de Padre Estevam. Ajoelhou-se. Pediu contrito a Deus que lhe respondesse "Meu Deus! Meu Deus!" - Mas essas palavras soavam-lhe estranhas, ausentes. Era como se ouvisse uma voz perdida.

—Deus morreu!

Um demônio sussurrara-lhe essas palavras terríveis.

Pecava, pecava porque ouvia a voz maligna. Abafava as palavras que ardiam, que lhe queimavam. Não se conteve. Saíu. Pelas ruas continuou interrogando. Quem lhe responderia agora? Quem?...

Frederico amanheceu com a cabeça pesada. Levantou-se cedo. Naquele dia não havia aula e foi para o jardim fazer algumas explorações. Aborreceu-se de tudo aquilo. Sua atenção não podia fixar-se nos aspectos individuais das coisas. Passou pela casa de Joana, mas a janela estava fechada. Esperou à esquina, inutilmente. Joana não aparecia. Isso serviu para lhe aumentar o aborrecimento. Dirigiu-se ao escritório do pai.

Por que não ficara em casa lendo, estudando? Não podia, não queria.

Entrou. Abdon, guarda-livros da casa, recebeu-o como sempre, com o mesmo grande gesto amigo:

-Como vai o futuro doutor? Como vão os estudos?

-Vão indo..., seu Abdon.

Frederico retirou-se para um canto. Havia um armário, no fundo, onde Abdon guardava alguns livros de contabilidade. Frederico manuseava-os, cada vez que entrava ali. Sempre inutilmente porque só encontrava fórmulas de lançamento, exemplos de contabilidade. Mas àquela vez havia alguma coisa de novo. Passou os olhos "Filosofia dos Rosa-Cruzes" e "Conflitos entre a ciência e a religião". Abriu o armário. Manuseou preferentemente o segundo. Frederico sabia que Abdon era orador de uma loja maçônica, da qual pertencia seu pai. Maçonaria não o interessava, mas aquéle livro de Draper... Abdon percebeu o interêsse, e encaminhou-se para Frederico, cabeça levantada, passando as mãos finas sôbre os cabelos pretos, acomodou melhor os óculos, e disse:

-Aí está um livro profundamente interessante para o rapaz. Boa leitura, dessas que nos abrem os olhos e clareiam o espírito.

Frederico não respondeu. Continuava manuseando, fazendo leves movimentos de assentimento.

-Se quizer ler, está à sua disposição. E tenho outros também notáveis. Vou trazê-los. Tenho de Timóteon "Não creio em Deus", obras notáveis de Haeckel, De Blücher, de Le Dantec. Ésse Le Dantec é colossal! Você precisa ler... precisa ler... Isso clareia o espírito, abre os olhos...

Frederico não resistia. Aceitava tudo. Prometeu vir à tarde buscar os outros livros.

Foi para casa apressado. Não deixou de passar pela Casa de Joana. A janela continuava fechada. Esperou algum tempo. Nada. O mistério que lhe prometia aquêles livros era avassalante. Passou a tarde lendo. O livro de Timóteon foi devorado de uma vez. E era já muito noite quando foi dormir.

Desinteressava-se dos estudos. D. Matilde fiscalizava-lhe os movimentos. Um dia não se conteve, chamou-lhe a atenção para a leitura até tarde de livros ímpios. Mas Rosemund replicou com voz retumbante:

-Qual nada! Agora é que está no bom caminho. Isso é que são leituras para um homem. Isso de religião é para mulheres e maricas. - E virando-se para tia Augusta com desprêzo: - Vocês vão perder esta corrida, suas ratazanas de igreja. O rapaz saiu ao pai.

Os suspiros de D. Matilde iam doer no peito de Fre

derico. Por sua mãe desejaria crer. Como tudo era simples e a religião houvera complicado tudo. Alí estavam os laboratórios, as experiências, despovoando o céu dos deuses. Mas, como se explica que um homem sábio e culto, como o dr. Freitas, continuasse crente? Esta pergunta era uma nova dúvida para Frederico. Por que a campanha dos ateus ainda não havia destruído a religião?

No escritório, Rosemunda batendo nas costas de Abdon dizia-lhe:

-Muito bem, Abdon. No rapaz não põem mais a marca zero na cabeça. Você tem ajudado muito. - E batendo-lhe forte no ombro - Olhe, deixe-me ver um dêsses seus sonetaços. Palavra que me parece que acabo gostando de poesia.

Naquela noite, na praça deserta, junto ao lago, êle olhava o silencioso nirvana da água parada.

Os olhos embrenhavam-se na penumbra que cobria as árvores de um manto selvagem de sombras.

"Amanhã falarei com ela!" E animava-se, encorajava-se para o ato audacioso que deveria ser todo de uma nobreza simples.

Um pouco de angústia se misturava por entre as cenas e as palavras que imaginava. Diria isso ou diria aquilo? Talvez fôsse melhor falar pouco. Não, ao contrário deveria dizer o que sentia, o que sofria, o quanto a amava. E se ela não o amasse? Essa possibilidade era terrível. Juntava os prós e os contras. Se tirasse a sorte? Angustiava-se. "Se o número de bancos até o fim da praça fôr par, é que ela me ama, se fôr ímpar..." Nem teve ânimo para terminar a frase. A pureza de seu sentimento sem pecado lhe substituía tão bem a fé ~~vacilante~~ vacilante, que Frederico nem sequer recordava mais as palavras de Padre Estevam.

E contou os bancos do jardim. Que alegria! Bendito último banco que formou um par.

"Amanhã falarei com ela!"

E foi repetindo em todos os tons, até em casa, êsse refrão que ritmava o passo apressado. E em casa repetiu entre si, até que o sono o possuiu todo.

No outro dia encontrou-a. Um frio subiu-lhe do estômago à garganta. ~~Ela sorriu~~ ela sorriu Meigamente, um ingênuo

[23]

sorriso de criança. E êle cumprimentou-a respeitoso.

E vencendo sua timidez, murmurou:

-Senhorita, me perdoe. Mas há muito tempo que desejava lhe falar. Não sei se estarei sendo inconveniente...

Ela nem o olhava, temerosa.

E êle continuou: - Se estou sendo inconveniente, diga! Diga que me retirarei.

Absolutamente. E´verdade que papai não gostaria, mas...

me perdoe... Neste caso eu me retiro. Espero que outra vez possa lhe falar...

E humilde tirando o chapeu, despediu-se.

Saiu rubro. Ficou revoltado depois consigo e com ela. Por que não lhe falou decididamente? Por que não lhe disse tudo o que desejava dizer?

Aquela desculpa... do pai... não é verdadeira.

Oh! ela não gosta de mim!..

E àquele dia passou contando tôdas as coisas que encontrava. Vencia um "sim" e vencia um "não", para aumento maior de suas angústias.

Depois parava todos os dias à esquina, e esperava, olhar fito, que ela aparecesse.

No início não havia nenhuma regularidade naqueles encontros à distância. Com o tempo, Joana já conhecia as horas em que êle vinha.

Frederico passava lentamente pela calçada defronte com os olhos volvidos para ela. Sòmente para ela. Fazia-lhe um sorriso terno, quase triste, e ~~dava~~ um cumprimento longo.

E ia até à esquina, onde parava. Volvia-se depois e acariciava-a de longe com os olhos. Notava que os vizinhos muitas vêzes vinham à janela, e sorriam. Êle via sem ódio aquêles sorrisos. E perdoava-os porque não compreendiam. Mas como lhe batia ~~xxkx~~ velozmente o coração quando Joana não ~~xh~~ vinha à janela.

Ela sabia que aquela hora, era a dêle! E por que não vinha? ~~xxxx~~ Que teria acontecido? Estaria doente? Joana não gostaria mesmo dêle? Talvez não ~~fxxx~~ fôsse assim. Talvez gostasse. ~~Ela~~ gostava sim, ~~ela~~ tinha certeza. Então, por que o castigava daquela maneira? Irritava-se. E quando Joana aparecia depois, cumprimentava-a friamente. Ela fazia uma expressão de interrogativa ansiedade. E êle fechava o rosto magro. Ela corava. Via que corava. E ia passo a passo pela rua. Não volvia um olhar sequer para ela. E quando chegava à esquina, não parava. Seguia impassível, mentira, a tremer íntimamente. Mas afetava indiferença nas baforadas de fumo que atirava ~~dxxpkxx~~ displicentemente para o ar, e no passo forçadamente natural.

Mas, depois, ao dobrar outra esquina, encostava-se à parede. Baixava a cabeça, mãos nos bolsos, escarvando o chão com a ponta dos sapatos. Suspirava, estrangulando o suspiro, para que não percebessem que sofria. E seguia de olhos ~~xxxf~~ vidrados, a face morta e o coração ~~dxxxf~~ desfalecido. E quanto mais se afastava, mais lhe crescia no peito o desespêro. "Por que não veio? Briguei com ela. Briguei. Nunca mais quero saber dela. E afirmava para si mesmo batendo bem as palavras.

Nunca mais verei Joana... Mas eu a amarei sempre, sempre!...

E àquelas vêzes não comia. Ficava calado à mesa. Não respondia às perguntas que lhe faziam. Sua atenção estava longe, perdida. Que tortura quando o obrigavam a pensar.

Não queria pensar em nada. Não podia pensar em mais nada. "Prá que me incomodam, assim?..." E irritava-se com todos.

Mas o tempo passava. E passava também por seu coração. E o crime de Joana começava a diminuir de intensidade. "Talvez houvesse um motivo superior!" Justificava. Precisava justificar. Precisava desculpá-la. E tamborilava com os dedos à mesa, nas paredes, nas coisas.

E ia. Ia outra vez, ao outro dia, para vê-la.

De novo, o mesmo sorriso terno. De novo, com doçura, fazia-lhe o cumprimento longo. Com mais doçura até.

"Você está perdoada, Joana!.."

E quando ia para casa assobiava pelas ruas.

"Fiz as pazes com ela...."

Depois não passava de longe.

Passava-lhe rente. E sorrindo com os olhos nos olhos dela:

—Boa tarde...

—Boa tarde...

E de noite parava à esquina. Ela vinha à janela.

Podia ver a sua silhueta. Encostava-se alí. E olhava.
Tinha os olhos volvidos para o retângulo iluminado.
E ela não fechava a janela com rapidez, não! Segurava um postigo e mostrava intenção de fechá-la.
Êle aí, aprumava-se todo. Respirava profundamente.
Aumentava a tensão do olhar. Queria vê-la bem, enquanto ela fechava lentamente um dos postigos.
E quantas vêzes ouviu-a dizer para dentro:
-"Já vou fechar. Já estou fechando". Mas volvia logo para êle. E êle tinha um sorriso de inteligência. De intimidade, como se dissesse: "Eu sei Joana. Por você ficaríamos tôda a noite. São êles que exigem que você vá se deitar. Vá Joana, Vá!" A janela fechava-se, mas seus olhos continuavam por muito tempo abertos:
-"Boa noite, Joana..."

Mas um dia, dirigiu-lhe a palavra:
-Boa tarde... como vai passando? Vai bem?
-Bem, obrigada... e você?
-Bem... por aquí...
Dirão que eram ridículas aquelas frases, menos Frederico. Êle tinha outras, líricas, cheias de paixão e há muito tempo dialogava com ela intimamente. Mas alí, na realidade viva, as esquecera.
E outros dias vieram. E num dêles, disse:
-Quero que me diga, por favor, se posso me considerar daquí por diante seu namorado.
Eram assim naquele tempo. Ela baixou a cabeça. Arfava. E respondeu-lhe sem levantar os olhos:
-Não sei... - a voz era fraca.

[27]

-Não, Joana! Por favor. Não quero vir aquí assim. Quero-lhe muito bem para... para que isso não seja tomado a sério. Tenho muitos sonhos feitos para o futuro... - e fêz uma pausa. - Diga, posso me considerar seu namorado?

-Pode, sim. - A voz era suave, mas decidida.

Um mundo novo descortinou-se aos olhos de Frederico. Naquele dia o sol era mais vivo. Tudo era mais claro. O branco do casario era mais branco e as pedras da rua brilhavam mais.

Foi para casa embriagado de alegria e de ternura.

Tinha um sorriso para todos e para tudo. Afagou os cabelos louros de uma criança que brincava na rua. Sorriu para um casal de namorados que passava. Como desejava abraçá-los. Que fôssem felizes, bem felizes! Êle queria que a sua felicidade fôsse de todos. Queria abraçar a todos. Naquele momento como era belo o mundo!

E naquele dia nasceu Frederico Paulsen.

Quando no outro dia voltava para casa, absorto em suas interrogações, encontrou Abdon apressado, espavorido:

-Frederico. - Disse-lhe trêmulo. A mão fria segurava-o com fôrça. - Tenha coragem. Você já é um homem...

-Que aconteceu, meu Deus?

-Seu pai... Frederico. Seu pai...

Abdon não precisou contar. Fredrico compreendera tudo.

Rosemund morrera no escritório: Abdon ao sair foi até à sala particular, e encontrou-o com a cabeça sôbre a escrivaninha. Julgou que adormecera. Pronunciou algumas palavras. Como não se mexesse, tocou-o. Saiu correndo, mais por mêdo que para pedir socorro.

Há muito que ia mal dos negócios. Haviam apontado uns títulos, e os bancos negaram-lhe crédito. O coração não resistira àquela derrota nem à ameaça da miséria.

Como era grande seu pai depois de morto. Olhava o rosto impertubável, de cera. As sobrancelhas pareciam mais negras, como dois traços de carvão no rosto pálido de barba despontando, embranquecida. Um desânimo percorreu-lhe o corpo e permaneceu sentado, por longo tempo, em silêncio, não ouvia as palavras de confôrto de Abdon e das pessoas amigas.

Confusos eram pensamentos. Recordava desordenadamente as longas discussões que tivera com êle. Parecia duvidar da morte e o corpo de Rosemund deitado no caixão, entre quatro velas, era um desafio à sua dúvida.

. .

Frederico Paulsen ainda guarda nos olhos a recordação dos morros de sua terra. Aquelas colinas que se perdiam até onde o céu se recostava. Aquêle bosque, perto do lago, onde tantas vêzes fôram viver aventuras heróicas e imaginárias para substituir as suas fraquezas. Aquelas chuvas que varriam as ruas batidas de vento. Aquelas praias longínquas, onde ventos loucos, ondas perdidas na imensidade do mar... Aquelas tempestades sôltas que pareciam desejos alimentados em ânsias esquecidas. O uivar do vento à noite como um côro de fantasmas lhe semeava, á imaginação, de monstros que varavam as ruas em busca de crianças perdidas.

Aquêles céus profundos, às vezes tão altos, tão longínquos, que tia Augusta dizia ser o comêço do céu. paraíso.

Os olhares de todos, os sorrisos de todos, ainda guardava nos olhos.

Tudo aquilo guardava nos olhos, guardava no peito, guardava nas carnes. Aquêle gôsto amargo da vida era, alí, naquela cidade grande, que havia conhecido. Alí não conhecera o repouso, o amor, a doçura daqueles dias de infância, ao lado de sua mãe costurando, enquanto lia um livro de histórias maravilhosas de gigantes benfazejos...Se um dia encontrasse a fada boa que lhe desse a fôrça de que precisava, a alegria que desejava...

E na escuridão da noite, que se postava atrás daquela janela, nas trevas povoadas de mistérios e de demônios, lá estavam as suas insatisfações... Por que não era forte? E Deus, que andau fazendo Deus pelo mundo, que o fizéra assim tão triste?

As sobrancelhas negras do pai eram dois traços fixos em sua memória.

E Deus que êle imaginára um portento de sabedoria e de fôrça,

[31]

um grande sábio, o sábio dos sábios...

Os homens são crianças sempre. Deus é sempre uma imagem dos homens. Abdon é que dizia bem: Para um povo caçador, Deus será sempre o melhor dos caçadores.

E Joana? Como estaria agora? Como desejava amar seu pai como nunca o amou. Temia-o mais que o amava. Era grande, imenso, poderoso, era forte. Só "aquilo" poderia abatê-lo... Tarass Boulba... recorda... um dia havia lido êsse ~~grande livrar~~ livro...

Voz forte, grossa, misteriosa e imensa. Deus falaria com aquela voz se Deus falasse.

Mas Deus havia morrido... seu pai ~~também~~ havia morrido.

. .

Vítor

A noite é quente e invade o quarto. Êle violenta as sombras com estas palavras: "Nos olhos temos tôda a vida..."

Os pensamentos atropelam-se com imagens cotidianas. "Para que pensar? Se tão-sòmente se sentisse?" "Fecho os olhos e os sentidos amortecem..." Não se convence porque o rumor surdo da cidade o envolve. "Lá o homem luta e, porque luta, tem os olhos abertos." Como lhe satisfazem estas palavras. Precisa repeti-las mais alto. Não é só para si, tem agora o auditório das trevas. "Tôda a alma do homem está nos olhos..." Faz uma pausa para que as palavras repercutam. "Os olhos falam mais eloqüentemente que os lábios e os gestos." Os filêtes de luz dos vagalumes associam-lhe imagens de aplausos mudos.

"Qual a parte do corpo que tem a expressividade dos olhos?"

Êle não interroga a noite. Interroga "aquêles olhos" que se fixam sôbre êle. "É por isso que a máscara dos mortos não esconde a morte." Arrepia-se. "Máscara dos mortos..." Por que aquelas sugestões soturnas ecoando lá dentro? As trevas, as trevas é que são as culpadas.

"Os olhos agitam-se, movem-se, param, perdem-se, espraiam-se, dilatam-se, recuam, fixam-se, distendem-se, paralisam-se, interrogam...

Precisa acender a luz, distrair o nervosismo. Aquelas palavras o exigem. Um tic inunda-lhe o quarto de luz. Negaria o suspiro de alívio se dêle tivesse consciência. Não é mais a luz mortiça de antes, comenta. As mãos acariciam os papéis soltos sôbre a mesa. Lê em voz alta:

"Olhar de aço, dedos crispados, respiração profunda, pausada, músculos atentos, o homem primitivo avança em busca da prêsa descuidada que bebe à beira do rio...
Mata-a.
Mas passo a passo, no silêncio do andar, um felino gigante avança. Ele também tem fome.
Defrontam-se e trava-se a luta que retumba na floresta. Os golpes são terríveis,e assombram os gritos de dôr e de raiva.
Mas o homem vence, sangrando, cansado...
Tem a prêsa nas mãos, cerra os dentes, impele a cabeça, e clama demoradamente o primeiro cântico ao trabalho!"

. . .

"A noite treme de frio ao uivo cortante do vento. Um lôbo uiva de fome. E o homem primitivo uiva de fome e de frio. E lembra os dias de sol quando a terra reverdece, quando as árvores dão frutos maduros...
Olhos esgazeados, geme a primeira oração:
Sol!.. Sol!.. Sol!.."

. . . .

"Na noite de **lua**, Uiá passa de leve a mão no corpo ~~branco~~ de Ruiú. Uma moleza percorre os músculos e um sorriso brilha no rosto. Ele sente no corpo a carícia do vento. A lua que corre na noite môrna é como o rosto de Ruiú... E sua voz gutural articula o primeiro poema, apertando suavemente os braços dela:
  - Ruiú... Ruiú... é a lua!.. - E aponta para

o alto, a sorrir, molemente, inflando de desejo as narinas largas."

...

Um sorriso acompanha as últimas palavras. Pode gozar agora uma vitória sôbre suas insatisfações. Está só no quarto. Aplaude-se. São largos os gestos com que dispõe os papéis na mesa. As frases pletóricas que arquiteta bem poderiam ser de outros. Serão de outros. Que custa aceitá-las como reais? Naquele instante quem poderia destruir sua convicção? Toma da caneta e intitula: "Três momentos da humanidade!" Enamora-se do título. Repete-o pausadamente, saboreando-o... E num gesto largo assina: Vítor Garcia.

E para à noite estriada de vagalumes, que se debruça na janela, oferece o seu sorriso mais agradecido.

...

A luz do sol já havia espantado as trevas.

Vítor dorme a sono sôlto. O relógio sacode-o aos berros. Os olhos estão pesados, sobre-os para fechá-los medrosos da luz da manhã. Um cansaço segura-lhe o corpo. Aperta as pálpebras. Mas hoje é outro dia! Até ali havia uma invariabilidade de meses. Olha a janela semicerrada e a estante quase vazia de livros, o armário recostado na parede. Atrás daquela janela está a mesma mancha feia e cotidianamente triste de fundo de quintal. Quase reprocura o sono. Mas levanta-se de um salto, para vencer o desejo de esvair-se pela cama. Às oito tem de estar na Faculdade. Samuel deve chegar naquele dia e dizem que está mais gordo. Como não estarão aquelas "bochechas de bolacha!" Diabo, deve se apressar! Esta toalha suja! E ainda há o café da manhã. Um moleirão, aquêle Samuel, um "craque" da moleza. Beiços carnudos e vermelhos - negróides, gosta de dizer - sempre com humor e piadas sôltas.

[35]

E que gostosas gargalhadas amarrotavam o rosto côr de chumbo de Valter.

Samuel vai esperá-lo na Faculdade. Morarão juntos ainda êste ano. Talvez se acomodem melhor. Mas se não anda mais depressa não chega a tempo. Valter espera-o, o assobio é dêle. Já vai! Puxa, que pressa! O café estava queimando. Leva para a rua um sorriso, um grande e ingênuo sorriso, que lhe dá sugestões de felicidade. O vento da manhã refresca-lhe o rosto febril e respira mais fácil. A rua amanhece, estremunhando-se nas portas que se abrem. E essas caras de sono que vão no bonde, inchadas, de olhos bem abertos, procurando tornar as pálpebras mais leves? Há sempre todos os anos uma esperança de vida nova.

Talvez tudo acabe numa displicência, num desejo de terminar o curso de uma vez, libertar-se da ditadura dos exames, dos horários, das freqüências.

Ainda falta êste ano. O sorriso se encosta no rosto, e enquanto êsse guardião de seu otimismo estiver ali, haverá sempre lugar para uma esperança.

E assobia para a manhã.

, . .

[36]

Vítor vê passar as imagens cotidianas da tarde. Dali pode ver o crepúsculo, o sol avermelhar-se lá no fundo da rua. É o menino do armazém que fala com D. Leocádia. O bonde vem num temporal sôlto, xxxx carregado de gente. Quantas vêzes sentiu no bonde o cheiro humano daqueles corpos cansados... Ali, daquela porta, tem um mundo e tem a tarde. A mesma tarde de quatro anos. O mesmo sol, as mesmas pessoas quase, as mesmas crianças que brincam à beira da calçada.

"Velha tarde de bairro!"

Aquêle céu azulado com uma nesga de nuvem. Há uma suavidade que acaricia de leve os sentidos. Está entre o dia e a noite.

A hora lilás, um momento só, cobre tudo.

O ruído do bonde pode esconder os silêncios profundos, bem humanos dessas horas. Há um bem-estar macio naquele alaranjado ouro-velho do sol. Do outro lado da rua vêm as sombras avançando. Estirar os braços, assim mesmo. Se se pudesse segurar essas côres agônicas que desmaiam. Se ele pudesse esvair sua consciência vigilante, fundir-se com as coisas, como aquelas plantas, enroscar-se, espraiar-se como um rio, não, um rio não, como um lago que transborda...

Esses instantes... com um pouco mais de lirismo êle seria capaz de transformá-los em eternidade, porque há eternidade até no fugidio...

É noite e a rua ausente. Distingue agora melhor os solos das vozes. Os grilos vieram com a noite. Vítor olha as estrêlas. Por que não conta? Conta, mas perde-se, achando um sorriso. "Há muito de sonho, muito de imaginação na verdade..." Essas palavras não são dêle. São de Pitágoras. Mas a satisfação em pronunciá-las é dêle.

Não é bom sonhar em silêncio uma história gloriosa para a gente? Que pode a verdade contra ela de nov, cria a possibilidade de sermos interiormente felizes? Depois de se chegar a uma certa idade a gente tem a pedante pretensão que se não sonha. Que diferença há, Vítor, entre nossos sonhos e os da infância. O ideal, que é?..

"Esquizofrênico", Samuel já definiu. Mas essa é a mais "barata das felicidades" como Pitágoras chamou. A gente deve encher a vida de imaginação. Um pouco de fantasia. Racionaliza-se tudo. Mas, bolas, é bom sonhar. Formado não será o princípio da realidade dos sonhos? Será a letra maiúscula de minha vida. Essa frase é minha, essa é minha!

O ruído da cidade vem até êle, vem abafado. Puxa-o para fora. Incita-lhe pruridos de ir para a rua. As luzes já se acenderam. Agitar-se no meio de multidão. Desfazer-se. Talvez haja alguém... um alguém nessa multidão. Um alguém que o espere. Quem sabe tantas vêzes não passou ao seu lado. E poderia ter havido um sorriso...

Há quatro anos ali, naquela rua, naquela pensão.

Poderia perguntar por que tem sido tão conservador? Por que consegue manter-se, ali, na pensão da "velha América", aturando aquela comida... aquêle desleixo, a falta de comodidade? Pelo preço não seria.

Existem outras melhores e não mais caras. Há uma sedução naquele clarão da cidade. Vozes distantes, ruídos longínquos, que êle não vive. Como seria bom poder viver todos os instantes, todos. Se as aulas não começassem tão cedo iria até lá. Podia ter ido de tardezinha. Não foi porque não quis. Por que se deixou ficar contrariando os seus desejos? Havia um certo prazer naquela tortura, sabia. Mortificações... que adianta isso? Por que se apega tanto àquelas tardes da pensão?

Sim, aquelas tardes já são um patrimônio da pensão. Velhas tardes de bairro. Quando veio para a Capital, o "velho" lhe disse, recorda: "Vais morar com a D. América. É muito boa. As informações que tenho são as melhores. Ela é uma mãe para os estudantes". Não duvidou. Os cabelos brancos, o rosto sereno, o olhar molhado de D. América, e o sorriso com que o recebeu, os cuidados que teve com as "coisas do rapaz", "carreguem direito", "ponham naquele quarto grande, naquele bom que desocuparam ontem... tem entrada independente." Tudo o convenceu. O "velho" tinha razão. D. América era ~~mesmo~~ uma mãe para os estudantes. O Emílio está doente e passa o dia gemendo. D. América vai lá seguido. "Olhem o chá do "seu" Emílio! Já fôste buscar o remédio, Caetano?" "Anda moleque do diabo!" "Já vou "seu" Emílio". E vai. Ela explica depois: "O rapaz, coitado, tem pai pobre. Às vêzes nem manda dinheiro, um, dois meses, três até, e seguidos. Um dia vem. Dá alguma coisa por conta. O coitado fica encabulado, sem jeito. A gente sabe o que é isso. Veja você, doente. Outro dia chorou pela mãe. Não vá dizer nada prá êsses malvados. São capazes de rir do rapaz. Você compreende! Mãe da gente longe... Tenho um filho viajando. Sei lá o que o pobre às vêzes precisa. "Caetano", já fôste buscar o remédio?

Êste moleque deixa a gente tonta. Hoje não cuido da cozinha. Manda a Luíza que cuide". E lá vai se arrastando. Bate ~~xxxxxxxxxxx~~ na porta do quarto de Emílio. Espera. Ninguém responde. "Deve tá dormindo. E'melhor. Vejam agora se vocês fazem barulho. Boto na rua quem fizer barulho. Caetano vai buscar minha cadeira de balanço". - Caetano vai. D. América senta-se fazendo crochê. Põe uns olhares terríveis se alguém pisa mais forte. Segura os braços da cadeira, ameaçando, se falam alto. Vítor tem a experiência de quatro anos. Poderia já se ter mudado. Mas havia, ali, uma espécie de orgulho da pensão. Samuel chamava a "honra da pensão". "A gente se orgulha daquela droga". Orgulho mesmo. Aquilo é pobre, os quartos miseráveis, a comida horrível quase sempre. Mas a "velha América" tem culpa? Não se atrasam nos pagamentos? Algum dia correu alguém por não pagar? Os problemas não são estudados em "conselho de guerra?" "Velha América" não diz tudo o que se passa? Que aumentaram o aluguel da casa e os impostos, ah! os impostos! Acaba terminando em proclamações rubras de revoltas. Desafôro cobrar impôsto de pensão pobre de estudante niquelado! Mas quem acaba resolvendo

[39]

tudo é ela mesma. A reunião nunca delibera senão apoiá-la. Ela não aceitaria outra sugestão. Não impõe, mas resolve. Depois fala em nós, nós resolvemos, nós vamos fazer isso, daquí por diante, nós... E com gravidade a gente afirma que sim, também.

Foi no primeiro ano que recebeu um telegrama avisando que seu pai estava passando mal. Voltou para casa. Quando chegou o pai já havia morrido. Ficou uns dias para resolver tudo. Deixou uma procuração. Restou sòmente a renda de duas casas. Quando o viu,"velha América" abraçou-se a êle chorando. Podia esquecer aquilo?

A "velha" é mesmo uma mãe para os estudantes!..

E Válter quem chega. Diz que Samuel vai ficar na cidade e só voltará muito tarde.

-E amanhã... Vais?

-Vou...

-Pequenas. Convém dormir cedo (amanhã) para estar em forma. Por que não rir? A alegria vem depois. Também faz parte das nossas possibilidades. Quando se não tem esperanças, o que custa criá-las?

..

~~Sães trouxera a mulher. Seguem para o~~ Café Paris, ~~onde~~ Samuel ~~os os~~ espera, repousado num sorriso mole, pernas abertas, bebendo chôpe. Recebe-os alargando o rosto que rebrilha de gordura. Os olhos pequeninos faíscam. Repugna a Vítor aquela flacidez. Insulta-o com um pensamento mordaz. Durante o dia um pessimismo que não pudera conter estivera-o remoendo. "Estão convencidos que êsse baile é algo de notável..."

  -Vens feito, hein? - A pergunta e o piscar de olhos de Samuel fazem afluir ao rosto de Vítor um sorriso de superioridade e de môfa. Um desejo de hostilizá-los. Que importância dão às coisas mesquinhas! Um otimismo todo de gordura!

  -A gente vai cedo... - ajunta Samuel como complemento de um arrôto que não contém. - Aquilo começa e acaba antes das duas. É gente de trabalho que de manhãzinha tem de estar de pé. Acordar vá, mas trabalhar...

  -É com essa gordura tôda... - que oportunidade para Vítor.

  -Sou capaz de trabalhar mais que qualquer um de vocês dois...

  -Só se fôr na mesa, comendo...

  -E não é trabalho? Comer a comida da pensão é trabalho e duro... - E é todo ~~xxxxxxxx~~ bochechas. - O Ricardo queria me arrastar a uma reunião de ~~xxxxxxxx~~ grãfinos. Não aceitei por vocês...

  -~~xxx~~ muito obrigado pela solidariedade... - Vítor volve-se para Valter com gravidade falsa.

  -Naturalmente... Tudo medidinho. Frases feitas, pensadíssimas. Quer dizer tudo que é o meu opôsto. Gosto de brincar, mas à vontade... Com vocês estou no meu elemento.

  -Garanto que farias sucesso com as tuas graças no meio de

gente elegante. Serias uma "trouvaille" formidável...

-Já é ser-se alguma coisa. E'uma esperança saber que a gente não passaria despercebido, o que poderia, por exemplo, passar-se com você, se fôsse...

-Eu não iria...

-Talvez porque ninguém se lembrou de lhe convidar.

Valter desvia o assunto. Vítor engole o chôpe em silêncio. Mastiga buscando ironias que não vêm. Samuel sempre o leva de vencida.

Cabe a Samuel pagar a despesa. Deixa cair alguns níqueis e é espremendo-se todo que os junta.

Vítor deixa escapar sua hostilidade em gargalhadinhas....

Agora o bonde invade quarteirões e mais quarteirões. E'Válter quem dá o sinal para parar, aponta um casarão no meio da quadra.

-Primavera no verão... - Vítor expande assim um pouco de sua decepção prévia.

-Pois é aí mesmo... aí há primavéra mesmo no verão... - retruca Samuel pegajosamente.

Entram. Vítor passa os olhos pelo salão todo enfeitado de balõezinhos côr de rosa. Que ridículas aquelas tiras de bandeirolas que cortam a sala de ponta a ponta e fazem uma grande barriga no centro! E que gente!.. Sua análise é interrompida por Samuel que mantém uma seriedade grotesca, de busto erguido.

Vítor conserva sua mais convincente naturalidade.

E'assim que reage.

-Vamos dançar? - convidam.

-Como se consegue par? - Vítor simula interêsse.

-E'a coisa mais simples do mundo. Basta a gente se dirigir a uma pequena...

-E se ela disser que não aceita? - Precisa contrariar para criar um limite.

-Qual nada, tôdas aceitam... - e aponta com o queixo redondo:- olha, o Válter já está agarrado à pequena dêle.

Vítor não se anima por isso. Recolhe-se, calando. Ninguém o atrai. A orquestra desafina. Quando se volta, vê Samuel que dança com uma loira magra, alta. "Êsse camarada não tem senso do ridículo." Circunda-o com seu desdém. "Antes tivesse ficado no quarto, lendo..." Não será mais interessante no bar?" Pergunta. Mas a resposta já deu, porque seus passos se dirigem para lá. Vai em direção à porta. No mesmo instante sái uma joven, Vítor desvia-se rápido para lhe dar passagem, quando ela envereda para o mesmo lado. Sorriem. Aquêle incidente jocoso é um gesto de luz clara que lhe vara o pessimismo.

-E'melhor parar...

-Desculpe,.. "Que lindos aquêles olhos e aquêle braço erguido com a mão espalmada à altura da bôca...

-Desculpá-lo, de quê?..

-Quase nos chocamos,.

-Isso acontece...

-Quer dançar comigo? - arrisca animado pelo sorriso que ela traz nos lábios - Não tem compromisso agora, tem? - Agrada-lhe a firmeza de sua voz e de sua audácia.

-Nenhum...

A resposta dela faz com que estire o braço para segurá-la. Junta-se a ela. Inspira forte. Carrega-a através da sala, através do compasso da música. Alvoroça-se, porque a domina. E'sua... E' sua prêsa. Uma satisfação primitiva acaricia-lhe o ventre e o peito. Seus olhos se alargam, crescem. Aspira o odor afrodisíaco que vem dos cabelos sôltos.

A tempestade da orquestra amaina-se e a convite de Vítor dirigem-se para o bar. Interroga-a. Chama-se Inge e trabalha num "atelier" de costura. Provoca-a:

[43]

-Você não vai se aborrecer por lhe tomar todo o tempo.

xxxxxxxxx - Oh, não!

Riem um para o outro.

-Me diga uma coisa; já encontrou alguém que lhe interessasse?

Inge morde os lábios e não responde.

-Encontrou? - Vítor insiste na pergunta.

-Na verdade, nunca! - Responde francamente. - Não tenho jeito para romance.

-Sim, mas uma pequena bonita, como você, naturalmente, que já foi bem cantada. - Desaprova a expressão, a voz cria elasticidade. - Qual é a mulher bela que não atraé um olhar de interêsse dos homens? - A artificialidade da frase o insatisfaz.

Inge sorri, procurando esconder uma ponta de vaidade, e meigamente confessa:

-Mas isso não me faz perder a cabeça. É'que... não vejo...falta alguma coisa... não xxxxxx sei bem o que seja... mas há algo que falta.

-Você xxxxx não gostou nunca de ninguém?

-Até hoje, nunca.

Pende um pouco mais para ela e môrnamente:

-E até agora, também? - Seus olhos se abrem. Vítor sente rios de sangue ardente correrem pelas veias.

-Até agora?!

-Sim, até agora - a voz ainda é môrna.

-Até agora, não sei bem. Não lhe basta um talvez?

-Tinha tanta vontade de conhecer êsse homem feliz?

-E você? Também nunca se interessou por ninguém?

-Dêste momento em diante, sim. - Espera que ela pergunte mais. Não pergunta. Não pergunta, porque a orquestra desconjunta-se num

[44]

"fox", e Inge convida-o para dançar. Vitor, baixinho, ao ouvido, teima:

-Está me devendo uma resposta, sabe? Não me respondeu quem era o homem feliz das suas preocupações. Eu lhe disse que já encontrei uma pequena. E essa pequena é você, sabe disso? Porque não me responde agora?

-Porque quer que lhe responda - Com certa tristeza sincera - Os homens e mulheres são tão iguais.

-Mas a gente não está proibido de acreditar que também sejam algumas diferentes? Eu podia dizer que julgo você diferente. Podia fazer umas frases, não podia? Estirar uns olhares sentimentais. - Os olhos dela enlanguecem. - Falar sôbre as suas orelhinhas... - orelhinhas, que bobagem estava dizendo. Ora, orelhinhas! Recua para uma seriedade forçada. Experimenta outra frase. - Diga uma coisa. Isso da gente ser um galanteador é coisa corriqueira. Não podia dizer que você me é um achado? Não podia? Podia. Podia dizer mais: que é bonita, que jamais pensara encontrar você aqui. Que a julgava tão distante. Que você veio, Veio na hora inesperada. E sempre numa hora inesperada que ela vem. Você seria ela... Ela, quem é? Perguntaria. Não perguntaria? E eu então, teria um olhar distante, para descrevê-la, para descrever você mesma. Isso seria meio poético, acha? - Os olhos dela sorriem nos dêle. - Seria, sim. A gente crê em poesia nesses instantes. Conhece aquêle poema que termina assim:

"Tu podes ouvir com teus ouvidos as minhas palavras.

Podes sentir com teus nervos as minhas carícias.

Mas é com os olhos que tua alma escuta a minha..."

Gostou?

-São bonitos...

-São meus... - e esconde-se num sorriso.

-Então é poeta, hein?

-Não, mas fazia versos. Talvez agora seja poeta. Olhe bem para os meus olhos. Será possível que você escute a minha alma, será?

..

Vítor interioriza-se silencioso. Aquêle encontro com Inge é todo seu. Amplia-o com outros detalhes que teria se êle dirigisse os acontecimentos do mundo. Daria mais ternura às suas palavras se aquela orquestra não executasse músicas tão gritantes. Aquêles balõesinhos côr de rosa ridicularizavam-lhe as palavras. Retinham-nas...Desejava tê-la dominado com os olhos, em todos os momentos. Mas a recordação física daqueles encontrões ainda o irritam.

Samuel fala com inconseqüência. Para cada quarteirão tem um assunto. Válter obriga que se desvie para sua o assunto pequena que manifestou ciúmes porque êle olhou para uma loira mais demoradamente.

Envaidece-se. Repete as palavras de queixa. Mas, para Vítor, Inge foi tudo. Procura cercar a imagem dela com brumas que encubram aquêles balõesinhos, por sons que ocultem as notas dissonantes da orquestra que martelára ritmos diversos daqueles de seu sangue, de seus músculos...

-Vítor, Vítor, você não acha?

Que lhe adianta concordar? Por que Samuel o persegue com perguntas? Por que não se absorve, êle e Válter, em sua conversa, e o deixam sòzinho comigo mesmo?

As brumas que cercam Inge, em sua memória, não se desfazem. Êle as segura para que ela, somente ela, seja a única realidade. Mas como é mesmo? Tem os cabelos escuros, êle lembra... Os olhos também são escuros, profundos, abissais... Por que abissais? Não, não aquela palavra convém para defini-los.

[46]

—Como o mundo tem mudado, hein Válter?

O bonde corre largo. Mas Samuel contrasta com sua moleza. A voz é lenta e grossa, e alteia quando o bonde faz mais xx ruído.

—Meu tio uma vez me contou como era no tempo dêle. Não havia essa liberdade...

"Sim, ela viria num vestido vaporoso, aberto em roda. Passaria lenta, deixaria cair um lenço que levaria respeitosamente ao rosto e aspiraria o seu perfume. E, depois, entre um sorriso e uma mesura entregaria a ela: Senhorita, poderia me conceder a próxima valsa?

Ela não responderia logo. Abriria seu "carnet" violeta, gravado com uma rosa de prata, e concordaria com um sorriso..."

—Imaginem aquêles bailes do tempo do meu tio. Tudo aparentemente sério... Uma pequena que passa, leve como uma pluma...

"Ela seria leve como uma pluma!"

—Um tocar de dedos. Que dedos, nada! Usavam um lencinho na mão para não tocar na carne da dona boa...

"E isso não seria melhor, mais belo? Por que êles não querem mais sonhar? Por que?..."

—Mas que tempo bêsta, aquêle. E ainda há gente que venera o passado...

Vítor irrita-se com as palavras de Samuel. Põe a cabeça para fora da janela como um recurso.

—Eu, por exemplo... — interrompe Válter — acho que se deve venerar o passado... mas como passado. Não admito que se procure torná-lo presente. Não acha, Vítor?

Um olhar sem expressão é a resposta. Ele não responde de cansado, porque o coração míngua.

[47]

-Estou com você, Valter - apóia Samuel - E'isso mesmo. Como passado, está certo.

-Olha, já estamos chegando - Agride Vitor com alívio.

Descem do bonde. Vêm juntos pela calçada.

-Quando ando de bonde me revolto. Ainda há de chegar o olha que todos teremos um automóvel. Mais barato que os de hoje e mais confortável. Você duvida? - Pergunta Valter para Samuel.

-Eu, não!

-E'a evolução. Tudo segue naturalmente no mundo.

-Sim, tudo segue naturalmente, tudo nasce naturalmente: as batatas, as cenouras, as crianças e os automóveis... - E Samuel espoja-se num sorriso enxudioso.

. .

Vítor pronuncia com uma ternura macia o nome de Inge. As sílabas passam de leve por entre os lábios entreabertos.

Abre a janela porque precisa da cumplicidade da noite. "Estará pensando em mim, agora?" Sua interrogação é apenas uma dúvida. Talvez ela nem misture nos pensamentos a sua fisionomia, o seu nome. Imagina uma história de amor. Não seria melhor a tomasse simplesmente como uma aventura? Talvez nas ruas, amanhã, quando veja outras, tenha desejos de ensaiar uma nova aventura, mais eloqüente que aquela, com momentos mais suaves e mais ternos. Mas por que procura se iludir se seus pensamentos voltam-se para ela? Arrepia-se de prazeres prometidos. Sente percorrer-lhe o corpo um bem-estar que se espraia e se funde com as coisas do quarto e penetra pela noite a dentro, como se êle fôsse a noite, o mundo, mais, muito mais que êle mesmo.

. .

Inge despe-se vagarosa. ~~~~~~~~~~. Poderia dizer que aquela cama, é uma cama; poderia dizer que aquêle armário, é um armário. Por que lhe vêm à cabeça essas idéias de ~~a~~ diferenciação? Que há de diferente nas coisas? Crucifica-se sôbre o leito. "E'com os olhos que tua alma escuta a minha..."

E Inge não sabe que até alí sua vida havia corrido ao mesmo compasso das coisas que a cercavam. Inge não sabe que se confundira muitas vêzes com suas companheiras de trabalho, que fizera seus os desenganos, as angústias, os desencantos das outras.

Poderá sofrer a dôr dos outros, mas acreditará em sua felicidade. Ela respira fundo no leito, de olhos voltados para cima. Se falasse mais alto não temeria mais o som de sua voz. Prometeu encontrá-la amanhã à saida do atelier. Que quererá dela? Uma aventura como outra qualquer, quem sabe? Mas o coração lhe oferece afirmações mais categóricas. Tem ânimo para acreditar que gostou dela. Talvez pudesse dali se formar uma história de amor. Uma história como aquelas que conhecia nos ~~divers~~ romances e no cinema. Apaga a luz. Se êle soubesse de tudo... Um suspiro alumia-lhe os instintos. Nos olhos fechados, fosfenas rebrilham ~~inset~~ fugidios e cambiantes.

E'tudo o que sobra nas trevas...

. .

[49]

Há um sentido trágico sob a transparência das ações simples. Há tragédia na luta entre a vida e a morte, a agonia dêsse instante supremo do ser e do não-ser.

Há na embriaguez do sono verdades profundas. Verdades que vêm de milênios e que percorrem por entre brumas, avançando no tempo, negando distâncias, anulando personalidades que são vencidas, superadas. Há luzes geladas que não conseguem alumiar a consciência que se debate na impotência das fôrças adormecidas. Os séculos passam em relâmpagos. Sobrepõem-se imagens, anulam-se, dissolvem-se...

O pensamento lógico é um anacronismo aí. A consciência seria a simplificação. Ali, naqueles instantes, em que as trevas adormecem, em que os silêncios sepultam o corpo nessa emoção de morte, há cãos de impulsos, gêneses e superações de instintos, fôrças cósmicas que avançam, dominam, lutam. São desejos que se cumprem escondidos nos desvãos escuros. Outros são arrojados para cavernas mais fundas. Lembranças de terrores, momentos de paroxismo, lucidez que se debate em afirmações, instantes em que o temor faz nascer chispas de consciência, séculos e mais séculos de vidas, de lutas, tôda a história de vidas que ainda não morreram, vitórias e fracassos, xxxx ressurreição de tentativas heróicas, ânsias de devassar anos futuros, exaltações terríveis, destruição de personalidades, amordaçamentos impostos, gritos de rebeldia abafados, desejos de posse e de conquista, dificuldades insuperadas que deixaram gravados gestos amargos de desespêro, tímidos olhares, lirismos xxxxxixxwixxxx comunicativos, relâmpagos que rasgam trevas e alumiam covardias indesejadas, manhãs plácidas, raios de sol cálidos que acariciaram mornamente peles endurecidas, vôos largos, distâncias superadas, azués longínquos que guardam perigos e aventuras doidas, fomes que não foram ainda satisfeitas, sêdes insopitadas que racham lábios vermelhos, unhas impotentes que cavam, gestos inúteis que não comovem. Abismos profundos que se abrem, de negros e misteriosos... Gritos perdidos que cortam fino como estocadas. Estremecimentos, lágrimas que lavam rostos sujos de terra, uivos de dôr que arrepiam, assombros gravados em rochas...

Quando Vítor acorda, parece-lhe que teve uma noite sem sonhos. Os olhos ardidos e pesados fixam-se no ângulo da hora tardia da manhã. Levanta-se de um salto, atirando para longe, com os pés, o lençol enroscado. Acusa-se de ter dormido tanto. Ela certamente terá acordado cedo. Teria pensado nêle? Seu amor-próprio afirma que sim. Lava-se às pressas. Sái. A claridade da manhã martiriza-lhe os olhos. Tem de esperar o bonde que lhe levará ao centro. Vem cheio. Lotação completa. Isso o insatisfaz. Ensaia uma interpretação negativa da vida como se ela fosse um amontoado de ausências.

Mas a recordação da noite passada empresta-lhe otimismo. Aceita. Anima-se a convidá-la para o almôço. Já está no bonde, em pé. Sacolejado, que importa!

Segue pelas ruas num passo mais firme. Como se desvia bem. É ali que ela trabalha. Já passam alguns minutos das onze e meia quando ela sái.

Inge sorri. Traz no rosto pálido uns olhos cheios de vida,

-Saí mais tarde porque entrei mais tarde, - diz suavemente, enquanto lhe aperta a mão.

-Dormiu bem? - A naturalidade quase falsa

-Não muito bem. Meio zonza... E você?

-Quase não dormi. Passei pensando em você o resto da noite. Que mal fazia a mentira?

Ela aperta os lábios e duvida com o olhar.

[51]

-E'verdade. E'verdade, sim... E você pensou em mim, pensou?

-Pensei muito... - Os olhos crescem.

Vitor pergunta num tom aparentemente neutro:

-Quer almoçar comigo? E'possível?

-Onde?

-Aqui perto, num restaurante, xxixxxxx Está bem assim?

-Está...

Inge sente-se leve. Caminha rápida, acompanhando o passo de Vítor por entre a multidão. Êle duas vêzes perde-a no movimento. Não se contém e segura-a pelo braço:

-E'para não nos perdermos mais.

Ela xxxx sorri, apertando-lhe a mão de encontro ao peito.

Tem desejos de estreitá-la entre os braços.

Estão em frente ao restaurante.

-Ih!.. como está cheio!

-A gente espera um pouco. Quer um aperitivo?

-Para que? - Ela mostra os dentes num sorriso.

-Está com fome?

-Puxa!.. uma fome louca!..

Vítor passa-lhe a mão pelas costas. Abusa. Retira-a.

-Olha, uma mesa vaga. Toma depressa!.. - ela *vai* lesta.

-Finalmente, temos lugar.

-Desde ontem que tenho pensado em você cada momento. Você tomou conta dos meus pensamentos, sabe?

Êle corre os olhos pelo rosto dela. Examina as sobrancelhas discretamente aparadas. Os cabelos são escuros e êle já viu muitos como os dela, secos, sôltos. O rosto pálido é sulcado por dois traços negros à base dos olhos que são mais fundos quando ela sorri, mastigando. Há um quase ixdx ineditismo para êle. Procura achar naquele rosto alguma coisa que o desagrade, mas tudo lhe parece condizer perfeitamen-

[52]

te, como se êle mesmo, antes, o houvesse modelado.

-O que é que está vendo em mim, hein? Sou feia, não é?...

-Feia?!.. - e põe uma admiração exagerada na voz. Ela tem um meneio terno de cabeça e desce suavemente os olhos. - Feia?!.. Não, absolutamente não!.. Para mim não é feia. Ao contrário. - E olha-a firme, desejando convencê-la com a seriedade de sua expressão...

A pausa que se coloca entre ambos é transposta por ela:

-A gente quando é pobre não tem tempo de cuidar de si... Eu, pelo menos, não tenho tempo... nunca tive mesmo o desejo de cuidar de mim. Fui sempre muito despreocupada. Não sou bonita, sei, mas também não sou feia, ora!..

Êle sorri do tom daquele "ora" que lhe desperta ternura. ~~tem a mesma gravidade~~ diz com gravidade:

-Inge, talvez não acredite, sabe que ainda não gostei de ninguém, no duro?

Ela sorri duvidosa, mas ofegando.

-Nunca, não!.. Não duvide! - mantém a mesma gravidade na voz - É verdade!

-E desejaria gostar?... - pergunta com certa timidez.

-Não... - há um estremecimento nos olhos dela. - Não, porque já gosto. Sabe de quem? - E não espera resposta, avança a cabeça quase junto a ela, murmura: - Você, Inge... - forja intimidade com um sorriso, acrescenta: - e que acha você, foi boa a escolha. Diga, ande?

Ela olha-o meio séria, nos olhos, no rosto. Toma um pedaço de pão, leva-o à boca, parece temer responder-lhe...

-Diga, por favor. Acha que estou no bom caminho?

Procura as mãos dela.

-Nao fica bem aqui... - balbucia com voz abafada, retirando-as.

-Está bem... - Concorda com brandura. - Mas diga, não tenho

[53]

o direito de me considerar feliz?

-E'mesmo?... - pergunta mastigando, com dúvida no olhar.

-E,sim!.. - e procura chegar-se mais a ela.

-Coma, senão...

-Não tenho fome... Quero admirá-la.

Ela a sorrir continua:

-Olhe que eu termino e assim não se pode esperar muito, e a hora passa.

-Já lhe disse que não tenho fome.

-Pois eu tenho e muita.

Vai deixá-la à porta do "atelier". Há lugar para muitas interrogações. Mas as ruas já se agitam.

-Você não me respondeu nada das minhas perguntas? Que acha de minha pequena?

-Acho-a dezenxabida... feiosa. E depois...

-Dezenxabida?! Então você nem vê direito...

-...feiosa...

-Quer que também lhe chame de bonita?

Inge ensombrea o rosto.

-Não é isso...

-...diga então!

-Até amanhã. - O sorriso é quase triste. A mão está fria. Vítor aperta-a. Os olhos se afundam no mesmo olhar.

-... que há, Inge?

Ela abana a cabeça, nervosa, retira a mão.

-Nada... nada... até amanhã, sim?

Entra. Vítor fica à beira da calçada. Não se afasta logo.

Corre os olhos pelas vitrinas. Mas os olhos não estão ali. Vão adiante, em busca de alguma coisa. O que ela não dxix disse... Como lhe faz falta o que ela não disse.

. . .

[54]

Aquela Pitágoras não esperava. ~~Também~~ Tinha confiança que não prosseguiria tôda a vida verificando faturas. Já uma vez havia dito ao sr. Marcos que tinha outras qualidades. Aguarde a sua oportunidade, fôra o conselho. E que fazia senão aguardá-la? Oportunidade, também, para quê? Desejava ser simplesmente independente. Viver como desejava, poder contemplar a vida sem mais profundas ligações. Aceita a amizade epidérmica dos outros. Mas ~~qualquer~~ pode prosseguir vivendo à parte de tudo e de todos, como só êle sabe viver. ~~~~
    Acaso (êles) alguma vez perguntarão a si mesmos quem são? Necessitam saber quem são? Que é uma personalidade? Esta pergunta forçá-los-ia
~~que~~ fugir a um pouco de seus objetivismos. E isso deve ser terrível

para o sr. Marcos, para aquêle Alcides preocupado com os "carnets" desportivos. Silvino, ali está satisfeito de suas insatisfações. Anulou suas ânsias à custa de negá-las. E vá, depois, um homem tirar a fé de um pobre coitado. Todos vivem as suas atitudes. Nêles, personalidade é um amontoado de atitudes. Por isso ninguém é mais lógico do que êles. Se polemizassem comigo mesmo, acabariam se destruindo. Posso discutir comigo e ser outro. Pelas ruas há de andar algum milionésimo cidadão como eu. Não serei o único.

Mas aquela não esperava. Atendeu o chamado do Foi até seu escritório. Junto à vidraça, lendo uns papéis, estava um homem de cabelos grisalhos. Recebeu-o com os olhos interrogativos. Teve a leve impressão de quem entra num tribunal para ser julgado.

-Sr. Pitágoras, apresento-lhe o sr. Alvaro Corrêa, um dos sócios do

Tinha de sorrir. Mostrar-se até orgulhoso e admirado. Isso fazia parte de sua humanidade. O sr. Corrêa correspondeu gentilmente. Apontou-lhe uma cadeira e expôs-lhe todo o plano. Era, pelo menos, uma possibilidade de mudar. Já lhe aborrecia aquêle sempre-o-mesmo do escritório.

-Amanhã, então, já pode tomar conta de seu novo serviço.

Adeus, Silvino! Adeus, Alcides! Nem religião nem mais esporte. Para saber quem ganhou a partida de domingo não precisa olhar para o Alcides e ver, no rosto, o resultado. Estará livre dos comentários. "Fifino jogou mal... Também o juiz estava comprado. Houve pau à bessa."

Depois que o sr. Alvaro Corrêa saiu, o sr. Marcos explicou tudo melhor. Fêz, com gravidade, uma conferência sôbre o assunto que (Pitágoras) ouviu com um interêsse artificial. "Já deve ter percebido que o progresso humano exige, pelo aumento da população do mundo, e pelo crescimento de poder aquisitivo, que a indústria (se oriente para) a produção em grande escala. E' necessário racionalizar a produção e criar tipos padronizados dos produtos. " Mas por que? Se perguntasse prejudicaria a conferência. Que custava ouvir?—"Há sempre uma natural resistência do comprador. Há gente que difere nos gostos e isso complica o problema dos produtores. Se todos tivessem gôsto igual, seria mais fácil. O problema da indústria moderna é criar um gôsto mais generalizado. Torna-se, depois, fácil impôr-se um produto. O sr. Corrêa quer criar uma mentalização entre nós capaz de admitir e aceitar produtos estandartizados. Aquelas palavras deveriam ser do sr. Alvaro Corrêa, sem dúvida. ["Precisa de elementos capazes de auxiliar a publicidade nesse sentido."—Não abanou concordante a cabeça.— O sr. já deve ter notado que o cinema, o rádio, os jornais se orientam, também, pelo mesmo sentido. — Que notou, notou!— 'O sr. Corrêa quer lançar produtos que agradem a todos. Há sempre os que teimam ser diferentes. Atendê-los torna-se difícil. E' preciso que se acostumem e queiram a padronização. E' preciso uma disciplina do gôsto. Foi por isso que me (de você) lembrei porque tem elementos mentais para auxiliar essa publicidade. '— De mim, por que de mim? —'O sr. Corrêa prometete gratificá-lo na proporção do seu serviço. Sua função é colaborar para uma aceitação geral dos produtos Atlas". Creio que isso lhe será fácil e lhe é uma boa chara você oportunidade Que fazer senão agradecer a lembrança?

Deve arrumar a mesa e entregar o serviço ao chefe do escritório. 'Um gôsto igual... padronização igual... Será, meu Deus, que a idade média ainda não terminou?

À tardezinha, à hora da saída, Alcides vem até a mesa, com o seu sorriso atlético. Silvino também

-Veja, ~~você~~ Pitágoras, a vantagem da vida de hoje. São cinco horas e podemos sair. Posso agora ir à ~~praia~~ praia. No tempo da juventude do Silvino isso era impossível. Trabalhava-se até à noite. Nós hoje, sendo pobres, somos mais ricos que os ricos de antigamente...

-E ~~xxxxxxxxxxxxx~~ por que não nos satisfazemos então?

-Por que?... porque... porque queremos mais. Não se tem direi to *(Pitágoras)* querer mais? -Concorda despreocupadamente e despede-se de Alcides.

Está agora só com Silvino à porta do edifício. Um avião ronca lá em cima e corta a cidade como um grande pássaro impossível. Lá para o oéste está a Central da Estrada de Ferro, ciclópica, agitada, àquela hora febril. É o telégrafo corta os espaços. O rádio está cantando, anunciando, aconselhando, pregando... Eleva os olhos até o alto do ~~xxxxxx~~ edifício. Lá em cima, aquêle grande anúncio, à noite, berrará luz para a cidade. Chega-se para Silvino. Aponta o alto do edifício e diz: [- À noite êle, ali, estará dizendo: "Dôr?...Atlaína!" - E batendo no braço de Silvino ajunta:-Prá que Deus depois disso?

Silvino *vai* para casa preocupado *removendo as* palavras *de* Pitágoras. -Teria *êle* também perdido a fé em Deus?.. Então o mundo ~~então é mesmo o mundo~~ está perdido *mesmo!*

. .

A tonalidade côr de rosa da tarde tem uma delicadeza refinada. Penetra até os instintos adormecidos de Vítor. A decoração barroca do crepúsculo empoeirado, aquêles traços de ouro, em nuvens lambidas de sol e rosa, aquêles reflexos lilases, tudo aumenta a maciez de sua alma. O aveludado dos seus instintos amortecidos humaniza o azul profundo, espatulado, rebuscado, do céu. Vítor fixa a recordação dos olhos de Inge, a bôca, o meneio da cabeça, a moleza contagiante da voz. Os sons abafados que vem da cidade crescem para a noite do fundo da rua a noite lenta com suas asas de morcego, arrastando a negra cabeleira. Quem constrói a imagem que lhe agrada. Fazer uma alegoria à noite e a si mesmo, aos tons agônicos que ainda clareiam de rosa e púrpura o outro lado da rua. Ele ainda vê a tarde. Sua carne imagina com agudeza a figura de Inge. Tê-la nos braços. Como deve haver confidências nessa hora.

Há lugar até para um sorriso de bondade. Um gesto esmaecido de meiga cumplicidade para dois namorados à beira da calçada.

Sorrí para a noite, agradecido, porque ela lhe traz a promessa de outro dia.

Um véio subterrâneo goteja-lhe uma melancolia mansa. Mas há contradições em seus impulsos. Inge lhe oferece a possibilidade de um caminho. Amar simplesmente, sem mais nada, por amor, ou então criar um romance que seja o destino de sua vida. Inge é dessas criaturas que desejam seriedade nos sentimentos. Como sabe? Não sabe, mas sente. Inge põe tanta gravidade em suas palavras simples. Não precisa de grande esfôrço para se convencer de que ela é ## diferente das outras. Inge põe sonho em tudo. Aquela palidez, aquelas palavras tão puras...

Como isso parece contraditório ao seu espírito. Numa cidade daquelas, numa costureirinha, há isto, há sentimento? E' tão absurdo para os outros. Samuel riu-se de suas confissões. Achou "original", "romântico", declamou exageradamente. Negou, afinal, que tudo aquilo nao passasse de uma farça. "O amor? O amor!" Mas sente que lhe advêm fôrças insuspeitadas.

Poderia pensar até em casamento. "Mas casamento, casamento, santo Deus!" Samuel exclamára com uma grotesca máscara de gravidade. "Vê, Válter, êle pensa em casamento!" A quem sabe? retrucára. "Mas rapaz, casa, está certo, mas casa com o dinheiro! A mulher é secundário. O dinheiro é tudo." Dinheiro não dá felicidade. Reagira. "Mas felicidade sem dinheiro só existe em romance e filme." "Dinheiro ajuda..." Válter colaborou, também. Seria heróico que amasse uma pequena pobre e desejasse casar-se com ela? Até isso havia se tornado heroicidade...

Só Pitágoras o compreenderia. Pitágoras... "Ora Pitágoras é um louco. E'romântico, porque não pode ser outra coisa." Samuel despejara num gesto desdenhoso.

Mas Pitágoras é o único que pode compreendê-lo. Há dias que o não encontra. Também não o busca. Pitágoras afeiçoa-se a um lugar e volta sempre. Aquela hora deve estar no Café Paris. Num canto, sentado, sozinho. À espera.

Apressa-se. As ruas estão desertas quase. A luz também é inútil, varrendo as ruas. Corta para o centro. Tomára que Pitágoras esteja lá. Tem que estar. Está. Vítor entra com um sorriso desde a porta. Vai até a mesa.

-Ontem me esperaste?

-Estive aqui até tarde aqui... - Pitágoras não quis responder diretamente. Seu amor-próprio não permitiria.

—Devia ter vindo. Deram-se outras coisas... Eu havia prometido que nos encontraríamos. Motivos diversos me impediram de vir...

—Eu compreendo... - Pitágoras sabe que assim liquida com as razões difíceis.

—Mas que há de novo?

—Nada... nada de novo. - Pitágoras fixa sôbre êle seus olhos verdes. Pressente que Vítor quer falar. Favorece: - E você, que me conta.

Vítor não resiste. Aproveita a oportunidade para contar tôda a historia do baile. Descreve Inge, o que ela significa para sua "vida de estudante, vida vazia de estudante."

Pitágoras ouve-o com silencioso interêsse.

—Você acredita que ainda seja possível amar-se com veemência, Pitágoras? Acredita?

—Naturalmente que acredito. O amor nunca saciou os homens. Não nos gastamos por amar demais, porque nunca se amou demais. Os alimentos podem nos satisfazer. O amor nunca. Por que não se vai crer na sua plenitude? - Vítor agita-se na cadeira. E´êle quem precisa falar.

Mas Pitágoras prossegue: - A nossa possibilidade de amar está descrita em versos, em música, em arrebatamentos. Eu creio no amor. Creio que há felicidade quando vencemos os limites, E o amor nos dá essa coragem e nos cria possibilidades de vitória. Não será a felicidade simplesmente isso?

Vítor aprova com a cabeça.

Pitágoras acende um cigarro que dá um alaranjado claro ao seu rosto. Vítor observa-o. Êle não é tão velho como parece, Estranho aquêle olhar fixo que penetra na gente como se examinasse a nossa alma. Mas o alheiamento, depois, de seus olhos, parece indicar que passou através de nós, e êle os baixa como uma criança envergonhada.

[61]

Do passado dêle pouco sabe. Trabalha num escritório comercial, e pouco lhe fala de negócios.

Para Vítor é estranha a amizade dêle com Samuel, Valter e Paulsen. Tôdas as tentativas de colhêr alguma coisa mais, foram inúteis. Sabia que viéra do interior. Mas, quando?...

—Então você agora ama? Isso é perigoso, nessa idade...

—Perigoso, por que?

—Quando amamos, vemos as coisas como não são... - Sorri.

—Você nunca amou, Pitágoras?

—Nunca...

—E como acredita no amor?

—Precisamente por isso. Nunca amei, mas acredito que outros *amem.* Vejo tanta coisa feita no mundo, tão emocionante e tão bela, que acredito no amor. Observo seus olhos. Conheci-os diferentes. Essas sombras de seu rosto, essa avidez quando fala, o entusiasmo com que me descreveu a pequena, podem me fazer duvidar?

—Mas hoje falar-se nisso, num sentido que você e eu damos, é perigoso. Ridicularizam tudo...

—Não ligue. Deve-se resistir. Quem estudou a heroicidade dos que resistem à sua época e se colocam um pouco distante para assisti-la como um espectador? Ninguém, ainda. Eu resisto um pouco à minha época, por isso creio no amor. Você também. E todos, também, quando se encontram como você. Deve ser esplêndido ou terrível. Quando há uma esperança, é um estimulante maravilhoso. Guarde tudo isso que sente para você. Não compartilhe com os outros. Êles não entendem. Tenho a impressão que ninguém acredita no amor dos outros, nem os que amam.

—Você anima a gente, Pitágoras.

Vítor convida-o para sair. Os dois seguem juntos. Afastam-se do centro. Não percebem que buscam as ruas mais escuras e mais vazias.

[62]

E´que a luz não favorece as confidências:

-Eu tenho desperdiçado meu tempo. Que fiz até hoje? - Vítor esfrega as mãos nervoso - Essas noites mal dormidas, guiando-me por uma boêmia sem brilho. Essas bebedeiras... Estragando a saúde inùtilmente, como se isso trouxesse algum resultado... - ajunta com uma voz longínqua.- E a vida é uma só... Já pensei nisso? A vida é uma só - sua voz muda de timbre — Às vêzes fico *recordando os* dias que perdi estùpidamente. Hoje quando penso o que já poderia ter feito, sinto até raiva de mim - sua voz agora é fraca. Dobram uma esquina. A rua está deserta, - Veja que coisa horrível, a gente não se importar com a saúde! Estragar-se aquilo que é o maior bem que se possuè. Gastá-la, perdê-la... Se a gente pudesse ter a certeza que viveria outra vez. - Pitágoras assente em monossílabos - Mas qual? A vida é uma única. O melhor seria talvez nunca ter existido. Porque , enfim, não é lá grande coisa. (Um guarda-noturno apita lúgubre na esquina) Mas já que se vive, vamos vivê-la o mais possível... E´a nossa única fortuna... Não acha? Não beberei mais. Não beberei mais. Pelo menos beberei pouco. - E riem-se.

Suas vozes perdem-se. As pisadas são rítmicas. *Os* vultos diminuem na distância, dissolvem-se nas sombras. Suas pisadas *são* cada vez mais fracas, *mais longes*.

E entregam-se à noite.

. .

Só, na multidão

Os primeiros dias de Paulsen na capital foram de aturdimento. Vivia estranhamente a realidade dos acontecimentos e as ruas lhe pareciam inimigas. Sentia-se aniquilado, mesquinho no abismo cavado entre as massas de cimento, parando às esquinas à espera do sinal, oprimido nos bondes apinhados e nos ônibus que cheiravam a maresia, a vapor, a enjôo. E se parava num bar, alheiava-se num encantamento sem conversas interiores. Era como se não existisse, como se tudo fôra um sonho, porque sòmente nas horas da noite, podia reintegrar-se na posse de si mesmo, e sentir-se como se estivesse na sua cidadezinha das humilhações. E então doía-lhe a saudade de sua mãe, de Maria, e uma maguada recordação de Joana. Os ruídos penetravam-lhe pelas carnes. E acordava aos sobressaltos, interrompendo o sono povoado de memórias. Nas ruas esbarrava-se com outros. Como lhe era difícil obter a agilidade dos que passavam. Forçava uma naturalidade impossível. Mas o acotovelar, os encontrões, as longas esperas, as bichas à porta dos cinemas tornaram-se afinal um hábito. Aquelas mulheres estranhas provocavam-lhe de início um certo mêdo, um mêdo que nunca confessaria conscientemente. Depois lhe davam um vago prazer manso, e agradava-lhe o olhar complacente e generoso que às vêzes lhe dirigiam.

Aos poucos a metrópole distilava-lhe o suave veneno. Que alegria requintada quando atravessava com desenvoltura uma rua, ou se desviava de um auto que lhe passava rente, e quando lesto tomava o primeiro lugar, no ônibus!

Trouxera duas cartas de recomendação. Tio Eugênio conseguira--lhe um emprêgo num escritório, mas antes lhe ponderara:

-Não pense você que é fácil obter-se emprêgo numa cidade como esta. Cada dia, do interior, vêm dezenas, talvez ~~milhares~~ centenas, que sei eu, em busca de empregos. E amontoam os escritórios. À porta das fábricas. Acham fácil, lá no interior, vencer aqui. Alguns voltam derrotados. Outros ficam vivendo de expedientes. Não querem que sua gente e seu povo conheçam sua derrota. É difícil conseguir-se alguma coisa. O que obtive para você pode ser pouco. Mas ao menos é o princípio. O resto depende de você. É um lugar modesto num escritório também modesto. O ordenado quando muito dará para ~~suas~~ _as_ despesas. Mas lembre-se que isso é o princípio.

E por fim, para animá-lo, concluiu:

-O que você precisa é um emprêgo público. Deixe isso por minha conta. Espere.

E Paulsen esperou. E esperou meses. Um dia, tio Eugênio deu--lhe a notícia que tudo havia sido "coroado de êxito".

-Você vai ser quarto escriturário. Lembre-se _de_ que é o começo. Tenho certeza _de_ que fará carreira burocrática.

Paulsen teve um sorriso triste de agradecimento.

Chegou o dia em que iniciaria os seus trabalhos na repartição

Foi até lá acompanhado do tio que lhe apresentou ao diretor.

Explicaram-lhe as funções. Podia tomar posse do cargo no dia seguinte. A portaria de nomeação já havia sido expedida.

-Por ~~ora~~ _enquanto_, disseram-lhe - o sr. terá que assinar sòmente o ponto. O ~~seu~~ trabalho virá depois...

E Paulsen ficou, durante duas semanas, esperando o trabalho. Desejava fazer alguma coisa. Tinha impressão que riam dêle..

Mas entre os funcionários havia um baixo, moreno, olhos guar dados por óculos escuros e em quem ~~xxxxxxxxxxx~~ nunca Paulsen vira um sorriso. Falava pouco, uma voz fraca, apagada.

Paulsen ⁁confiante⁁ aproximou-se uma vez para lhe dizer:

-O colega compreende que não posso ficar satisfeito ~~nada~~ *não* fazendo ~~aqui~~ *nada*...

-Compreendo, sim.

-Caso o colega precise estou pronto para o auxiliar... em qualquer trabalho. - Isso fôra dito com tanta humildade que o outro sorriu.

-Meu nome é Josias e tenho muito prazer em conhecê-lo.-E estirou-lhe a mão.

-Você tem muita pressa. Não se afobe. Ainda terá ânsias de nem aparecer aqui. Guarde seu entusiasmo para quando fôr preciso...Veio do interior, não?

Paulsen, confiado no olhar, contou tôda sua história. Desgostou-se, depois de ter falado tanto. Havia fatos que poderia ter guardado só para si...

Quando a campainha deu o sinal de saída, Josias passou-lhe pela mesa e disse: - Quer ir junto?...

Foi como um raio de sol no coração de Paulsen.

~~xxx~~ Na rua, Josias lhe disse:

-Você está alegre. Compreendo bem. Depois de tantos dias sem ter com quem falar. É isso mesmo. Há uma certa animosidade sempre para com os novos. Você tem sido motivo para chacotas. Nem queira saber. Funcionário... - havia desprêzo no tom da sua voz. A gente tem vontade de ficar calado. Nem ~~xxxxxxxxxxx~~ queira saber como se é imbecil lá dentro. - E olhou estranhamente para Paulsen. - Você vinha falando, falando. Eu não dizia nada. Para que falar? Tenho vontade de ficar mudo às vêzes. E surdo, também. É um desejo muito vago, instantâneo. A gente não pode desejar isso. Nem se quer mesmo. São coisas inexplicáveis.

Aquêle ambiente destrói a gente. Come a personalidade.

Paulsen mastigava algumas palavras. Não sabia que dizer.

-Estranha que lhe fale assim? Pois é a primeira vez que faço confidências. Não sei nesmo por que. Simpatizei com você. Me disse em poucas palavras muito de sua vida e eu completei o que não disse. Talvez tenha pensado que falou demais...

-Não! Disse a verdade.

-Eu sei. Eu sei. E´assim mesmo. Na sua idade somos mais sinceros. Também fui assim. Como você, vim do interior. Quando cheguei, pensei que tudo era fácil. Procurei trabalho. Não encontrei. Acabei aqui. Nada mais. Os detalhes, neste caso, pouco interessam. Nem queira saber que vida levei. Necessidades imensas. E sempre otimista. Sempre. Até que, um dia... ~~sempre chega um dia para a vida nos levar para a realidade.~~ Os que morrem cedo, morrem com pesar de não terem podido realizar seus sonhos. Os que morrem velhos olham para trás com saudade e para a frente com cepticismo. O meu otimismo virou em silêncio céptico. Você também tem sonhos, não tem?

Paulsen gaguejou e preferiu mentir:

-Muito poucos... muito poucos. - mas os olhos contradiziam.

Josias insistiu:

-Diga mesmo a verdade, tem, não é?

-Tenho, sim. - confirmou como se fôsse culpado.

Josias fêz um sorriso vitorioso. E paternalmente acrescentou:

-Pois quando possa, deixe a repartição.

-Como?!

-Como?.. Deixe de qualquer jeito. Quando possa ganhar sua vida sem cargo do govêrno, vá ganhá-la. Largue isso. De ficar aí, acaba como eu: um homem a olhar para o mundo com indiferença. Nem queira saber o que é chegar-se a uma idade e observar que não se fêz nada. E isso não é tudo o que desencanta a gente. E´saber ainda, que nada se pode fazer. Você é moço. Como queria ter a sua idade. Pode vencer ainda. Aliás, isso é já uma vitória. Pequenina, mas é. Não se entregue.

Com o decorrer dos dias a amizade entre Paulsen e Josias xxx tornou-se mais íntima.

Josias punha nas palavras um certo pessimismo doloroso que Paulsen não podia sentir nem compreender.

-A idade separa os homens, Paulsen. Você é muito mais novo do que eu... Já observou como as crianças procuram-se pela mesma idade? Já observou como brincam no pátio de um colégio? Veja como na vida procuramos os que são da mesma idade... Os homens também são assim. A idade separa-os. Mas a dor, a derrota, os aproxima. Foi talvez isso que nos aproximou. - É num tom de quem confessa, prosseguiu. - Às vêzes, tenho vontade de lhe esconder coisas mais íntimas da minha vida. Não sei o que é que você tem... Êsse silêncio demorado que faz, quando a gente fala... essa sua atenção... êsse interêsse que manifestaxxxxx manifesta... você é o tipo ideal do confidente. Não conheço ninguém que consiga sintonizar comigo como você tem conseguido. Ninguém me dá a confiança que você dá. Olho para seus olhos. São francos, verdadeiros. Você ainda é daquelas almas que não sabem esconder o que sentem. E' mais humano... talvez seja seu mal.

-Que disse? - Perguntou Paulsen elevando a voz porque o ruído da rua não permitia que entendesse as últimas palavras de Josias.

-Eu tenho tido uma vida silenciosa. E sabe por que? Porque tenho vivido só. Incompleto, sabe. Nunca falo mais alto. A solidão faz a gente temer até a própria voz. Quando estava no interior falava mais alto e não havia tanto ruído. Aqui falo assim naturalmente. A solidão muda a voz da gente. Não é? - Josias fazia aquelas interrogações, para atrair ainda mais a atenção de Paulsen, para pedir-lhe confirmação. Este se desviava com dificuldade dos que passavam, adiantava-se algumas vêzes, outras se atrasava, obrigando Josias a acelerar o passo ou a esperar por êle.

-Como é possível pensar numa cidade assim. - Prosseguiu Josias num tom mais alto de voz. - Esse ruído não deixa a gente prestar atenção aos próprios pensamentos. Não é? Não deixa prestar atenção.-Paulsen fazia com a cabeça que sim. - Como se pode pensar detidamente quando tudo distrai a gente! São os edifícios, o barulho dos autos, essas mulheres que passam... uma para aquí, outra para ali. E como perturbam os pensamentos, não é? É por isso que a gente se despersonaliza, aqui. Acabamos pensando como êles, só pela superfície. A gente fica mais ágil, mas essa agilidade é só de exterioridade. Não pensa assim? A gente termina olhando tudo pela rama. Nem queira saber como isso me aborrece. Esse ruído vai para dentro de mim e ajuda a me destruir.

Dobraram uma esquina. Naquele trecho havia ainda mais movimento. Josias olhou para o outro lado da calçada, e tocando no braço de Paulsen, disse:

-Veja como êles fogem do sol e vão para a sombra. O valor do sol para êles é a sombra. Tudo aqui é dispersivo. A gente se liquefaz, e acaba tendo a mesma perspectiva estreita dessa gente. Um grande pensamento provoca gargalhadas. Mas uma banalidade qualquer, compreende, ouvem com interêsse. Aqui a gente é mais um, no meio da multidão, onde se está só, aparentemente só.

E sabe por que? Porque essa multidão acaba arrastando a gente para o meio dela e se termina na mesma exterioridade em que êles vivem. É preciso ser-se muito forte para resistir ao poder de absorção que existe nessas grandes cidades. A gente precisa de um refúgio. Quando se chega aquí, ainda se tem aquela almazinha que se traz da província. E acredite que essa alma é tudo quanto a gente pode trazer de melhor da

[70]

província. Tem-se outra perspectiva. A gente ainda olha, sabe, com certa pureza as coisas, com certa ingenuidade. Não se vê os homens e as coisas com êsses olhos desconfiados que se acaba adquirindo aqui. Mesmo. E os grandes gestos e as grandes situações humanas passam a perder seu brilho que lá na terra da gente eram capazes de fazer sofrer, amar, pensar. Há uma caricatura das coisas sentimentais e só o monumental desperta a atenção.

Paulsen fazia o possível por acompanhá-lo.

Josias continuava:

-E se não se tem uma grande fôrça interior, essa fôrça que faz a personalidade, a gente se dissolve. Espraia-se pelas multidões. A gente se cose a essas paredes, a essas ruas, a gente se sente como um dêles que passa... Quando se lê a notícia de um desastre, onde muitos perdem a vida, com uma facilidade, com uma simplicidade tocante, se tem uma outra maneira de sentir e de sofrer o acontecimento. Lá a gente ficava com o acontecimento dentro da gente. Era um eco. Na nossa terrinha uma tragédia dessas abate, revolta, dói. Aqui, não! Nem comove. Comenta-se rápidamente. E mais um pitoresco de nossa vida de cidade grande. Mas no fundo de nossa alma, destrói alguma coisa de nós. Ajuda a dissolver a nossa personalidade, sabe. E sabe por que? Porque a gente se sente então, um quase nada. Um... Um como os que morreram. Que podia ser um de nós, sabe?. Aqui não se é nada e se pode passar para o noticiário dos jornais de nome trocado. Olhe! Veja essa gente tôda que passa por essas ruas. Você encontra aqui uma dezena de tipos. Quase todos são iguais. Você encontra o fulano de tal cem vêzes em corpos diferentes. Os homens aproximam-se, confundem-se, sem que se sintam mais próximos uns dos outros. Embora os corações batam igual, ao mesmo compasso, não se sintonizam. As reações são quase iguais. O fulano de tal reage como o sicrano de tal... São quase todos assim. Você não encontra aqui aquela gente ingênua de nossa terra. Os sêres humanos são diferentes, porque aqui humanidade é coisa muito diferente. - E puxando-o pelo braço, com os olhos fitos e os lábios trêmulos, prosseguiu: - Ou a gente adere a êles ou reage. Se você não reagir, será tragado por êles. E se um dia olhar-se bem, examinar bem a si mesmo, verá que seus passos seguem no mesmo ritmo... E isso é uma tragédia...Você verá, como isso tem um gôsto de tragédia.

Paulsen, da janela do quarto, descortina a cidade desperta nas luzes que tremem.

"Josias, Josias, meu fantasma. Que sou nesta cidade tão cheia de luz e de sombras?" Josias esgueira-se por êle como uma sombra. E as palavras em tom baixo estimulam as interiores que Paulsen não tentou exteriorizar.

E tão longe agora, e tão perto. Longe no tempo e no espaço, mas perto, ali, dentro dêle, a fraqueza quase búdica das queixas de Josias e das amarguras que vivem no sangue, nos músculos, que lhe anesteziam, aos poucos, as esperanças de vitória.

Quantas vêzes tentou anular o desespêro manso de Josias com palavras de confiança, que êle agradecia com um sorriso de quem acredita. E como era feliz. E poderia ser feliz se não tivesse, como naqueles momentos, a quem dar um pouco de seu supérfluo?

Não soube esconder sua decepção quando êle lhe disse que ia ser transferido para uma cidadezinha do norte. Não escondeu a mágoa. Tentou até obrigá-lo a ficar. Que anulasse a transferência. Mas aquêle sorriso fatalista e vencido... E as razões dêle eram irretorquíveis: "Deixa-me ir, Paulsen. É em momentos como êste que se deve crer em alguma coisa. Eu vim para a capital para conquistar uma vitória e conheci a mais ridícula das derrotas: ser funcionário público sem merecimentos. Sabe por acaso que há gente que tem prazer no sofrimento? Pois sou assim. Tenho mais idade que você. Nem queira saber o que é um homem perder a si mesmo. Você ainda não sabe. Pois fui um homem...

- e sorria com aparente alegria. - Não é paradoxo, não! E´verdade. Estou falando mais sério, mais sinceramente do que nunca. Sou um homem que já fui. Hoje sou isso: Josias. Esta minha ida para o interior, novamente, é uma espécie de volta a mim mesmo. ~~aquêle dêsse mesmo lado que~~ ~~já falei.~~ Volto para a província à minha procura. Talvez me ache novamente. Talvez construa novamente - e como se exaltava - todos aquêles sonhos que um dia tive a ~~vontade~~ *ingenuidade* de sonhar. Talvez olhe outra vez para a capital como a meta da minha vida, e diga para mim mesmo, como já disse uma vez: está ali, ali, a minha vida, o meu amanhã. E acredite novamente que venha a ser ainda alguma coisa, e que seja possível realizar novamente o que sonhei. Terei novas experiências e, quando voltar, se voltar - era triste o tom de sua voz — se voltar, Paulsen, talvez seja trazendo a mim mesmo, e afirmar-me outra vez. Ser eu, eu, ouviu?

Uma névoa ergorçada sobre a cidade para os lados do sul, mas as luzes filtram-se por entre ~~xxxxxxxxxxx~~ as nuvens. A voz das coisas vem agora mais nítida até êle. Há ranger de ferros, guinchos, arranhar de metais, rumores imitativos, mas não se ouve a voz humana. Até a sua alma se cala ante tudo. Naquelas luzes que vêm dos arrabaldes distantes e que se movem, sente a única afirmação de vida. Tudo é aço, tudo é pedra, naquele mundo que nasce com suas ruas regulares, aquelas retas absurdas. Mas sob a cidade, no veludo escuro da noite, uma lua ressalta, emerge, tridimensional, que lhe dá a impressão de que pode tocá-la.

'Aquela lua é a única coisa humana que existe nesta cidade...'

E´uma voz estranha que fala. Será Paulsen ou Josias? Êle é o homem colocado ante aquela massa pétrea. Sente-se o autor daquelas ruas retas, daquelas luzes que brilham, daquelas casas que parecem querer erguer-se como a esconder as cabeças no negrume da noite alta.

Seus braços estão caídos. Há um relaxamento em todo o seu corpo que amolece, enquanto os olhos se abrem sôbre a cidade.

Uma ânsia de renegar aquilo tudo. Uma quase vontade de exclamar ao mundo, às estrêlas, pedir o testemunho das trevas, de que êle não fêz aquilo, de que êle não realizou aquela cidade de aço e granito, aquela cidade que nega, aquela cidade quase sem vozes humanas, e cheia de ruídos de coisas. Sente-se um prisioneiro porque os olhos correm agora do lado da cidade e não vê os horizontes. "Josias, Josias, tu tens razão!"

Josias repete-lhe: "Somos selvagens das grutas de aço e granito. O auto veloz que passa, os ruídos dessas cidades, exarcebam os sentidos e põem em movimento os instintos. Não possuímos o ritmo feito de prudência e regularidade dos homens dos campos. A nossa música não pode ser outra senão "jazz", dissolvente, contrastante, dissonante, irregular."

Josias teima: "Os homens degeneram. Esterilizamo-nos porque tudo já é estéril. Não medram arbustos por entre essas pedras. Como casar numa cidade onde nem a mulher é mais a mãe de nossos filhos!"

"E perpetuar-se para quê? Perpetuar outros Josias... Meu avô foi funcionário público, meu pai foi funcionário público, eu sou funcionário público, meu filho seria funcionário público..."

Mas Paulsen tem a necessidade estranha de estirar os braços como quem implora, como quem pede, como quem espera uma salvação. E olha alucinado para a mão que se abre em concha, para o braço estirado numa curva, e os olhos começam a gritar, os ouvidos ouvem as palavras dos olhos que fazem estremecer as carnes: "A mulher... Eu preciso dela para os meus braços, para as minhas mãos. Ela me libertará desta cidade, desta cidade... desta cadeia... destas algemas..."

"Senhor, senhor... se existes, quem és tu? Quem sou eu?"

Olhos sem brilho, a respiração é um leve sôpro. Vêm de séculos, penetrando pelo silêncio de si mesmo a respiração leve, a voz morrendo na garganta, os olhos sem brilho, como os de outros, de muitos outros, que fizeram as mesmas perguntas........

[75]

A vida não vivida

Para Samuel a "doença" de Vítor é passageira. "Amor assim, comenta para Válter, é fogo de palha. Isso é da idade. Sou um pouco mais velho e já sofri de uma "paixonite". O amoroso é um sujeito que não tem conciência da doença. E por isso é um perigo.

Válter concorda. Acumplicia-se com Samuel na observação dos gestos de Vítor. "Vê como êle olha para o céu!" "Já fala sòzinho". Válter confirma.

A descoberta de um livro de versos alvoroça-os durante a manhã tôda. "Se pudéssemos umas rosas perto dêle? Com um cartão de "bom dia!" assinado: Inge". A filha da cozinheira poderia escrevê-lo."

-Ontem, disse que já compreendia a "ternura de certas lágrimas..."

-Ternura de certas lágrimas? Isso é delicioso.

-Anda calado, sòzinho. Procura Pitágoras tôdas as noites. E lê Samain...

-Quem?

-Samain... êste livro aí. - Mostra-o.

-Que é que você pensa. Ainda há gente como Vítor, ainda. "O último romântico ainda não morreu..." O Ricardo, da Medicina, também é assim.

-Pitágoras também é assim...

-Pitágoras é múmia. E um homem sem idade. Fugiu de um livro romântico, e caiu aquí por descuido.

Combinam reagir. Aguardam a oportunidade. Quando Vítor tem o livro de Samain na mão, e lírico murmura:

"Pourquoi nos soirs d'amour n'ont-ils toute douceur
qui si l'âme trop pleine en lourde sanglots s'y brise...

Samuel interrompe prosàicamente:

-Tens os cadernos de Direito Internacional?

Vítor faz uma pausa. Engole em seco e responde:

-Ten-ho

-Está bem. - Ajunta Samuel abanando a cabeça, pisca um olho para Válter, cala.

Vitor prossegue:

"... la tristesse nous hante avec sa robe grise,

e vint à nos côtés comme une grande soeur.

Samuel deixa cair propositadamente um papel no assoalho. E resmunga: - Essa lei da gravidade é que me atrapalha... - e virando-se para Vítor:

-Sabe que amanhã...

-Não me amolem... - berra furibundo. - Estou lendo um poema e vocês me interrompem. Não me amolem! Ouçam isto, e aprendam! Ao menos poderão educar os sentimentos.

-Não amola com essa poesia intolerável...

-Intolerável?!

-Prá lá de intolerável. Basta de poetas contadores de mentiras e paixões que não interessam mais a ninguém. Chega disso!! Que pode interessar...

-Você está errado, Samuel.

-... errado nada! Que nos pode interessar as lamúrias cretinas de um cretino que resolve fazer um livro de versos só porque a namorada olhou para outro ou deu-lhe o fora, e que...

-...não é assim...

-...é assim, sim!.. são uns cretinos... Atormentam-se por mesquinharias.

-...mesquinharias!?

-... mesquinharias! choradeira insuportável!

—Mas venha cá, Samuel. — Vítor procura convencer. — Pense um pouco. Que você seja insensível a um verso, aceito, mas que negue utili dade à poesia, não!

— ... eu não sou insensível... Quero alguma coisa mais patente, mais ponderável. Estamos num momento de graves problemas sociais, e um cidadão vir falar de si, quando massas humanas precisam de atenção, é até criminoso.

—Enquanto existir sentimento, esquanto existir amor, haverá poesia. Ela nasceu talvez num simples gesto de quem pede. Talvez de um olhar... Numa frase mal feita, singela, primitiva, onde o homem ou mulher que primeiro a pronunciou deu um ritmo, deu um sentimento.—Samuel sorri.— Quando um poeta nos fala da mulher que ama, evoca em cada um de nós o nosso amor. A poesia, embora conte um momento, um detalhe da vida, real ou não, reflete o momento, o detalhe que cada um de nós teve ou poderia ter. — Samuel faz menção de bocejar, abre a bôca... — Não nos emociona sòmente aquilo que sentimos ou sofremos, mas o que poderíamos ter sentido, o que poderíamos ter sofrido. E mesmo o que embora não pudéssemos sentir ou sofrer, mas sentiríamos e sofreríamos, se pudéssemos nos encarnar na pessoa que sofre ou sente...

—Não concordo com isso.

—Tens que concordar porque não és um bronco. Tens que concordar. Enquanto houver amor e sofrimento, em suma: enquanto formos sêres humanos, haverá música e haverá poesia. Será eterna conosco, enquanto durar a nossa eternidade. Traduz os nossos sentimentos. Ajuda-nos a sofrer e ajuda-nos a amar. A gente sofre menos quando sabe que alguém também sofreu ou sofre como nós... — Êle é Samain.

— ... para depois dizer que a sua bem-amada é a mais bela do mundo, a mais formosa, a mais encantadora... Bah!

[79]

-... e têm razão, Samuel. Porque aquela que amamos será sempre a mais formosa, a mais encantadora...

—Mas isso é pieguice, no duro...

—Se não compreendes a ternura, que animal és tu?

Como desejaria retornar ao princípio, não ter falado. "Só os que amam acreditam na poesia." - Afirma para si mesmo, com desalento. E meigo pergunta-se: A vida será sempre inverosímil? A arte será a única verdade?..."

Samuel limita-o com um olhar tardio, untado de desprêzo.

A manhã pertence a Vítor. Anda a esmo pelas ruas. Vai acompanhar Inge à hora do almôço. Deixa-a à porta do atelier. Quanta coisa poderia fazer à tarde... Mas prefere andar pelos cafés, olhar para as horas arrastadas dos relógios. Há sempre o mesmo movimento. Poderia interrogar que faz aquela gente tôda, que quer viver, viver, viver de qualquer forma. Suas interrogações são outras. Analisa seu namôro com Inge. Até onde irá aquilo? Por que se desinteressa das outras mulheres?

Pitágoras já lhe dissera que naquela idade os jovens costumam desprezar as mulheres que julgam tôdas falsas e mentirosas, e são supinamente revolucionários, rebelados, e acreditam que a revolução estoure no dia seguinte. Por que êle não é assim? Pitágoras é que abusa na sua interpretação. Não é um rebelado nem tampouco despreza as mulheres. Mas encontrou Inge, e é tudo. Inge substitui-lhe tôdas as mulheres. Até quando? Essa pergunta o irrita. Não tem coragem de afirmar para si mesmo que isso demorará muito, que será para sempre. Sempre? Esta palavra sempre lhe abafa. Dá uma impressão física de "nunca". Sempre é nunca... não pode ser, ah! não pode ser. Sempre, não! Mas a preferência será dela, só dela. Por que não crer que o amor e o sexo sejam coisas diferentes? Um amor só sentimento e um amor-sexo. A mulher pode juntar os dois, mas o homem não os deve misturar.

 Os que negam o amor é que exigem o exclusivismo do sentimento e do sexo. Deve-se separar. A solução está dada. Assim tudo se torna serenamente fácil. Tem certeza que Pitágoras concordará com essa opinião. Vê-lo-á logo à noite. Segue diluído pelas ruas populosas. Pára às vitrines para esperar pelo tempo moroso. Indecide-se à porta de uma livraria. Entra. Examina livros despreocupadamente. Não vai comprar nenhum. Quer é ganhar tempo. Examina tudo com desinterêsse. Quando tiver dinheiro disponível, comprará. Às seis, Inge deixa o "atelier". Vai esperá-la porque falta pouco. Haviam combinado encontrar-se no dia seguinte à mesma hora, para almoçar.

 Mas para Vítor o dia seguinte não existe. Precisa vê-la. Está outra vez à frente do edifício. Seus olhos aguardam com ansiedade as pessoas que saem. Procura-a.

-Inge!!! - Aproxima-se. Faz um sorriso que ela retribue.
-Não esperava que você estivesse aqui.
-Foi saudade...
-Saudade?... Teve mesmo saudades de mim?
-Por que duvida, Inge?
Ela abana a cabeça como única resposta.
-Já vai para casa?
Responde que sim.
-Posso acompanhá-la, ~~(crossed out)~~ posso? - Inge estremece.
-É longe, sabe?..
-Não faz mal... Não vai de ônibus?
-Vou sim... - Inge disfarça. - Tenho que ir de ônibus...senão só chegaria lá pela madrugada.
-Pois irei com você. Onde mora?
Inge sorri. E seguem lado a lado. Tomam o ônibus. Falam de tu-

do menos dêles. E precisam tanto falar. Saber pros pormenores da vida de cada um. Conhecer ânsias, desejos, ambições, gostos.

Anoitece. Descem quando ela dá o sinal. Na calçada, Inge diz:
-Moro logo ali. - pára à esquina. - E'aquela casa.
-Deixo-a na porta.
-Não... - diz ela francamente. - Não!.. - aumenta de tom - Desculpe-me. Não vá até lá. Ainda não... - seu tom volta a ser fraco, suave.

-Pôr que? - tem assombro nos olhos e na voz.

-Porque... - e Inge faz uma pausa, enquanto olha para a casa - Outro dia lhe direi por que... espere, sim? Amanhã... amanhã lhe falo.. amanhã digo, sim?... Não leve a mal... Não leve a mal, ouviu?

-Não compreendo êsses seus mistérios...

-E'que... - O nervosismo de Vitor ainda a embaraça mais. Meneia a cabeça. Justifica quase sem fôrças: - Vítor... não leve a mal... E'que... não fica bem...

-Como não fica bem?! - o tom de voz dêle é alto, exigente.

Inge volve o olhar para todos os lados. Amacia a voz para dizer:

-Nós... e... por favor, Vítor. Eu lhe conto tudo... prometo... mas amanhã. Não exija agora... A vizinhança acaba notando. Veja...estão olhando...

-Você bem que não queria que eu viesse até aquí. Eu percebi...
-Vítor... amanhã, por favor...
-Amanhã, não! Ou hoje ou nunca...
-Por favor, Vítor...
-E'outro? E!.. as mulheres são assim.

O sorriso dela é triste, mas tem um quê de agradecimento. Toca-lhe no braço. Os olhos procuram os dêle.

-Creia, Vítor... eu gosto de você. Só de você... Juro! Até

amanhã. - Estira-lhe a mão.
-E'assim, é?.. Vá,embora... e não me diz nada? - Os dentes
estão cerrados. - Está bem, Inge. Eu não direi até amanhã. Direi adeus, ouviu! Adeus... A-DEUS...
   O sorriso dela não esconde a angústia. Há mesmo lágrimas em seus olhos?
   -Pena que não compreenda, Vitor... Paciência. Hoje não lhe contarei.
   Êle volta as costas com rompante. Caminha uns passos, **fazendo** esforços por mostrar-se indiferente. Mas volta-se rápido. Ela já seguia na outra calçada, de cabeça baixa. Chora?
   Que disse a verdade! Ama outro? Tem um amante? Diga o que há! Será que me consideram indigno dela? Mas é absurdo!
   E por ser absurdo é que torna a pensá-lo muitas vêzes...

Vítor passa as horas inquieto. Alterna momentos de serenidade descuidada com frêmitos de indignação insistente. Contradiz-se em seus estímulos e ~~sugerem~~ julgamentos. Esboça acusações para reprimí-las em seguida. Anda como um autômato e separa-se de todos, menos por necessidade e mais por irritação. Um desejo de confidências o impele a buscar o contacto dos outros, mas resiste, depois, afastando-se para prosseguir nas mesmas interrogações, cem vêzes repetidas.

Angustia-se em respirações lentas, em olhares vazios que se perdem na luta contra o tempo que se arrasta cada vez mais lento, mais irritantemente lento. Por que ela deixou para o outro dia? Se não merece a confiança, ~~dela~~, é preferível que termine assim, de uma vez, do que prosseguir para maiores decepções. O "palhaço do Samuel" como vai ~~xxxxxx~~ gozar êsse desfecho! Por quê perde tôdas com Samuel? Como vai ridicularizá-lo se chega a saber de tudo. Se,em definitivo,se irritar terá assunto para um mês. Já sabe quais os processos dêle. Indiretas Vai recitar trechos de poesia, perguntará por Inge. Terá que brigar. Brigar de verdade, e sair da pensão da "velha América". Não terá outra solução. Vai ser "terrível" passar aquela noite até falar com Inge. Se a esperasse de manhã cedo na hora de entrar no atelier? Faria uma cena. Imagina-a: Inge vem pela rua apressada. Esperá-a à esquina. Cumprimenta-a sério. O rosto dêle terá traçado a história da noite. "É um dever que me obriga vir pela última vez falar-lhe, Inge! "Diga-me tudo! Depois cada um seguirá o seu caminho..." Se Samuel penetrasse em seus pensamentos. Arrepia-se de imaginá-lo. Aquelas gargalhadas, aquelas bochechas trêmulas, aquilo lhe espanta até os pensamentos. Ridículo, já sei. Ridículo! Tudo é ridículo. E´preciso encenar diferentemente até os sentimentos. A voz de Pitágoras parece que lhe murmura mansamente: tudo ~~xxxxx~~ agora é ridículo. A vida é um grande ridículo..." Não! *Será* diferente. Interrogará Inge com naturalidade: "Preciso saber de tudo! Acho que me assiste êste direito!" Nem um gesto nem um tom mais alto de voz. Natural, excessivamente natural, embora custe a tortura, o recalque de seus ímpetos, porque desejaria era gesticular, gritar, soquear. Inge dirá... Que dirá ela?... Que dirá ela?.. ~~xxxxxxxx~~ Prossegue criando respostas. Despreza-as por absurdas. Forja outras. Também não servem. Vai procurar Pitágoras.

Há uma certa solidariedade nas palavras dêle que animam. Pitágoras é um sedutor de homens. Assim é que Samuel o acusou. Mas de homens como você! E ainda lhe apontou aquêle dedo gordo.

Encontra-o. Penetra com êle pela noite. As palavras de Pitágoras suavizam-lhe os nervos. Dão-lhe a convicção de que o tempo corre por entre as palavras, e o tempo o aproxima da resposta desejada e temida dos lábios dela.

-Nós precisamos pôr um pouco de sem-razão na vida. A razão nos encadeia demais. E que é o humor senão um recurso dos instintos para burlar a razão? Uma compensação. Essa gente que anda séria, preocupada, busca o humor por necessidade. Isso compensa a regularidade da vida. Vítor, a fantasia nos dá dessas possibilidades. O amor também é outro recurso. E ser-se um pouco sentimental tem um sabor de subjetividade nesse realismo *(desabusado.)* ~~desabuso.~~ Não há gente que chora num cinema ao ver um filme sentimental? Como explicaríamos, ~~se~~ se não compreendêssemos que a humanidade gosta de chorar, embora no escuro?

Vitor fala *(curiosa)* sôbre o amor-sentimento e o amor-sexo. Pitágoras mostra-se aparentemente interessado:

-Serve... como um recurso para se estar de bem com a conciência. Não é pròpriamente uma solução, mas ajuda...

-Acha cínica a minha tese, é isso?

-Não é bem isso... Você acredita em amor sexual puro?

-Como, puro?..

-Se admite que existem dois amores diferentes, deve admiti-

[85]

los como puros um em relação ao outro, não é lógico?

  Vítor não responde logo. Vacila. Acha uma saída:

  —Uma satisfação animal puramente!

  —Mas por que quer chamar a isso amor?

  —Mas você não admite que haja só amor-sentimento, isento de sexo?

  —Mas que espécie de amor? Não será mais o que você quer chamar, então. Será outra coisa. Amor é sexo, também também. Não é só sexo, aceito. Mas exige sexo...

  Vítor silencia. Não seria esta a melhor fórmula de responder. Sabe disso. Sabe também que seu silêncio é até afrontoso. O olhar interrogativo de Pitágoras exige-lhe outros argumentos. Mas desvia-se. Alongam-se pela noite como generosos de aprofundar qualquer minúcia. Esquivam-se das téses que se esboçam. Ensaiam, inconseqüentemente.

  —Por que não nos fixamos num assunto? Essa terrível necessidade de se abordar temas e mais temas, e passar por todos como gato sôbre brasa, isso é bem um signo de nossa era, você não acha? - Vítor não responde. - Por que não nos prendemos a nenhum? Os homens vulgares são assim. Mas nós, eu creio, já passamos um pouco além da vulgaridade e, no **entanto**, somos como qualquer homem simples que fala de tudo sem falar de coisa alguma. Será que a estandartização já nos atingiu, também?...

  Pitágoras sorri. Prossegue. Alega que o progresso encontra-se o/meio dificuldades apremiantes. O homem se convenceu da necessidade do confôrto. Está exigente. Os aproveitadores dos ressentimentos humanos estão alertas, fazem propaganda, exploram cada uma das faltas. Uma propaganda do mundo, durante tantos séculos, como um vale de lágrimas, deu em resultado isso que está aí! O homem cansou de esperar pelo dia do juízo final. Há ainda Silvinos que esperam. Mas para outros o minuto que passa é um roubo. Querem, e já. E´ preciso domá-los, dirigi-los, ensiná-los a ser disciplinados. No gôsto, sobretudo. Não devem exigir além do que se lhes pode dar, e o que se lhes pode dar deve ser exigido com tanta veemência que coloquem nisso a felicidade. Compreende bem? É preciso que *desejeu* o que podem adquirir e nada de impossível. Ao alcance, o possível! Mas êsse envelhecimento precoce auxilia a indústria. É preciso que o homem se canse do que tem hoje, para desejar outro, amanhã. Um auto já envelhece num ano. Os chapéus, já notou, envelhecem em duas semanas. Tudo vai tão depressa que é um sintoma. Isso tem que ter um fim. O homem não pode andar mais depressa que seu tempo, nem mais depressa que sua sombra.

Pitágoras prossegue ainda e num tom mais lento e mais caroroso, os olhos verdes, perdidos como se contemplassem alguma coisa muito além: - A vida não vivida... Essa tem sido a insatisfação do nosso século. O veneno subtil que puseram no sangue dos homens, para transformá-los em sedentos de prazeres... A insatisfação não é a base do progresso dos grandes mercadores? Os insatisfeitos compram mais, e também variam mais. É preciso ensiná-los a desejar viver a vida não vivida. A sofrer a ausência dessa vida não vivida. A desejar, sempre, essa vida não vivida....

Vítor deitára-se tarde. De manhã cedo foi esperar Inge. Ela não veio. Animou-se a perguntar no atelier. Disseram-lhe que não viera trabalhar. Esperou ainda até às dez horas e nada. Estará doente? Que se teria passado à noite? Teria sido a briga que tiveram? Teme pelo que haja acontecido. Tortura-se em acusações. Foi o culpado. Havia tanta insistência no pedido dela. Fêz um mau juízo, injusto. E agora? E se a doença fôr grave? Um remorso o invade. Acha infantis as suas preocupações. Mas a verdade é que tem culpa de tudo.

Almoça apressado para esperá-la. Como é vagaroso o ônibus. Está à esquina. E ela quem vem. E ela. A sensação do perigo passado faz que sorri. Não devia ter sorrido. Havia prometido a si mesmo que a receberia com indiferença. Inge tem um olhar triste. Cumprimentam-se.

  xxxxxxxxxx - Atrasei-me muito. Tenho que ir em seguida.

 -Por que não veio trabalhar de manhã?

 -Tive uma dôr de cabeça horrível.

  Vítor está revoltado consigo mesmo. Por que não pede desculpas? Não deve. Pergunta:

 -Passei também mal a noite, pensando em você. Por que não me contou tudo o que me prometeu?

 -...lhe conto, Vítor. Hoje, quando sair lhe conto tudo...

 — Mas Inge, você me tortura com essa espera... não compreende

 -Não é nada de extraordinário, Vítor. Acredite.

 -Mas...

 -Por favor. Já me fêz sofrer tanto, ontem... Não faça outra vez a mesma coisa. Por Deus, compreenda! Não há nada de extraordinário. Eu lhe conto tudo. E mesmo para o nosso bem que lhe explicarei tudo. Espere até logo, sim?

  Ele acompanha-a até a porta. As outras já entram. Chamam-na.

Não pode continuar teimando. Deixa que vá. Aperta-lhe a mão. Inge compreende a ansiedade dêle. Sorri-lhe, repete-lhe que não há nada de extraordinário.

Êle segue pelas ruas, buscando argumentos para convencer a si mesmo. Não deve preocupar-se tanto. O ruído das ruas não lhe impede que seja lírico. Se pudéssemos fitar a vida com olhos sempre novos..." Pitágoras havia pôsto uma certa amargura nessas palavras que êle reprime. Pitágoras é muito pessimista. Que se seja romântico, mas pessimista, não!.. No ar sedoso da tarde tessido de ouro não há lugar para pessimismo. Depois Inge existe. Essa realidade objetiva-o muito. Seus olhos podem ver mais. Ela ~~lhe~~ estava na memória até antes de a ~~conhecer~~ conhecer. Quando a viu não teve a impressão de que era um encontro que houvéra sido postergado?

Naquele rosto tão branco (aquela palidez êle vira com outros olhos e menos otimismo) naquele rosto tão branco os olhos dela são mais escuros... Não há um poema para escrever sôbre aquêles cabelos soltos?... Que lhe custa sorrir benevolente aos seus pruridos românticos? Nada interiormente repele êsses ensaios. Estimula-se, prossegue: "Olhos grandes, ensombreados, reluzentes... Aquêles dentes miudinhos que viu quando ela mastigava a fatia de pão... Que prosáico isso de fatia de pão! A realidade é inverosímil... Pitágoras tem razão. Deve fazer uma frase melhor: "... aquêles dentes miudinhos, cercados por lábios carnudos, vermelhos, maduros..." Assim está bem. Biotipologia feminina. Estou classificando... Repele êsse ensaio de objetividade. Isso é um reflexo interior. Que mania de emprestarmos tanta realidade às coisas. Uma tranqüilidade macia aveluda-lhe o espírito. Que urgem aquelas buzinas na rua! Êle não as ouve. Que lhe façam parar à espera do sinal. Isso não o irrita agora. Cada vez não está mais próximo da porta do atelier?

E que proporção familiar e íntima lhe assume aquela porta. Tem de esperar à beira da calçada. Caminha de um lado para outro. Evita os pensamentos que lhe são importunos. Todos seus sentidos estão alertados.

Quando Inge sai, abre bem os olhos. Seguem juntos, agora.

-Inge, tenho vontade de lhe dizer tanta coisa. Mas aqui na rua é difícil. Porque não nos sentamos num banco do jardim? Poderíamos conversar um pouco.

-Mas depois fica tarde...

-Que importa. Não gosta de mim?

Ela ri. Leva-a pelo braço. Sentam-se. Achega-se a ela. Murmura-lhe meigo:

-Inge! - a voz é grave - Inge! - Lembra-se de Samuel. Como acharia ridícula a sua voz e seus olhares amolecidos. Prá o diabo, Samuel! - Ainda não falei com você como desejaria... lhe quero tanto...tanto. E tenho tanta coisa imaginada para a minha vida e... para a nossa vida. Talvez duvide de mim, mas acredite que sou sincero. Eu a amo muito, Inge. Muito e diferente de tudo. Acredita?

-Acredito, Vítor.

Se Samuel estivesse ali. Maldito Samuel! Pitágoras teria um sorriso bondoso, paternal.

-Diga-me uma coisa, Inge. Fale a verdade. Não há necessidade de me enganar. Por que não me permitiu que lhe acompanhasse até em casa? Por que foi, por que?

Fiquei triste depois daquilo. Comecei a imaginar uma porção de coisas...

-Ficou contra mim?

-Oh! não! Absolutamente. Por que ia ficar contra você? Imagi-

[90]

nei é que houvesse alguma coisa de grave... de muito grave.

-Não, não é assim a minha situação. E até bem simples. E o que sempre acontece com as entradas. Para mim é que é grave.

-Se é para você, é para mim, Inge.

Ela ri satisfeita:

-Obrigada.- E muda de tom. - Meu padrasto é mau. Tem prazer em me martirizar.

-E tua mãe? - pergunta com a testa franzida.

-Eu não tenho mãe. - Diz com desconsôlo.

-Não tens...?! - E pára sem terminar a frase.

-Não tenho mãe. - Repete com tristeza. - Vejo que já está compreendendo.

-E não tens ninguém por ti... a não ser êle?

--Ninguém... - e em tom amargo continua. - Meu padrasto trata-me de uma maneira estranha. Vivemos na mesma pensão. Mamãe morreu, não faz um ano. Parece que êle tem outras intenções para comigo.

-Outras intenções?! - Tem febre.- Que queres dizer com isso, Inge?

-Não sei bem. Pode ser que esteja sendo injusta, mas a verdade é que é estranha a maneira que me trata. As vêzes, quando se aproxima de mim, sinto-o diferente... não sei, o que há nos olhos dêle... me dão mêdo. Até me convidou para morarmos juntos.

-Mas êsse canalha tem coragem disso... - interrompe num rompante. Segura-a.- Não viverás mais nessa pensão nem na companhia dêsse cachorro... Não viverás mais, Inge! - Seus olhos brilham com um aspecto estranho. Um sorriso triste dá uma feição nova aos lábios e à face. - Inge, minha Inge... Vais deixar de viver junto dêle, vais, sim?

-Mas para onde irei?

-Irás comigo. Irás comigo, querida.

Ela olha-o firme, sem responder.

-Inge... - Vítor fixa-a serenamente.- Eu tenho pouca coisa. Como você, não tenho pai nem mãe. Vivo da renda de duas casinhas. O dinheiro dá para poder estudar e viver. Inge me ajudarás. No princípio, até me formar, continuarás trabalhando no "atelier." Creio que poderemos perfeitamente fazer frente às nossas despesas, não achas?

Ela continua pensativa e êle insiste:

-Queres, Inge, queres?

-Mas, Vítor...

-Diz, Inge, diz! Tens mêdo de enfrentar a vida comigo? - e sacode-a com os braços levemente. Seus olhos imploram.

-Mas, Vítor... você gosta mesmo de mim?

-Oh! Inge - êle meneia a cabeça com desalento - e você duvida, Inge... ainda duvida?

-Vítor!

A buzina ruidosa de um auto desperta-os....

Quando Vítor volta, vai direito ao quarto. O rosto está congestionado. Atira o chapéu com rompante para cima da cama.

-Mas que diabo aconteceu com você? - Pergunta Samuel.

-Nem calcula...

-Mas que houve?

-Briguei com o padrasto de Inge.... nos pegamos de verdade... Foi uma luta terrível. E lá na pensão dêle. Também lhe dei um sôco que lhe arrebentei a cara.

-...em Inge?!

-Não, idiota! No padrasto dela. Foi um escândalo. Quase que tudo acaba na polícia. ...me dói até a mão! Já não mora mais com êle. Chegamos a rolar pelo chão. O homem é forte, nem calculas! Levei "ela" para *a casa de uma família.)* É melhor assim. Tenho pena de não ter no momento um pau para rachá-lo pelo meio. Sujeito patife! Indecente! Estava procurando aproveitar-se de Inge. Queria torná-la sua amante...

-Mas que barbaridade! Que está me contando?! - Exclama Samuel com uma expressão exagerada de espanto.

-...Foi uma cena... Nunca me julguei capaz de estar numa situação assim. Um escândalo... - torce as mãos.

-E você que vai fazer da pequena?

-Não sei... - responde sem olhar para Samuel.- Talvez case com ela.

-...Você se amarra por uma questão dessas?!..

- Mas eu gosto dela! - seus lábios se agitam.

-Bem... mas não precisa ir a tanto, e casar. Deve esperar mais um pouco.

-Eu amo a pequena.— interrompe com energia.

-Mas está certo. Acredito. Mas deve esperar. Isso de casar é coisa muito séria. Você nem conhece bem a pequena. Ela exigiu casamento?

    -Não! Mas me acho no dever de casar. - A voz é precipitada.

    -Bem... quem sabe, talvez você pudesse ter dado outro jeito na situação?

    -Impossível! Se você se visse no meu lugar faria a mesma coisa. Depois, eu gosto dela. E isso é tudo... - e põe-se a andar pelo quarto.

    -Não sei, não! Mas isso está me cheirando à estupidez, e grossa.

    -Vá pro diabo, também....

Ela será a tua companheira

A vida de Vítor toma assim um rumo inesperado. A princípio julga possível acomodar-se na pensão da "velha América". Mas compreende a inconveniência. Encontra um quarto bom, onde ambos possam viver, e no outro extremo da cidade.

A palavra casamento foi ~~xxxxxxxxxxx~~ pronunciada timidamente por Inge. Tudo fôra muito precipitado, ela reconhece, mas teme dizê-lo. Vítor deve resolver. Quando foi buscar ~~seus~~ os livros e ~~sua~~ a roupa teve uma longa conversa com Samuel e Válter.

—Falar em casamento, Vítor, é besteira. Já disse. — Como é irritante aquele silêncio de Válter. — Você não conhece bem a pequena. Não digo que case algum dia, mas isso deve ser muito bem pensado...

—Seu paquiderme de uma figa, depois de tudo que houve acha que devo apenas amigar-me com a pequena? Ela não tem ninguém no mundo...

—Mas quem diz, teimoso, que a abandone? Se você gosta dela, como fazia ver através daqueles versos melosos, se gosta dela, que tem que ver casamento com isso? Será que deve amar sòmente depois de um escrivão ~~qualquer~~ àlèludo ou um juiz qualquer declarar que você está casado ante a lei. Que tem você? Tem alguma coisa mais que você mesmo? Que ~~mais~~ vai dar a ela senão o seu sacrosanto amor. Isso precisa de documento no papel? Que tem que ver o coração com as leis. Depois o casamento é uma fórmula absolutamente burguesa, passadista, imbecil..

—Isso diz você, vitaminoso, porque não olha a posição de Inge. Para uma mulher o casamento é algo de sagrado.

-Não compreendo. Vive você a elogiar o espírito independente e corajoso de sua pequena, e agora me declara que ela tem mêdo de você sem que haja êsse contrato, que nada vale, e que todos se julgam com o direito de não cumprir.

-Não sei, Samuel... Fico indeciso.

-E ela quem o exige?...

-Não... ela não exigiu nada. Perguntou-me se casaríamos Não respondi. Não sei como ela interpretou o meu silêncio. Mas lembro-me que me disse: ..não faz mal, Vítor. Tenho confiança em ti. Sou corajosa.

-Pois então! Estou vendo que essa pequena é das minhas. Por favor, Vítor, não me fale mais em casamento. Ou você é um homem ou não é. Lembre-se onde vive, em que época você nasceu. Não quero ser um romântico, mas palavra, sòmente admito o amor como laço para os que se amam. Depois, fica sabendo, os laços mais fortes são os mais frágeis.. Deixa a pequena livre, e você também. Ambos resolvem unir as suas duas liberdades. Não é brinquedo, palavra, isso para mim é bonito. Dois destinos unidos únicamente pelo amor. Olha, quer saber de uma coisa? O casamento até estragava tudo. Tirava a beleza dessa união.

Vítor não tem mais argumentos, mas uma insatisfação inexplicável lhe angustia.

Pitágoras ouviu-lhe as razões. Ficou algum tempo calado. Depois o olhou com certa desconfiança, e disse:

-Não sei bem, o que você está fazendo. As razões são muito fortes de ambos os lados....

-Mas a tendência humana é terminar com o casamento.

-Que entendemos por tendências humanas?... Admiro a confiança dessa sua ~~xxxxx~~ companheira. Você pouco ~~xxxxx~~ perderᵈem tudo isso. ~~xxxx~~ Ela...

   -Mas você acha que o casamento é solução para o problema do amor?

   -Não digo isso, pròpriamente. Você me choca com uma das mais graves perguntas. Pensa que se tem resposta fácil? ~~xxxxxxx~~ Não o condeno. Nem o obrigaria a casar-se... E'terrìvelmente difícil resolver-se um problema tão grave como êsse. Que você seja feliz com ela sem o casamento, não duvido. Como também não duvidaria que fôsse infeliz no casamento. Mas, creia, Vítor, não sei... sinto certa nobreza no matrimônio... ~~xxxxxxx~~ *passo até* parecer ingênuo, passadista, reacionário, como ~~xxxxxx~~ *disse* Samuel para você. Tenho minhas crenças e não vou desenvolver teorias. Mas sei que há alguma coisa de nobre no casamento que me comove. E'talvez a grande fôrça que vejo nêle. Estamos numa época tão objetiva que parece estranho a você que eu fale assim...que fale em nobrezas ocultas...

   -Você algum dia pensou casar-se, Pitágoras? *(estremeceu,)* ~~xxxxxxxxxxxxxxxxxxxx~~ Os olhos de Pitágoras /e responde-lhe:

   -Eu?!.. Você pensa que seria fácil encontrar alguém que partilhasse *(Comigo)* o meu destino? Não!...

~~xxxxxxxxxxxxxxxxxxxxxxxxxxxxxxxxxxxxxxxxxxxxxxxxxxxxxxxxxxxxxxxxxxxx~~
~~xxxxxxxxxxxxxxxxxxxxxxxxxx~~

   ..

   Não revelou a Inge as conversas que tivera. E'que junto dela foge-lhe o mêdo. Nem as esperanças lhe perturbam. Vive o momento que passa, naquela semana de exaltações, e projeta em Inge seu otimismo que ela quer acreditar seja eterno. Ela não duvida dos êxitos que êle soma com os dedos. ~~Xxxx~~ "Este ano será um pouco difícil. Depois de me formar poderei agir. A princípio, sei, há certa dificuldade. Mas a gente vai como pode. Vence-se uma etapa, depois outra. Para se viver modestamente, temos. O que tu ganhas e o que eu ganho, e mais um pouco, dá, não dá?" Inge concorda. Não duvida das esperanças dêle e nem um nem outro admitem dificuldades, porque elas não existem, quando transpomos alguns limites e nossos olhares são longínquos e despejam-se até ao horizonte de novas esperanças. Aceitam alguns dissabores numa concessão tôda benevolente para com a vida. "Também não se vai imaginar que tudo seja um mar de rosas." O futuro será favorável. O otimismo de Vítor tem sua condição maior no dinheiro que tem no bolso. Venderá uma das casas com certa precipitação. "Podia ter conseguido mais"... confessa a si mesmo. Mas para Inge diz: "O preço não foi de todo mau. No interior não há a valorização daquí. Depois seria difícil conservá-la. Era a mais velha das duas e estava precisando consertos. Teria que hipotecá-la. Era melhor vender, não achas?"

Inge concorda. O temor primitivo diminue. Vitor possue tanta confiança em si mesmo que isso a anima.

-Inge, a vida vai começar agora. Ao menos para nós... - Faz menção de morde-la.

-Mas que é isso? - Ela recua a sorrir - Queres me comer o nariz?

-Quero te comer tôda, tôdinha...

Ele leva os dedos aos olhos dela. Ela recua.

- Que é isso?

-Nada... uma pestaninha sôlta, dá sorte. Vou pedir três coisas. - Segura-a entre os dedos e fita-a, em silêncio. Depois assopra para longe.

-Que pediste? Era coisa muito boa?

-Tôda para ti.

-Mesmo? - Ele beija-a sôfregamente. Ela afasta-o um momento, para ansiosa perguntar: - Seremos felizes, Vítor, seremos sempre felizes como nêste momento? - Êle aperta-a nos braços - ...felizes sempre, Vítor? Diz, diz por favor! - pede esquivando-se, angustiada.

   -... e que não sejamos, querida, que nos importa agora?..

[handwritten note at top: "Revisar a arrumação deste capítulo com o adoçar de pouco a pouco o campo"]

Os dias de sol lá'fora não são um tormento. E êle, alí, no arquivo a aspirar môfo, a catar minúcias desinteressantes, a "gastar fosfato em cousas inúteis".

—Esse cheiro envelhece a gente! Relatórios! Quem inventou isso deveria viver eternamente num arquivo, aspirando môfo... procurando sempre "aquêle papel..." aquêle papel que é sempre o último a ser achado. E colige notas, verifica datas, compulsa lançamentos, livros pesadíssimos e fedorentos, e, à tardezinha, quando o sol esmaece, quando a noite se aproxima, no bonde, na rua, sòzinho, até o pensamento cheira a môfo.

E à noite encerra-se no quarto, examinando, ordenando pensamentos, tomando notas, preparando frases, ~~para~~ para completar afinal o relatório, "o inútil relatório", que, depois de impresso, numa brochura deselegante, será atirado aos cantos das bibliotecas particulares ou públicas, mas jamais lido por ninguém. Mas o relatório "tem de ser feito para bem da administração pública", e Paulsen, como castigo de seus pendores literários, fôra o escolhido para redatá-lo.

—Mas em compensação farás jús a uma promoção.

Havia lhe dito o velho Barreiros. A rima é um refrão: compensação, promoção. Que lhe adianta isso? Corrige! Adianta para mamãe, para Maria... pelo bem delas. Mas quer sair para fora da cidade. Ir para os campos, para sua cidadezinha, percorrer a várzea, até as ruínas da fábrica grande, jogar bola com os moleques, tomar banho no arroio. Voltar, voltar para fazer tudo quanto lhe fôra proibido. Só Deus sabe quanto sofria quando nos jogos era pôsto à margem por ser fraco.

Há para tudo uma definição, até para mim. Como se isso bastasse para me satisfazer o cansaço e a ansiedade..." E Paulsen anota os números e as informações povoam seus sonhos. E,de manhã, lá está outra vez, cheirando môfo e pó, procurando informações mortas, "inúteis, tudo inútil, ninguém vai ler isso", mas é preciso examinar tudo, examina mina, relê páginas, não entende às vêzes aquêle estilo burocrático, "que diabo êsse sujeito quer dizer com isso?". Interroga um, outro, variam as opiniões, não cansa por isso, retorna, renega, anota, respira môfo, pó, tosse, espirra!..

Quando se espirra ao fazer um relatorio há dois caminhos a seguir: terminá-lo de qualquer forma, ou abandoná-lo. Era impossível a segunda solução. Preferiu, portanto, a primeira.

O relatório está finalmente terminado. "Referto de defeitos", seria a frase do Barreiros, mas o que importa é que está terminado, e essa satisfação não é de Barreiros. O problema está nas primeiras linhas, fôra a lição de Josias.

E que alentado, quinhentas páginas de almasso datilografadas, que foram pesadas nas mãos com entusiasmo, e olhares graves de admiração.

-Você trabalhou um bocado, hein?

-...bocado?...

Só lhe resta rir. Rir e pedir uma licença. Pedir ar, ar para os pulmões mofados, para o cérebro mofado.

Deram-lhe.

Não agradeceu. Mas assobiou agora pelas ruas, canta no quarto...

Se um pássaro liberto faz isso, por que não êle que é um homem?

[102]

Depois de ter dormido um dia inteiro na manhã seguinte resolveu ir até os limites da cidade. Lá onde ela se confunde com o campo, no fim de tôdas as ruas. Um sorriso de enfado encosta-se no rosto pálido.

No bonde, impulsiona o corpo para a frente, como se pudesse aumentar a velocidade.

Anseia pelo fim da linha. Mas o fim da linha chega enfim até êle. É o primeiro a descer. Sai tão rápido quanto pode. Teria se agoniado se lhe houvessem impedido no caminho.

Segue pelas ruas do bairro em direção à varzea matizada de verde em todos os tons. O ruído da cidade chega-lhe claudicante aos ouvidos. E sorri mole num convite à alegria. Quer rir... Mas alguém passa para impedir que o faça. Quer gritar, mas algumas casas ainda no caminho ordenam-lhe silêncio.

Quer correr, quer... Enfim o campo verde manchado. Embrenha-se pela mataria do capão. Ninguém. Só.

Tira o casaco, o chapéu, e a gravata. Que vontade de tirar os sapatos. Sai do mato para o campo livre. Ninguém. Tira os sapatos. Esfrega os pés no chão. Pensa na arte, na literautra, na ciência... O mesmo sorriso de enfado encosta-se no rosto que cora.

Deita-se à sombra de uma figueira. Olha para as roupas. Corre os olhos pelo horizonte. Vê a cidade longe e ri. E canta perdidamente como um pássaro. Segura a cabeça entre as mãos entrelaçadas. Esfrega-se na relva macia com voluptuosidade animal. Por entre as fôlhas, o luzir erradio dos raios de sol aquece-lhe o corpo, penetra-lhe agradàvelmente.

Não pensa mais. Para que pensar? O pensamento é demais ali.

É a pele, as mãos, os olhos, as vísceras que sentem.

[103]

E'noite. Paulsen está outra vez na cidade. Vai até o Café Paris. Pitágoras, no canto, sòzinho, lê um jornal.

-Você também lê periódicos?... - Compreende a intenção de Paulsen. Sorri:

-E você como vai? Terminou o martírio?

-Felizmente. - Tem desejo de explicar o relatório, mas reage perguntando: - Que há de novo?

-A eterna preparação para a guerra, já notou? Tudo muito bem feito, muito bem arquitetado. Quem falasse em guerra há dez anos atrás receberia logo esta resposta: "Eles que declarem guerra e você verá que ninguém pega em armas..." Como estavam convencidos que o pacifismo fizera realmente cordeiros! E a guerra já começou, em todo o mundo, ou melhor recomeçou.

-Acredito que seja inevitável, porque a guerra passada não resolveu os principais problemas humanos...

-E esta irá resolver?..

-Esta, qual?.. a revolução na Espanha?

-Revolução na Espanha é experiência de fôrças. Mas para mim é tudo. Se os franquistas ganharem, ganham os totalitários. E a guerra virá fatalmente, porque os totalitários quererão fazer a nova partilha do mundo.

-Mas os povos democráticos reagirão. E além disso as esquerdas socialistas lutarão com os democráticos.

-Sei disso, muito bem. Mas libertamo-nos da guerra? Não! Caimos nela todos, inevitàvelmente todos.

-Bem, mas depois...

-Essa a minha preocupação - interrompeu - o "depois". Como será o depois? Será o depois de dezoito? Será o mesmo sonho romântico? Que é que você pensa? A humanidade ainda a enganam com confeitos pintados com anilina. E os mesmos homens inteligentes que souberam tão habilmente transformar o pacifismo em impulso guerreiro, saberão ainda fazer outros malabarismos interessantes. Lembra-se daqueles que juraram jamais pegariam em armas? São os que estão hoje pedindo armas para lutar contra os que ameaçam a paz do mundo. Quer você saber de uma verdade. O partido da paz é o mais fácil de se tornar guerreiro. Basta explorar o mêdo com o partido da guerra. E se você estudar bem e meditar bem, note que em tôdas as épocas humanas foi assim. O cacique da tribo pacífica, mas que deseja a guerra, diz aos seus súditos: "Nossos inimigos do outro lado do rio, preparam-se para nos atacar. Precisamos preparar-nos para a defeça." E começam os exercícios militares, marchas, canções guerreiras.

Do outro lado tomam conhecimento do que se passa. E o cacique da tribo inimiga diz aos seus comandados: "Nossos inimigos do outro lado do rio preparam-se para nos atacar. Precisamos preparar-nos para a defeça." E a mesma dança começa. Basta aparecer depois um pagé, que tenha partes com os espíritos e ▓▓ diga: "Fiquem certos que a melhor forma de defeza é o ataque", para que o choque ▓▓▓▓▓ seja inevitável. - E ▓▓▓▓▓▓▓▓▓▓ prossegue. - E depois basta falar em cultura, em civilização, em progresso...-Há um traço de desprêzo no canto da bôca. - A mesma história é contada mil vêzes. Os mesmos cordeiros vestem xxx roupas de lôbo... Mentira, os lôbos é que andavam vestidos de cordeiro. E para que os cordeiros não se assustem, prometem o depois... o depois."

-Pois Pitágoras, fique sabendo de uma coisa: eu creio no depois.

O assombro está nos olhos de Pitágoras que brilham com a mesma alucinação anterior. Um sorriso ali é ofensivo, porque o rosto de

Paulsen é sereno, de uma gravidade contagiante. E Pitágoras sério, pausado e doloroso:

-Também creio... também creio num depois. Mas qual dêles, Paulsen? Qual dêles acreditaremos? Naquele utópico depois de todos os reformadores, de todos os que procuram "melhorar" o homem, daqueles que prometem venturas a todos?... - e num tom de desprêzo que não domina - aquêle depois da Atlâna? O depois do Álvaro Corrêa? O depois medicamentoso que amingua tôdas as dores? O depois que promete os homens igualizados, livres apenas para agradecerem suas novas cadeias? O depois das mulheres que usarão creme para esconder tôdas as rugas? O depois das roupas de confecção que resolverão tornar atléticos todos os corpos? O depois dos cansados da vida que buscarão todos os prazeres, para conseguir o descanço pela negação do descanço? Qual será dêsses "depois"? Vejo-os aí, prometidos, pregados, exaltados por todos, mas vejo em todos êles, o mesmo, o eterno depois, a eterna evasão do homem de si mesmo. Esse é o depois das coisas dos homens... Mas, "o depois" do homem está no homem, só no homem. As paralelas só se encontram no infinito pensavam os matemáticos antigos. Mas o infinito onde as paralelas se encontram está no homem. A luz matizada das tardes, distrai os olhos dos que não buscam a luz interior. A Espanha está em trevas. O "black-out" ja começou. Não brilham mais as luzes exteriores. Mas um grande "black-out" cobrirá o mundo. E no "Black-out" os homens da tarde não poderão meditar. Só aquêles como nós, homens noturnos, homens do destino, amigos das trevas e das sombras, poderão compreender as trevas e as sombras. Nós vararemos a grande noite que vai cair sôbre o mundo, na esperança e na meditação desse depois. Mas para que possamos meditar precisamos conhecer bem as noites, ser amigos das trevas, conversarmos com elas. Aquêles que têm os olhos ofuscados pela luz exterior nada verão. Sentirão sòmente a saudade da luz. E o depois dêles é a saudade da luz, a promessa que

[106]

terão tôdas as ausências que a luz exterior prometera. Nós os homens da noite, queremos é a madrugada, porque à noite meditamos na madrugada. O nosso depois é a luz da madrugada, nunca a luz da tarde. Onde estão os homens da noite? Que fazem êles para a madrugada? No silêncio das trevas meditam, sonham, criam... Nos abrigos antiaéreos êles meditam e criam. Meditarão em silêncio, porque aí o mêdo ensinará a calar. Há de vir, Paulsen, dos abrigos antiaéreos alguma coisa. Talvez o depois, sim, o depois, porque o mêdo estimula soluções... E os homens que guiam aviões, os homens que lutam individualmente nos seus tanques, conhecem os silêncios germinadores das grandes esperas. Êles também viverão a noite, porque lhes será impossível cuidar dos matizes dos crepúsculos. É por que serão a noite, desejam a madrugada. Ouve bem, a madrugada. Nunca a tarde cheia de luzes cambiantes. Nós, Paulsen, estamos vivendo a grande tarde que precede à noite, o grande "black-out". E acredita que a noite foi a grande mãe geradora de tôdas as coisas. Deus, Paulsen, talvez seja trevas e sombras.

    Em casa, êle medita as palavras de Pitágoras. E de mansinho pergunta:

    —Por que as minhas paralelas não se encontram antes do infinito?

. .

Está na repartição quando recebe um telegrama. Abre-o agitado com a intuição de uma desgraça. Um pouco de raiva mistura-se à emoção prévia da tragédia. É de Abdon. Nem lê bem as palavras, adivinha-as: "... espero enfrente ânimo êste transe natural." Todo seu orgulho é mobilizado para resistir aos soluços. Tem somente um gesto. Vai até Barreiros. Mostra o telegrama. Barreiros lê e murmura algumas palavras que Paulsen não compreende, mas agradece-as num gemido. E dominando os soluços ameaçadores, diz:

-Compreende... preciso ir para casa... - não diz mais nada. Teme que a notícia se espalhe e sobrevenham os pêsames desagradáveis.

Nas ruas, a vida é a mesma agitada e insensível. Que tem o universo que ver com a morte de sua mãe! "Eu sou um homem a quem morreu a mãe!" Se exclamasse essas palavras seria patético. Olhar-lhe-iam sem pena nem respeito. Talvez alguma ingênua mulher molhasse os olhos de lágrimas. Talvez permanecesse assombrada com a sua exclamação. Não devemos gritar a nossa dôr para o mundo. Não devemos perturbar a vida dos outros. As dores estranhas não nos doem; porque exigir os gestos hipócritas de simpatia? O mêdo pode provocar gestos de pena. Muitos se condoeriam para que Deus, êsse terrível ser misterioso, não lhes tirasse a mãe, a mulher, os filhos. Não há lugar para motivos de otimismo. Por que vai crer na bondade dos homens se todos são indiferentes à sua dor. Não sabem da tua dôr, contesta. E se soubessem? Ora, não querem que falemos em coisas tristes. Tristezas, basta a vida. Mas Deus do céu, isso é vida, idiotas, a morte está aí espreitando a vida. Pobre mortal sem direito a um protesto. A quem apelar depois do fato consumado? Que podia ter feito antes? Que pode fazer depois? Não há nem cabeça para pensar possibilidades... "Compra o casacão."... Ah! mãe, como te preocupavas comigo nas noites frias. O teu frio, mãe

tinha que ser meu... E me enroupava demais."Mas, menino, está frio!"
A gente não sente frio, só as mães é que sentem. Pois riam-se da pieguice humana, rian-se. Você já perdeu sua mãe? Que sentiu quando ela morreu? Chorou? Seu filho quando morreu, chorou você ou não chorou? Chorou, não foi? Então porque fala em pieguice?

Fecha a porta do quarto com violência. Atira o chapeu para longe. Um pensamento crítico de sua atitude é abafado. Que vale um chapéu! Deita-se na cama. Patifes, os que ridicularizam os que choram. E chora soluçadamente, sem limites. Que vontade de morrer! Maria, pobrezinha, como estará a coitada! Pra quê foi feito o mundo. Pra quê? Pra quê? Responde, pra quê?

Pede licença por duas semanas. Pitágoras acompanhou-o durante duas noites nas longas caminhadas. Ouviu-o e desculpou-lhe todos os pessimismos. Compreendia a inutilidade dos conselhos. Manso, humilde, e bom nas suas palavras fixava sòmente aspectos sóbrios e sérios das coisas e dos homens, e desviou,tanto quanto pôde,o pensamento de Paulsen para os dias angustiosos que se anunciavam para o mundo.

No homen o inesperado assombra. E nunca sabemos perdoar ao destino quando nos arrebata alguém a quem amamos. Paulsen é demasiadamente humano para experimentar uma filosofia de renúncia. Nem o estoicismo nele passaria de uma atitude. Que seja justa e humana a boa vontade dos que desejam hipnotizarnos, aminguando-nos a sensibilidade com palavras de conformismo. Pitágoras jamais usaria delas porque as compreendia bem. Tinha ainda nas carnes as dôres que escondera de todos, e que jamais pudera esconder de si mesmo. Não exagerava também uma tristeza de atitude. Seria uma infidelidade para consigo mesmo que não desculparia. Preferia, portanto, permanecer silencioso. Tôda a sua solidariedade estava no silêncio. E já era muito, era tudo quanto sabia e podia fazer. E levava Paulsen consigo, convidando-o para as ruas mais despovoadas, para os caminhos adormecidos, para as praças escuras, onde ce entregar-se-iam às meditações, e teria uma resposta sempre solícita e mansa para tôdas às perguntas de Paulsen.

Ante a morte, o homem interroga. Há sempre aquêle espanto primitivo ante o corpo que antes vibrava de vida e que permanece imóvel, insensível, que em tôdas as eras o homem jamais compreendeu.

É sempre uma grande interrogação, é sempre um grande assombro, é sempre uma grande procura. E, no entanto, é a nossa companheira de cada hora e de cada instante. Vivemos morrendo todos os momentos de nossa vida, mas protestamos até quando silenciamos, quando nos conformamos, quando choramos. Paulsen recorda as palavras de Abdon no telegrama. Não podiam ser outras: "Transe natural... espero tenha fôrças." É sempre fácil para quem não tem o coração atravessado dizer que devemos ser fortes. Mas essa fôrça, êsse heroísmo, não é uma das nossas mentiras? As interrogações de Paulsen são comunicadas a Pitágoras. Milhares morrem diáriamente nos campos de batalha da Espanha. Milhões morrerão nos campos de batalha da Europa. A dôr universal. Faure se associa ao pensamento de Paulsen. Mas quem compreende a morte de x milhões? Compreendemos a morte próxima, sentimo-la, quando ela nos dói. A morte de milhões é uma frase apenas. Paulsen, procura associar as dôres de milhões, imaginando milhões de Paulsens, chorando a dôr de milhões de mães. E milhões chorando milhões, e milhões e milhões...

Quem foi que disse que a dôr dos outros alivia?

—Pitágoras, palavra que não me conformo com a vida...
—Quase ninguém se conforma...

-Nem com a vida nem com a morte.

-Basta que não te conformes com uma para que não possas te conformar com a outra.

-Mas Pitágoras, tudo isso é uma estupidez.

-Compreendo... Os homens quando tiveram a consciência da morte criaram o céu. Foi um protesto. Já houve quem dissesse que nesse ato do homem havia alguma coisa de heróico.

-Não vale a pena viver. Sei que você vai dizer que negar a vida é afirmar a morte, já sei.

-Não... afirmar a vida é afirmar a morte e vice-versa. Tudo é o mesmo. Você sofre, e é natural...

-Estou sendo piegas, sei disso...

-Não se preocupe. Todos somos piegas quando sofremos...

-Mas a gente deve calar sua miséria...

Pitágoras não responde. Mas há no seu olhar uma interrogação. Por que calar? Por que esconder? Para que não perturbemos a boa digestão dos nossos semelhantes?

-Pitágoras, vou até minha terra. Vou ver minha irmã. E irei ao túmulo de mamãe. Desculpe-me falar assim, preciso desabafar.

Pitágoras nada diz. Espera.

- Um dia quando ainda menino... perdi a fé. Não acreditei mais em tudo quanto até então acreditava. Quando disse à mamãe, ela chorou. Papai ficou satisfeito...

-E você?

-Eu?... Não sei bem o que sentia. Era tanta coisa. No fundo estava triste e também alegre. Tinha uma sensação esquisita... Um misto de liberdade e de sensação de quem se sente perdido. Precisava procurar outro caminho. Foi êsse Abdon de quem te falei que me deu certos livros para ler. Li a obra dos materialistas e esgotei tôdas as minhas esperanças. Você sabe de uma coisa, Pitágoras? Nunca tive a sensação (de uma) posse demorada da verdade. Tôdas que me pareciam perfeitas, desvaneciam-se logo. Sentia-me infeliz. Aquí encontrei Josias, um homem que também perdera a fé. Nossa amizade, você sabe, foi profunda, mas cavou ainda mais a minha dúvida. Decidi duvidar de tudo, analisar tudo até encontrar uma verdade...

—Procedeste como Descartes...

—Foi isso.

—E que conseguiste?

—Nada... Simplesmente nada. Mas te digo uma coisa. Pode isso parecer estranho. Li livros de filosofia e nunca me pude convencer de uma verdade. Nem de que eu mesmo existia. Mas Pitágoras, ante a morte de minha mãe alguma coisa, em mim, afirma. Tenho a sensação interior de uma afirmação qualquer. Não sei o que seja...

—... Me diga uma coisa, Paulsen... - e fitando-o sério:- Você já imaginou se o mundo não existisse? - Paulsen não respondeu, mas tinha tôda a atenção e seu olhar voltado para Pitágoras. E êste prosseguiu: faça uma coisa. Imagine que o mundo não existe e nós não existimos, portanto. Vá além. Pense que não existem também os planêtas nem as estrêlas, nem os cometas, nada do mundo sideral. O todo é um imenso nada. Nada existe. Tudo desapareceu. Nem tempo, nem espaço. E tudo um imenso não-ser que é nada porque não tem dimensões nem qualidades, nada. Tudo é nada. Nada é nada. Diga, imagina isso? Imagine bem; nada... nada...

—Impossível, Pitágoras! Até arrepia a gente. Tudo em mim... as minhas carnes, os meus músculos, não concordam, protestam, reagem. Impossível o nada... impossível!

—Aí está a primeira verdade. Você já sentiu isso ante a morte de sua mãe. O nada não acreditamos. Se choramos é por mêdo. Tememos o nada. Tudo teme o nada, porque há algo que teme o nada, e dêsse algo nós fazemos parte. Somos ambos talvez, como individualidades, dois equívocos. Nenhum homen pode afirmar-se como individualidade. Só os ingênuos que acreditam piamente no absoluto das coisas aparentes que conhecem. Mas existe essa verdade: algo existe, e nesse algo aquilo que consideramos o nosso "eu" está incluído, eu, você, todos.

Paulsen parta dessa verdade que lhe dá suas carnes. E verá que ela permite nos conformemos com a vida e a morte.

. .

E quando Paulsen volta para casa tem a estranha satisfação de quem perdido numa mata houvesse encontrado uma vereda.

[113]

Paulsen encosta-se à amurada do navio. Olhos perdidos, recorda cenas passadas. Ninguém se despede dêle. É melhor assim. Atrás daquele cais, daqueles armazéns, está aquela cidade que lhe roubou a suavidade descuidada dos dias da infância.

Há gestos largos, abraços, sorrisos dos que ficam para os que vão, dos que vão para os que ficam. Mas os olhos de Paulsen permanecem ausentes. Uma tristeza ensombrea o olhar as rugas novas. Alguém, no cais, observa aquêle rosto triste e a sombra dolorosa de seu olhar.

Há saudações de pura cordialidade. Frases convencionais, lembranças e saudades para outros. Só para êle ninguém tem uma palavra. Mas alguém no cais o fitava demoradamente e tem pena de sua tristeza. O navio se afasta.

Lenços são agitados. Também tira um lenço. Vai se despedir de todos já que ninguém se despede dêle. Alguém, do cais, parece entender aquêle gesto. Aquêle mesmo alguém que o olhou desde o primeiro instante, que sofreu seus olhos tristes. Abana-lhe desejando-lhe boa viagem, essa viagem talvez sem retôrno para aquêle alguém que o olhou com ternura.

. .

De madrugada já está de pé e sai do camarote para o convés. Um vento frio resfreca-lhe a ardência do rosto. Em menos de uma hora, dizem, o navio chegará ao pôrto. Já se avista o molhe longe da barra. A madrugada é fresca e clara. Sente a alegria triste da chegada. E Maria? Será doloroso aquêle encontro depois de tantos anos.

A cidade já se avista melhor. Pode divisar na névoa da manhã a tôrre alta da igreja. O torreão do mercado... O teatro... "Entre aquelas casas é que deve estar a que nós morávamos. Antigamente... Não deixa de sorrir, por isso. O cáis... "Quantas vêzes brinquei naquela praça... Ali... O Raimundo. Que será feito dêle? E aquela vez que brigamos? Como éramos cavalheiros naquele tempo! Que murro me deu, e eu fui ao chão. Esperou que me levantasse e disse: (como Me lembro!): "Não dou em homem deitado! Levante.." Apanhei muito, mas também o nariz dêle ficou sangrando. Ficamos de mal e juramos nunca mais falar um com o outro."

Muita gente no cáis. "Maria não está! Melhor! O Santiago, o velho Santiago está com a mesma farda azul, bordada de ouro." Pouca gente conhecida. Apregoam hotéis. Oferecem autos. Mensageiros. Nada quer, não precisa de ninguém... Sai lesto. Toma um auto e dá o endereço. Tudo é o mesmo. "Essas cidadezinhas do interior!" Tem um sorriso de condescendência.

O auto encosta numa casa amarela, baixa, a rua deserta. É ali. Paga o chofer. Desce. Olha o número. Bate à porta.

—Frederico!.. É sua tia. Abraçam-se.

—E Maria?

Alguém corre do fundo da casa.

—Frederico!

—Maria!

E ficam abraçados. Como está magra!" Aperta-a mais nos braços. "Irmãzinha!.."

Maria conta-lhe, entre lágrimas, a agonia da mãe. Há nas palavras uma conformação, uma humildade que contrasta à revolta que Paulsen não sabe esconder. Aquêles anos foram de necessidades. E muitas coisas que por pudor calara nas cartas, nem sempre contendo os soluços, Maria relata, fugindo às minúcias que Paulsen exige. O que êle mandava mal dava para atender às despesas necessárias. A pequena renda de tia Augusta, o auxílio sempre bondoso de Abdon...

-"Seu" Abdon, Frederico, tem sido o nosso único amigo, nunca deixou de nos visitar, perguntando sempre por ti, lembrando coisas de papai, sempre gentil e respeitoso para com mamãe..." e a costura era o que a ajudava a viver. Ninguém esquecera a falência do pai.

-Sei, êles não compreendem certas derrotas. Todos nós conhecemos derrotas. Não defendo com isso papai, como comerciante. Êle foi culpado. Acreditou em amigos e sobretudo em promessas de banqueiros. E depois teve sempre a mania de querer ajudar os outros, e um comerciante,que pensa assim, arrisca-se ao prejuízo...

-Mas também Deus nos tem ajudado, Frederico!

Deus nos tem ajudado! A expressão de suave admoestação de Maria é tão triste que Paulsen refreia uma blasfêmia. Diria tanta coisa se não fôsse ela. Mas para quê? Em que ajudaria? E culpar Deus de nossos erros, de nossas derrotas,é já acreditar nêle.

-O entêrro foi muito simples. Veio pouca gente. "Seu" Abdon foi que se encarregou de tudo. Nós não sabíamos que fazer. Foi êle quem te telegrafou... - Maria chora. Paulsen acaricia-lhe os cabelos - mamãe... me pediu muito que te dissesse... ouviu Frederico?... que rezasses, que não deixasses de rezar por teu pai e por ela...

Nem um gesto transparece em Paulsen. Todos os músculos parecem serenos. Contém-se. Não são lágrimas, há dores que não arrancam lágrimas nem ~~xxxxxxxx~~ soluços. Êle sofre a dôr de não crer, a dôr de não mais saber rezar, de não poder rezar!

Ao lado de Maria é que êle sente mais a falta de sua mãe.Como desejaria acariciar aquêles cabelos brancos, segurar carinhoso o rosto magro, beijar de mansinho a testa,e abraçá-la para pedir alguma coisa que ela não saberia negar.

Há sempre um sabor amargo na ausência. Há um reconhecimento da impossibilidade, um desejo de retornar no tempo, varrer o passado transformando-o em presente, num misto de arrependimento e de pena, por não se ter sido, por não se ter feito, tudo quanto só o tempo nos ensina, nos aconselha, nos exige. Por que só sentimos o verdadeiro valor das pessoas amadas quando as temos longe e afastadas de nós, vivas apenas na lembrança de um tempo perdido que as recordações inùtilmente tentam resuscitar?

Como seria diferente se pudesse começar de novo a vida. Por que um homem não entra no mundo com trinta anos, pelo menos,de experiência? A maturidade nos dá sempre êsse angustioso exame de consciência de tudo quanto deixamos passar sem gravá-lo com um grande gesto irrealizado. Guardamos a angústia dos gestos que nunca fizemos."Mas manãe está morta...""Está distante, pelo menos.""Está afastada de mim." E que inútil são agora seus braços, suas mãos que saberiam acariciá-las. E ela bem o merecia. À proporção que avançam os nossos anos, aumentam as acusações ao que não fizemos ao que devêramos ter feito. E espreitamos a cronologia de nossa vida, para divisarmos, uma a uma, as passagens que desejaríamos ter vivido. Serei isso...depois aquilo... mas o tempo é sempre a vinda da realidade da vida sonhada que ficára no futuro e que se torna inteira o passado que não temos mais coragem de confessar a ninguém.

Parece vê-la no caixão modesto. Quatro velas por entre a penumbra e um murmúrio entrecortado de soluços. Parece ver Abdon, alto, magro, todo de preto, grave, arrumando as flôres... E êle, êle, naque-

la cidade, por entre aquelas ruas, sem nada saber ainda.
Tem que ir ao cemitério. Precisa ver o túmulo de sua mãe. Há de ter
a sensação torturante que debaixo daquela camada de terra que se ergue,
aquelas carnes apodrecem e são comidas por vermes. Que estupidez a morte. Não digas, Pitágoras, que a morte não refuta a vida. Se não refuta,
ao menos a desmerece. Jamais os homens se conformarão com a morte. Será sempre mentirosa a aceitação humilde ante o destino que lhes tire
aquilo que o destino lhes deu. Não, a voz de nossas carnes, de nossos
instintos rebelar-se-ão sempre. A morte há de ser sempre a nossa grande impossibilidade.
    Está ante o cemitério. No portão central há uma vendedora de
flôres. E'tão meiga, tão humana aquela tarde, há tantas côres por entre aquelas árvores, que parece incrível que, ali, milhares de seres
humanos que viveram, agitaram-se, amaram-se, construíram esperanças e
sonhos, estejam agora e para sempre apodrecendo, comidos de vermes,
mesclando-se com a terra, transformando-se em barro, em alimento de vidas que conhecerão outra vez a morte.
    Compra umas flôres. Não aceita a existência de outra vida
além desta. Não vai levar para sua mãe aquelas flôres porque noutro
mundo ela se alegraria. E'uma homenagem em si mesmo, à memória dela.
Mas pode negar que é ante a morte e ante o amor que pensamos na eternidade? Quando amamos queremos a eternidade. Quando vemos roçar por nós
o frio da morte queremos a eternidade. Mas como crer no eterno quando
tudo é temporal, fluídico, passageiro, vivo. Vivo? Mas que lhe associa
essa palavra quando penetra por aquelas alamedas de túmulos silenciosos? A vida exige a eternidade por que não nos conformamos com
a morte. Como faria bem a crença na eternidade... Mas, querida mamãe,
perdoa-me, não sei crer, não sei crer! E por que fala à sua mãe se
ela não existe mais? Por que se dirige a ela quando não acredita senão
num corpo que apodrece numa cova? Sou humano, sou humano, não sei, nã

compreendo a morte!

Está ante o túmulo. Há uma lousa tão simples com o nome dela e aquelas palavras que os homens repetem sempre. É por entre lágrimas que seus olhos não contêm que prossegue lendo... "aqui jazem os restos mortais de D. Matilde de Gusmão Paulsen... Saudade eterna!

Mãe, mãe! Tu vives, tu tens que viver em alguma parte. Eu creio ao menos na tua imortalidade!...

E não se contém, ajoelha, adora, ama, e sofre, e cobre o rosto com a máscara de suas mãos, escondendo ~~atrás delas~~ os soluços de sua juventude.

Naquele instante o tempo recuara ~~vinte~~ *por muitos* anos!...

. .

Embora longe no tempo, a ~~xxxxxxxx~~ recordação de Joana guarda ainda uma suavidade lírica para Paulsen. Tem pudor de pedir notícias dela. Mas ao jantar, Maria recorda muita gente de quem Paulsen faz interrogações:

-O velho Rogério, coitado, morreu há dois meses...

Mas é de Joana que êle quer saber. É com a mais artificial naturalidade pergunta:

-E Joana?

A gravidade silenciosa de Maria e o espanto que parece ter tido com a pergunta, causam em Paulsen desassossêgo. A voz dela é cálida:

-Joana?... Uma vez encontrei-me com ela, na rua, e fingiu que não me viu. Nunca mais nos falamos...

Um misto de amor-próprio ferido junta-se à ternura que se desfaz e gela agora.

Maria prossegue:

[121]

-Depois que se casou não a vi mais...

Paulsen nada mais pergunta. E'melhor nada mais saber. Maria está alí tão grave, tão sombria, tão magra. Como é franzina, feia. Recalca a palavra feia que lhe dói tão fundo. E'tão têrno que não contém um sorriso de bondade nem uma carícia ~~~~~~~~~~ por ~~~~ aquêles cabelos negros. Há uma tragédia, murmura a si mesmo, ~~~~~~~~~~~~~ uma tragédia, a tua tragédia, Maria, a tragédia de uma pobre menina triste, feia e pobre!

O mesmo alvorôço que sentia quando ia visitar Joana é o que Paulsen sente agora quando seus passos buscam os caminhos perdidos da infância que lhe levam até àquela ruazinha onde construíra o mundo futuro que a realidade negara. Como é tão estreita... e, no entanto, quando menino se orgulhava dela, porque havia outras mais estreitas.

Lá está a casa onde morava. Por que a reformaram? Por que não tem mais aquela côr de laranja, e aquêles grandes óculos que davam para o porão?

Parece-lhe ouvir de uma das janelas a voz fina de Maria:

-Doriiico... manhe tá te chamando...

E aquêle jardim que fica no fim da rua, onde passava as manhãs de domingo e quase sempre os entardeceres longos e frescos do outono! Como tudo é tão distante e tão próximo, e como tudo amargura o tempo que já passou, porque ante o passado é sempre triste o nosso sorriso. Mas a rua não mudou. As mesmas pedras gastas. E esta tranqüilidade, é a tranqüilidade de minha infância. Defronte ao jardim está a igreja, e nos fundos o cemitério. E mais longe há um bosque e um lago...

Está ouvindo?! Ouviu êsse menino que gritou? Nós também gritávamos assim. E também corríamos numa desabalada louca pelas calçadas, rua abaixo. E quando nos chocávamos numa esquina com alguém que vinha do lado oposto, os outros riam do tombo que levávamos. Era um tombo que nos fazia rir vermelho, de raiva comida e de vergonha. Dávamos explicações. Se não tivesse olhado para o João... se não fôsse prestar atenção ao Zeca... Quando somos pequenos só erramos por descuido ou sem querer. E, às vêzes (mentira!) fazemos de propósito, só para enganar os outros. E no entanto tudo ainda ali é o mesmo. Tudo menos êle. Só êle mudou. Olha o carteiro! Parece o seu Dorival. Seu Dorival também tinha um bigode prêto e vestia uma roupa daquí. Por que não é seu Dorival?

Não virá daquela esquina o Zeca, o Paulinho, o Tripa Seca".
Não se espantaria se êles viessem. Mas há tanta tranqüilidade em tudo,
uma tranqüilidade tão morna, uma tranqüilidade que recua o tempo.

Lá no jardim existia um jardineiro... Ainda lá está, e mais velho, mas ainda se curva carinhoso para as flôres. "Não mexa aí, menino..." Mexa, mexa numa flor e vai ver como êle fuzila um olhar furioso e ameaça que vai dizer prá mãe da gente!

Agora há um cartaz no chão que diz: "E'proibido tocar nas flôres" Êle agora está calado. Mas se tiver que falar dirá "mexa nas flôres". Mas também há crianças que brincam pelos caminhos, como nós brincávamos.

O tempo aqui é o mesmo. Tudo é o mesmo. Só eu, só eu mudei. Só eu fugí dessa simplicidade.

Dirige-se ao jardineiro. Êle está vergado sôbre uma roseira. Poda alguns ramos. Tem a mesma atenção ingênua e feliz dos anos passados. Tem vontade de perguntar. Não deve. Por que não? Pergunta:

-Jardineiro, você é feliz?

Por que o chamou de você? Devia ter dito senhor. Não era senhor que dizia quando nenino?

-Jardineiro, o senhor é feliz?

Que cara de espanto que êle faz. Teria reconhecido?

-Feliz?... sou... sou... - Como é espantado o olhar.

Paulsen não se contém. Afasta-se com um grande sorriso humilde no rosto. Olha para o alto. Tem vontade de apontar o dedo para o céu e dizer:

-Tá vendo... tá vendo... êste jardineiro é feliz, ouviu? E'feliz....

. .

Paulsen prepara-se para embarcar. Vai despedir-se de Abdon e agradecer-lhe os favores prestados.

Encontra-o em casa. Abdon é agora sócio da firma onde trabalha. Não faz mais sonetos. "Aquilo passou... Depois da morte de seu pai perdi o estro... "E ambos riem.

Abdon lembra-lhe de quando desejou ser padre. Paulsen coçou a cabeça a sorrir.

-O pobre do velho andava preocupado. - E mudando de tom: que é que você anda lendo agora, Frederico?

Paulsen conta. Discutem. Abdon faz uma vasta explanação de suas convicções materialistas, aborda as ameaças da guerra que pairam sôbre o mundo, e conclui:

-Não creia em guerra, Frederico. Isso tudo é propaganda para vender mais. Ninguém tem ilusão com a guerra. Os lucros são aleatórios e o prejuízo é o que há de mais certo. O que se dá na Espanha é um caso local. Não tem importância...

Paulsen não reage. Aceita, tudo com uma passividade indiferente. Abdon está longe do mundo, e muito perto dos seus desejos.

Despede-se dêle, prometendo escrever e mandar-lhe notícias dos comentários mais interessantes que se fizerem na capital acêrca de assuntos de política. E despede-se renovando" os agradecimentos.

. .
. .

[125]

Em casa Maria está costurando.

Senta-se ao lado dela. Olha-a com ternura. Tão magra, tão frágil. Quer perguntar se já tem algum namorado, mas receia fazê-la sofrer, porque certamente não tem.

-Maria! - ela levanta o rosto pálido para êle. - Eu vou embora amanhã... Tenho que estar lá para tomar o meu lugar outra vez. Vou fazer tudo o que possa para aumentar a ~~minha~~ mesada.

-Oh! não te incomodes, Frederico. - Faz um gesto suave com a cabeça,- Não te incomodes. O que tu mandas já é bastante para nós.

-Eu sei, eu sei... - diz contrariado.- Mas não posso admitir que sejas auxiliada pelo Abdon. Não posso! Não fica bem! Não é justo! Êle tem filhos, também precisa. Tu compreendes o meu escrúpulo, não é?

Ela continua a costurar, cabeça baixa. Chora.

-Porque choras, minha querida? Que é isso? Não há motivo para chorar. - Paulsen tem um tom paternal na voz.

-Não é nada, Frederico. Tu tens razão. E'isso mesmo. O que me dói é a gente ter necessidade de receber o apôio de outros. O "seu" Abdon tem sido muito bom... - Êle sempre vem aquí... - e cala.

Os olhos de Paulsen perdem-se num olhar sem destino. Envolve-o uma ternura. Está num dêsses momentos em que penetramos as almas e nos transfundimos no coração dos outros, na mais humana e meiga simpatia. Os olhos de Maria têm o mesmo brilho enevoado de criança. Compreende o que ela não diz. Aquilo que seus lábios calam porque teme. Abdon não viria mais. Abdon é na vida de Maria alguma coisa. Aos borbotões vem a lembrança de cenas passadas. Recorda o que ela dizia:.. "quando fôr moça quero me casar com o sr. Abdon..." As crianças acham fácil casar-se quando moças. A quem amaria Maria senão a êle? E Paulsen queria afastá-la da contemplação do homem que nunca lhe teve senão a deferência honesta de um olhar respeitoso e gentil. Era pedir muito, compreende. Ela precisa viver a volúpia de uma inpossibilidade. Conhece o impossível dos braços dêle em tôrno de seu corpo, mas precisa tê-lo, às vêzes perto, para que pense sempre no irrealizável.

Paulsen compreende que ela o ama sem esperanças, o ama entre os extremos, entre o masoquismo da certeza e a esperança do impossível.

Abraça-a, juntando-a ao peito. Maria ri, nervosa, ri no rosto dêle, soluçando. Parece satisfeita, satisfeita de sua infelicidade.

Com Inge ao lado, Vítor tem a sensação de que é mais. A respiração inflada, o corpo anciado pela ternura que lhe sobe do ventre, que lhe esquenta a cabeça... aquilo é a felicidade.

Não é tôda a felicidade, concede para si mesmo. Falta alguma coisa. O dinheiro que se reduz cada dia implica-lhe uma dúvida. O que Inge ganha no atelier é a renda que lhe sobra da última casa não é tudo. Não basta. Dentro de meses estará formado, terá despesas, mas começará a conquistar a vida.

Mas as oportunidades não foram feitas para todos. Quantas vêzes não comentou isso com Pitágoras. Samuel não entende de suas dúvidas. Que adianta interrogá-lo, se êle, fatalmente, vai querer que prevaleçam as suas opiniões. Egoísta! Sim, foi como Samuel o chamou, e ainda disse que a "felicidade no amor exige uma grande amizade e só os que sabem ser grandes amigos sabem ser bons companheiros". Como aquelas bochechas estavam odiosamente trêmulas. Um porco, um porco falando. Que vontade de deixar cair sôbre êle seus braços. Há cem mil anos atrás sua clava cairia sôbre a cabeça de Samuel. Imagina aquêle corpo flácido, tombado, mexendo-se, morrendo.

Cospe. Encolhe-se na própria dúvida para buscar uma convicção nova. Ainda há lugar para otimismos. Algumas frases curtas e incisivas de Válter o ajudam. Rebusca-as na memória. Pensa, agora, como Vál ter deve pensar, assim, telegraficamente.

"As dificuldades foram feitas para serem vencidas..." O lirismo morno e manso de Pitágoras o envolve. Vencerá as dificuldades, por que não? Obter um emprê é questão de calma e persistência. Tem vontade de procurar um advogado e ficar adido a um escritório. Mas fazer vida de "fôro" não lhe agrada. Propriamente não nasceu para isso. Quer o diploma, mas para outras vantagens, porque sempre é um diploma.

Inge lera as histórias que êle guardara no fundo de uma gaveta e se entusiasmou. Por que não escreves? Por que não continuas? Há futuro na literatura? E as dificuldades? Não há os que venceram? Por que também não podes vencer? Mas, e as oportunidades? Mas, santo Deus, se ainda nem principiaste a procurar? E que êle sabe o que é isso. Pensa que costurar vestidos é escrever... Aí, Inge cala. Êle beija-a murmurando desculpas carinhosas. E por isso ela volta teimosa: Escreve alguma coisa. Depois experimenta colocar. Coisas assim ninguém rejeita. Que diabo, a gente precisa ter confiança em si mesmo!..

Agora com Pitágoras faz confidências do que se passa.

—Que você acha?

—Tua companheira é prática como tôdas as mulheres. Mas a prática, às vêzes, se afasta da realidade. Deves escrever, e julgo que podes realizar trabalhos bons, mas deves escrever o que venha de ti. Se pensares em dinheiro, pensarás em editor e em público, e farás restrições a ti mesmo.

—Por êste ponto de vista acabarei não fazendo nada.

—Não! Podes escrever, parte para ganhar dinheiro e, parte para ti próprio. Sôbre o primeiro ponto posso te auxiliar. Tenho oportunidade em colocar algumas crônicas de publicidade. É obra anônima e passageira, mas dá margem para se ganhar alguma coisa. Queres experimentar?

Vítor concorda. Pitágoras expõe-lhe em linhas gerais os assuntos de que poderá tratar. Amanhã fornecerá dados sôbre beleza feminina. Poderá escrever a respeito do uso de certos preparados para a pele.

-Mas que sei eu disso?

-Não precisas saber nada. Dou-te todos os temas e pontos técnicos. E´necessário, nesses artigos, que uses "alguns" têrmos técnicos. Ajuda-me a convencer o leitor de que o preparado está sob a égide da ciência. Hoje acreditam muito em ciência. O resto glosas com palavras tuas. Descreverás o quadro maravilhoso que oferece o seu uso... a inveja das outras, cortejadores, matrimônio fácil, etc. Mas também, p derás citar, de antemão, o que pode suceder de prejudicial em casos de peles rebeldes. ... te dou tudo por escrito. Não assustará porque existem outros preparados para solucionar as dificuldades. Há de tudo. Hoje, tudo está tão bem feito que quem usa um tem que usar três, e quem usa três, usa dez e...

-... assim até o infinito...

-... não até o infinito, porque isso também tem um fim...

-... que fim?.